# 전체의 바깥

송승환 비평집

# 전체의 바깥

송승환 비평집

## 1. 외국인 오이디푸스

소포클레스의 비극 「콜로노스의 오이디푸스」는 테바이로부터 추방당한 오이디푸스가 아테나이의 국경, 콜로노스에 도착하는 장면으로부터 시작된다. 자신의 딸, 안티고네에 의지하여 국경에 도착한 그는 "우리는 이방인들인지라 이곳 주민들에게 배워야 하고 그들의 지시에 따라야"[1] 한다고 말한다. 낯선 이방인으로서 오이디푸스는 아테나이의 통치자인 테세우스에게 국경에 거주할 수 있도록 부탁한다. 그는 국경에서 아테나이의 적들을 쳐부술 것이며 아테나이에 해를 끼치지 않을 것임을 약속한다. 테세우스는 오이디푸스의 약속에 화답하며 오이디푸스의 국경에서의 거주를 승인한다.

오이디푸스가 스스로를 낯선 '이방인'이라고 규정하며 콜로노스의 주민들로부터 관습을 배우고 그들의 '지시'에 복종해야 한다고 말하는 이유는 국경을 넘은 외국인이라는 조건에서 비롯된다. 국경은 국가의 통치와 법의 효력이 발휘되는 영토의 표지로서 국가의 법적 승인을 받은 국민이 거주할 수 있는 지역의 경계를 가리킨다. 그런 점

---

1  소포클레스, 『소포클레스 비극 전집』, 천병희 옮김, 숲, 2008, p. 155.

에서 국경은 필연적으로 '국가란 무엇인가'라는 정체성의 물음을 제기하고 모든 사람을 외국인과 내국인으로 구분하면서 외국인을 국경의 바깥으로 밀어낸다. 국경 앞에서 외국인은 잠재적 범죄자와 임의적 적국의 국민으로 분류되고 그 존재 자체로 의심받는 존재가 된다. 외국인은 국경을 넘는 순간 "방문자/체류자/이민자/망명자/불법체류자/난민/증이 없는 자"[2] 중의 한 존재로 전락한다. 국경은 외국인과 내국인을 구별하고 차이를 낳는 위계의 지표로 작동하면서 외국인이라는 이름으로 배제되고 차별받는 존재들의 거주지를 잉태시킨다. 그 국경은 지리적 위치만을 지시하는 것이 아니라 외국인이라는 존재 자체가 살아 있는 국경이 된다. 국경은 외국인을 발생시키고 외국인은 국경에 존재한다. 그것이 오이디푸스가 국경에 머물고자 하는 이유이며 그가 어디에 거주하든 외국인으로 분류되는 이유이다.

외국인의 국경 거주는 오이디푸스처럼 해당 국가의 법을 준수하고 해당 국민의 생명과 재산권을 침해하지 않겠다고 서약할 때 승인된다. 그런데 외국인의 거주가 승인되었다고 하더라도 외국인은 즉각적인 내국인, 그 국가의 국민이 될 수 없다. 외국인은 내국인의 언어와 문화를 완전히 습득하지 못하는 한 여전히 외국인으로 분류된다. 외국인은 언어와 문화의 차이, 그리고 인종과 계급의 차이에서 발생하는 배제와 차별로 인해 국민의 이름을 얻지 못하고 외국인이라는 익명의 존재로서 국가의 바깥에 놓인다. 역설적으로 내국인은 외국인에 대한 대타적 존재로 성립하면서 국가의 내부에서 국민이

---

2  기욤 르 블랑, 『안과 밖: 외국인의 조건』, 박명옥 옮김, 글항아리, 2014, p. 29.

라는 이름으로 결속한다. 익명의 외국인과 구별되는 내국인은 국가의 정체성을 내면화한 공동체의 내부에 거주하면서 '국민'이라는 이름을 부여받는다. 그럼에도 불구하고 '국가란 무엇인가', '국민이란 무엇인가'라는 물음은 자명한 것처럼 보이는 국가의 정체성과 국민의 정의를 불분명하고 균질적이지 않은 것으로 전환시킨다. 더 나아가 '누구를 위한 국가인가', '국가의 법은 누가 제정하는가', '법은 모든 국민에게 평등한가', '법은 국민을 보호하는가', '국민은 어떻게 구성되고 유지되는가', '합법과 불법을 가르는 기준은 무엇인가', '실정법은 자연법보다 선차적인가'라는 물음들은 자명하고 확실한 것처럼 보이던 국가와 국민과 법에 대한 정의에 균열을 일으킨다.

저 물음들은 간명하게 답할 수 있는 성질의 것이 아니지만 저 물음들이 야기한 균열을 통해 공통적으로 유추할 수 있는 답변 중의 하나는, 국가의 정체성과 국민의 정의는 동일한 주체들의 단일한 목소리로 합의될 수 없다는 것이다. 국가는 동일한 주체들의 정체성으로 확립되어 있지 않으며, 국민은 동일한 주체들이 합의한 국가의 정체성 속에서 평등한 권리로 거주하고 있지 않음을 드러낸다. 저 물음들은 국가와 국민과 법이 동일한 주체들의 정합적 정립이 아니라 이질적인 타자들의 임의적 결합과 정의로 구성되어 있다는 것을 환기시킨다. 그런 까닭에 외국인은 국가의 바깥과 국경에만 존재하는 것이 아니라 국가의 내부와 내국인 안에서도 존재한다. '남성/여성/성전환자', '이성애자/동성애자/양성애자', '정규직/비정규직/계약직/일용직', '백인종/유색인종', '자본가/노동자', '통치자/피통치자' 등의 위계와 차이뿐만 아니라 종교와 문화적 차이에서도 발생하는 내국인 사이의 차별은 외국인으로서 겪는 차별보다 심하지 않더라도 국경에서 타자화된 외국인이 겪는 차별들의 특성과 다르지 않다. 오이디푸스는 본래부터 외국인은 아니었으나 스스로 자신의 눈을 찌르며 본국 테바이의 왕위를 포기하고 권좌로부터 추방당하자마자 외국인으로 전락한다. 외국인은 국경에만 존재하는 것이 아니라 일정한 국가와 공동체 안에서 타자화된 주체들도 잠재적 외국인으로 존재하며 언제든지 추방당할 수 있는 것이다. 추방당한 오이디푸스가 자신을 환대한 콜로노스의 방패가 되어주면서 찾아낸 국경의 장소는 타자화된 주체들의 무덤이자 국경의 바깥으로 내몰린 시민들이 이국에서 맞이한 비극적 안식처이다. 용산 참사의 철거민들과 세월호의 아이들, 강남역 살인사건의 여성과 여수 외국인보호소의 이주노동자처럼 오이디푸스의 죽음은 국가의 폭력과 권력을 가진 주체에 의해 자행된 타살이다.

물론 내국인과 외국인 사이의 위계와 차이는 분명하며 그것으로 인한 차별과 배제는 외국인에게 일상적 폭력으로 나타난다. 무엇보다 외국인이 쉽게 습득할 수 없는 언어는 즉시 동화될 수 없는 타자로서의 정체성과 상처를 매 순간 각인시킨다. 말할 수 있는 이국 언어의 부재는 외국인을 하나의 국가와 공동체 안에서 실재하는 주체가 아니라 부유하는 환영 같은 존재로 취급한다. 이국의 언어를 말할 수 없는 외국인은 어떤 권리도 주장할 수 없는 타자임을 이름 없는 자신의 육체로 드러낼 수 있을 뿐이다. 입이 있으나 이국의 언어를 말할 수 없는 외국인은 자신의 몫이 전혀 없는 세계에 놓인 타자인 것이다. 그렇다면 말할 수 없는 국경의 외국인들과 외국인의 처지로 내몰린 내국인들에게 가해지는 차별과 폭력을 어떻게 할 것인가. 오이디푸스를 국경의 바깥으로 밀어낸 테바이의 왕, 크레온에게 문학은, 시는 무엇이어야 하는가.


## 2. 전체의 바깥

> 비합법적인 어떤 목소리가 지르는
> 비명 소리
>
> 그것은 스스로를 듣는 것을 멈추었다, 그러므로
> 그것은 스스로에게 묻는다
>
> 나는 진실로 어떻게 존재하는가?
>
> 이것이 바로 내가 너를 길들여서라도 알게 하고 싶었던 침묵
> 이다
> 난 여러 가지 질문을 했지만 넌 대답하려 하지 않았다
>
> 난 여러 개의 답변이 있었지만 넌 그것들을 이용할 수 없었다
> 이것은 너에게 그리고 아마 다른 사람들에게도 필요 없을지
> 모른다
>
> — 에이드리언 리치의 「침묵의 지도학」 부분[3]

---

3 에이드리언 리치, 『문턱 너머 저편 *The Fact of a Doorframe*』 한지희 옮김, 문학
과지성사, 2011, pp. 290~291.

국가와 법은 공동체의 질서와 운영을 위해 인간이 만든 제도이지만 그것이 만인을 위한 제도로 작동하지 않을 때 인간을 옭아매는 폭력적인 수단과 불법을 양산하는 도구로 전락하고 만다. 합법과 비합법의 기준은 항구적인 것이 아니라 그 법을 제정하고 강제하는 주체와 지역, 역사와 문화에 따라 달라지는 상대적인 것이다. 국경의 오이디푸스는 콜로노스의 국경을 넘은 외국인으로서 불법체류자이지만 콜로노스의 법을 준수하겠다는 서약과 테세우스의 승인과 동시에 합법적인 체류자의 신분이 된다.

에이드리언 리치의 시 「침묵의 지도학」은 국경의 오이디푸스처럼 아직은 불법체류자의 신분에 놓인 외국인, '나'의 실존적 상황과 대화를 나누지 않는 내국인, '너'와의 관계를 드러낸다. 외국인으로서 내가 비합법적인 존재로 규정될 때, 외국인으로서 내가 이국의 언어를 말하지 못할 때 나의 목소리는, 내 존재를 드러내지 못하고 내 몸이 세계 안에 있음을 주장하지 못하고 너에게 이해되지 않는 "비명 소리"로만 들린다. 나의 목소리는 너에게 영원한 이방인이 내뱉는 타자의 언어로 들린다. 나의 목소리가 너에게 전달되지 않고 나의 내부에서만 맴돌 때 나의 언어는 그 의미를 잃는다. "스스로를 듣는 것을 멈"춘다. 언어는 관계 속에서 의미를 획득하고 언어의 주체에게 삶의 의미를 부여하기 때문이다. 내 언어가 너에게 "비명 소리"로만 들리고 나의 내부에서만 거주하면 내가 존재하는 양식에 대한 물음은 필연적이다. 외국인과 타자로서 "나는 진실로 어떻게 존재하는가?"라는 물음은 너에게 전하고 싶은 말이지만 외국인으로서 나는 그것을 말할 수 없다. 그 물음을 말할 수 없는 나의 "침묵" 앞에서 자유롭게 말할 수 있고 말하지 않을 수도 있는 너의 언어는 나의 목소리를 타자의 언어로 규정하고 배제하는 주체의 권력으로 작동한다. 말할 수 없는 내 앞에서 네가 말하는 것도 말하지 않는 것도 내 존재를 무력화시킨다. '침묵'으로써 "난 여러 가지 질문을 했지만 넌 대답하려 하지 않"은 것이다. 그런데 너뿐만 아니라 다른 사람들도 나의 침묵에 귀를 기울이지 않을 때 국가라는 공동체는 어떤 사건을 발생시키는가. 타자의 언어와 비명 소리를 주목하지 않을 때 국경에서는 어떤 사건들을 양산하는가.

국가와 국민은 동일한 주체들로만 구성되지 않고 이질적인 타자들과의 공존을 통해 성립되는 까닭에 타자의 언어와 침묵하는 존재들의 비명에 대한 외면과 방치는 타자화된 주체의 죽음들을 양산하며 외국인에 대한 적대와 폭력은 필연적이다. 타자의 언어와 침묵에 주목하지 않는 주체는 "나는 진실로 어떻게 존재하는가?"라는 물음을 제기하지 않는다. 그 주체는 반성찰적이고 폭력적이며 전체주의적 사유로 나아가는 도정에 놓여 있다. 그렇다면 시는 반성찰적인 동일성의 주체에게 무엇을 할 것인가.

시는 스스로를 자명하다고 확정하는 그 주체에게, 차별과 폭력을 가하는 테바이의 왕, 크레온에게 "나는 진실로 어떻게 존재하는가?"라는 물음을 끊임없이 던지는 것이다. 시는 주체의 언어로 말하는 것이 아니라 타자의 언어에 귀를 기울이고 침묵하면서 타자의 언어를 응시하는 침묵의 자리에서 고요히 흘러넘치는 언어로서 출현한다. 그 침묵 속에서 너의 언어는 나의 언어를 대신하지 않으면서 너와 내가 함께 만나는 환대의 윤리를 마련한다. 그리하여 시는 주체와 국경, 그 전체의 바깥과 미지에서 도래하는 타자의 목소리를 듣는 주체의 침묵에서 현현한다.

## 3. 이방인, 빛고을 광주로부터 30년

보들레르의 산문소시집 『파리의 우울』 첫 시는 「이방인」[4]이다. 보들레르의 '이방인'은 '지금—이곳'에서 아주 낯선 존재가 아니라 지금까지 살아왔음에도 불구하고 '지금—이곳'을 아주 낯설어하는 존재이다. 그 이방인에게 '지금—이곳'의 가족과 친구와 조국은 어떤 의미도 없다. 심지어 황금조차 증오한다. 그는 다만 "불멸의 여신" 같은 "미인"의 아름다움과 저기 "흘러가는 구름"을 사랑한다. 그는 '지금—이곳'에 있지만 '지금—이곳'에 있지 않다. 그는 '지금—이곳'에 있지 않은 것을 사랑한다. 그는 '있지 않은 것'에 대한 사랑으로 인해 이방인이 되었다.

1989년. 빛고을 광주로부터 떠나온 지 30년이 지났다. 1989년. 나는 광주에서 태어나 19년을 살았지만 광주에서 이방인이었다. 부모님은 일찍 돌아가셨고 남은 가족과도 헤어졌으며 특별한 친구도 없었다. '금남로'와 '충장로'에서 연일 울려 퍼지는 정치적 구호를 들으면서 내가 구입한 첫 책은 김현의 『한국문학의 위상』이었다. 그리고 나는 시를 쓰겠다고 결심하였다. '아름다움'과 '있지 않은 것'을 위해 광주를 무조건 떠나겠다고 생각하였다. 그러나 나는 서울에서도 내내 이방인이었다. 그것은 여러 층위에 걸친 '바깥'의 경험이었다. '바깥'에 대한 일종의 정치적 경험이었다. 그 바깥에서 나는 혼자 시를 썼고 비평의 언어를 배웠다. '지금—여기', 세계는 여전히 나에게 낯설다. 그 낯섦의 미지가 '지금—여기', 전체를 바라보게 한다. 낯섦의 미지가 내 글쓰기의 기원이다.

---

4  샤를 보들레르, 『파리의 우울』 황현산 옮김, 문학동네, p. 11 참고.

그 빛고을, 광주에서 비평집을 펴낸다. 무엇보다 바깥에 서 있던 내 시와 비평의 언어를 처음으로 주목하고 격려해주신 정과리 선생님께 감사의 인사를 드린다. 전위의 정신과 그 긴장을 잃지 않겠다는 약속을 다시 올린다. 그리고 여전히 광주에서 첨예한 비평의 언어를 세우고 있는 김형중 선생님께 우정의 인사를 드린다. 이제 내 문학의 배경이 되어준 창숙과 언준에게는 사랑의 인사를, 마지막으로 광주에서 『문학들』을 발간하며 비평집의 출간을 응원해주신 송광룡 선생님께 특별히 고마운 인사를 전한다.

2019년 8월의 세검정
송승환

# 차례

책머리에　5


제1부 상상

재현의 정치성에서 상상의 정치성으로　19

대홍수의 상상력, 그 무의식적 정치성　42

염려하는 주체와 언어의 형식　64

시인 바알과 시의 정치성　84

사회적 환상과 알레고리 산문시　100

빛이 파괴된 세계의 잔존하는 빛　115


제2부 바깥

전체의 바깥과 오늘의 감각　129

이야기의 틈과 바깥의 언어　136

육체의 형식과 시의 형식　151

바깥의 욕망과 미지의 푸가　156

강요된 침묵과 언어의 파열　160

사태의 명명과 윤리의 출현　169


제3부 집중

집중의 기술과 비평의 윤리　177

시적인 것과 언어의 형식　183

실패 없는 실패　196

비대상과 초현실　204

기하학적 언어와 시적 순간　219


제4부 실재

사물의 이름과 실재의 응시　231

실재와의 만남은 불가능한가　244

정전 속에서 움직이는 많은 손들　251

공동체, 그 증상과 바깥　262

엎드린 자의 기원과 고백의 형식　282


수록 평론 출전　285

# 제1부 상상

# 재현의 정치성에서 상상의 정치성으로
## - 김시종과 김혜순의 시

> 너는 말도, 추측도 할 수 없다, 너는 다만
> 부서진 이미지들 더미만 알기 때문에……
> 이 파편들로 나는 나의 폐허를 지탱해왔다
> — T. S. 엘리엇, 「황무지」 부분[1]

## 1. 기억하기 위해서는 상상해야 한다

프리모 레비의 『이것이 인간인가』(1958)는 폴란드 모노비츠 마을에 소재한 아우슈비츠 제3수용소에서 기적적으로 생환한 그의 처참한 체험을 기록한 증언 '문학'이다. 이탈리아 화학자인 프리모 레비는 1943년 12월 3일 파시스트 민병대에 체포되어 1945년 1월 27일까지 갇혀 있던 수용소의 삶을 기록하였는데, 그는 「작가의 말」에서 책을 쓴 의도를 이렇게 밝힌다.

내 책은 죽음의 수용소라는 당혹스러운 주제로 전 세계의 독
자들에게 이미 널리 알려진 잔학상에 관해 덧붙일 것이 아무것도

---

[1]  T. S. 엘리엇, 「황무지」(1922), 『20세기 영시』, 이재호 옮김, 탐구당, 1986, p. 224., p. 266. 번역은 수정.

없다. 이 책은 새로운 죄목을 찾아내려는 것이 아니다. 오히려 인간 정신의 몇몇 측면에 대한 조용한 연구에 자료를 제공하기 위한 것이다.[2]

그는 아우슈비츠 제3수용소에서 체험한 폭력과 굶주림, 강제 노역과 수많은 죽임을 분노와 증오의 언어로 폭로하지 않는다. 아우슈비츠의 잔혹함을 개인적 원한과 분노의 큰 목소리로 외치지 않는다. 오히려 그는 서구 문명의 합리성 속에서 정립된 이성적 인간이 "엄밀한 사유를 거쳐 논리적 결론에 도달"하여 만든 '수용소'에 대해 경악하며 그 수용소의 '인간 군상'을 관찰하고 담담하게 기록한다. 더 나아가 그는 수용소의 일상을 정밀한 사실 기록과 연대기적 순서로만 기술하지 않는다. 그는 단테의 『신곡』과 호메로스의 『오딧세이아』를 책의 근간으로 삼음으로써 『이것이 인간인가』를 이탈리아와 그리스의 문학적 전통 속에 자리매김한다. 파시스트 민병대에게 체포되어 떠나는 「여행」으로 시작한 글은 곳곳에서 단테의 지옥 묘사를 인용하며 극적으로 귀환하게 되는 마지막 「열흘간의 이야기」로 끝난다. 그 서사는 아우슈비츠의 현실이 단테가 묘사한 '지옥'과 다르지 않음을 제시하며 그 고난과 모험의 여정 끝에 극적으로 귀환한 오디세우스처럼 인간에 대한 본질과 새로운 통찰에 도달한 그의 성찰을 드러낸다.

　　수용소는 우리를 동물로 격하시키는 거대한 장치이기 때문에,

---

2　프리모 레비, 『이것이 인간인가』, 이현경 옮김, 돌베개, 2007, p. 6. 이하 인용 쪽수만 밝히기로 한다.

바로 그렇기 때문에 우리는 동물이 되어서는 안 된다. 이곳에서도 살아남는 것은 가능하다. 그렇기 때문에 나중에 그 이야기를 하기 위해, 똑똑히 목격하기 위해 살아남겠다는 의지를 가져야 한다. 우리의 생존을 위해서는 최소한 문명의 골격, 골조, 틀만이라도 지키기 위해 최선을 다해야 한다. 우리가 노예일지라도, 아무런 권리도 없을지라도, 갖은 수모를 겪고 죽을 것이 확실할지라도, 우리에게 한 가지 능력만은 남아있다. 마지막 남은 것이기 때문에 온 힘을 다해 지켜내야 한다. 그 능력이란 바로 그들에게 동의하지 않는 것이다. 그러니까 우리는 당연히 비누가 없어도 얼굴을 씻고 윗도리로 몸을 말려야 한다. 우리가 신발을 검게 칠해야 하는 것은 규정이 그렇게 되어 있기 때문이 아니라, 우리 자신에 대한 존중과 청결함 때문이다. (54)

　이 문장들은 『이것이 인간인가』가 나치스의 '쇼아(shoah, '절멸'이라는 뜻의 히브리어)'를 고발하는 르포르타주(reportage)의 증언록이 아니라 증언 '문학'으로 성립시키는 근거이다. 「독자들에게 답한다」에서 "나는 증오란 동물적이고 거친 감정이라고 생각한다"라고 밝힌 것처럼 그가 겪은 수용소의 폭력을 단지 증오의 언어로 고발했다면 그 언어는 '홀로코스트'라는 유대인 대학살에 대한 개인의 증언에 그쳤을 것이다. 폭로와 증오로 가득 찬 언어는 개인적 분노의 표출일 뿐이다. "증오는 개인적인 것이고 한 사람에게, 어떤 이름에게, 어떤 얼굴에게 향해지는 것"일 뿐이다. 그는 "이성과 토론이 진보를 위한 최선의 도구라고 생각"하며 "정의를 증오 앞"에 놓는다. 더불어 그는 사태의 경험자로서 자신이 겪은 사태를 사실적으로 기록하는 것에 멈추지 않고 그 사태의 발생과 과정과 결과를 되묻는다. 동물과 다르고 합리적이며 이성적이라고 자인하는 인간이 어떻게 같은 인간을 어떤 감정도 없는 사물처럼 처리하면서 대량으로 학살할수 있는가를 묻는다. 그 물음을 통해 인간은 동물이 될 수 없으며 동물과 다른 존엄성을 지니고 있기에 일상적으로 대면하는 죽음의 수용소에서 살아남아야 하는 이유를 찾아내고 그들의 범죄를 문학의 언어로 기억해 내려 한다. 그는 쇼아로부터 살아남은 개인의 증언이그 자체로 사태의 진실을 밝히는 주요한 역사적 사실이 될 것이지만홀로코스트라는 사태의 전체가 아님을 인식한다. 증언이 개인의 증언으로만 표출될 때 증언은 역사적 사실의 한 파편일 뿐임을 알고 있다. 그런 이유로 프리모 레비는 자신의 체험을 사태의 전체로 간주하는 오만 대신 최대한 "침착하고 절제된 증언의 언어" 형식을 채택하고 겸손한 태도를 취함으로써 『이것이 인간인가』를 역사적 사실의르포르타주가 아니라 '이것이 인간인가'라는 물음을 제기하는 '문학'으로 성립시킨다. 그리하여 『이것이 인간인가』는 역사적 사실의 증언으로 정치성을 표방하는 것이 아니라 '인간은 무엇이어야 하는가'라는 물음과 성찰을 제기하는 문학적 언어로써 문학의 정치성을 발현한다.

프리모 레비의 『이것이 인간인가』가 증언 '문학'의 정치성을 성취했다면 5·18 광주민주화운동의 실상을 최초로 알린 『죽음을 넘어 시대의 어둠을 넘어』(풀빛, 1985)는 광주민주화운동의 참가자와 목격자 200여 명을 대상으로 조사하고 사태의 증언을 집적한 역사적 사실로서 그 정치성을 성취한 바 있다. 초판과 개정판의 집필에 모두참여한 이재의는 "초판이 피해자인 광주시민의 증언과 기록만을 토대로 집필된 데 반해, 개정판은 그 이후 밝혀진 '계엄군의 군사작전' 내용과 5·18재판 결과를 반영하여 '역사적·법률적 성격'을 명확히 하는 데 초점을 맞추었다. 5·18을 현장에서 목격한 내외신 기자들의 객관적인 증언"[3]도 개정판에 수록하였음을 밝힌다.

최근 1980년 5·18 광주민주화운동 당시 광주에 투입된 계엄군이 시민들을 향해 51만 발이 넘는 각종 실탄을 사용했다는 군 기록문서가 처음 발견[4]되었는가 하면 '헬기 기관총 사격(기총소사)'을 유력하게 뒷받침하는 내용[5]도 발굴되었다. 그런데 여전히 증언은 새롭게 채록되고 있으며 사료는 더 많이 발굴되고 있다. 이 증언들과 사료들은 그 자체로 무구한 시민들을 학살한 계엄군의 위법성과 폭력성을 입증하고 진실을 규명하기 위한 정치성을 발휘하지만 시의 언어와는 성격을 달리한다. 새로운 증거들은 현재까지 수집된 증언과 사료의 파편들을 재배치함으로써 새로운 역사적 진실과 정치성을 품고 있지만 그 파편들로도 완성하지 못한 공백의 어둠이 남아 있다. 공백의 어둠 속에는 여전히 돌아오지 못한 자의 행방과 이름 없이 죽은 자의 목소리와 채록되지 않은 목격자의 표현하지 못한 말과 진실이 있다. 서른네 명의 단원고 아이들 목소리를 서른네 명의 시인이 받아쓴 육성 생일시 모음집 『엄마. 나야.』(난다, 2015)처럼 시인은 기록하고 재현하는 언어가 아니라 저 공백의 어둠 속에서 보이지 않는 파편들로 남아 있는 그들의 목소리를 상상하고 그들에게 '들린' 언어

---

3  이재의, 「개정판을 내며」, 『죽음을 넘어 시대의 어둠을 넘어』, 황석영·이재의·전용호 기록, 광주민주화운동기념사업회 엮음, 창비, 2017, p. 584.
4  강현석, "5·18 계엄군, 실탄 51만 발 썼다",《경향신문》, 2017. 8. 28.
5  강현석, "헬기 기관총 사격 '증거' 또 나와",《경향신문》, 2017. 8. 28.

의 형식으로 받아쓴다. 살아 있는 사람들의 '있음'을 한꺼번에 '없음'으로 만들어버린 끔찍한 현실에서 그들이 여전히 '여기에 함께 있음'을-"우리는 사라진 것이 아니에요/우리는 곁에 있어요"[6]-그들의 목소리로 들려주면서 그들을 죽음으로 몰고 간 현실과 그들에 대한 망각을 비판적으로 암시하는 형식, 그 언어에서 시의 정치성이 발현된다. 한 마디 말도 남기지 못한 자들의, 무덤 없이 죽은 자들의, 이름 없는 것들의 목소리를 상상하고 받아쓰는 언어가 '시'이기 때문이다. 시의 언어로 되살아난 그들의 목소리가 미지의 독자를 향해 나아가는 열린 공간에서 시의 정치성이 생성되기 때문이다. "기억하기 위해 상상"[7]하는 언어, 그것이 시의 형식이며 시의 정치성이다.

## 2. 거기에는 언제나 내가 없다 – 김시종 시집 『광주시편』(1983)

거기에는 언제나 내가 없다.

있어도 상관없을 만큼

주위는 나를 감싸고 평온하다.

일은 언제나 내가 없을 때 터지고

– 김시종, 「바래지는 시간 속」 부분

재일한국인 김시종(金時種, 1929~) 시인의 시집 『광주시편光州

---

6  이원, 「따뜻해졌어 지혜」 『엄마. 나야.』 난다, 2015, p. 26.

7  조르주 디디-위베르만, 『모든 것을 무릅쓴 이미지들』 오윤성 옮김, 레베카, 2017, p. 51.

詩篇』(福武書店, 1983)[8]은 총 21편을 수록하고 있는데, 21편의 모든 시가 5·18 광주민주화운동과 관련된 시편들이다. 김시종은 "광주사범학교 재학 중에 맞이한 조국 해방의 공간에서 자신의 정체성과 기성세대의 행태에 의문을 품으며 사회주의 운동에 관심을 기울였고, 1948년 제주 4·3항쟁에 적극적으로 가담했다가 결국 1949년 5월 연로한 부모님을 뒤로하고 일본으로 밀항"하였으며 "오사카의 조선인 거주지 이카이노에 정착한 후 지금껏 '재일(在日)'의 삶을 살면서 일본어로 시를 써 오고"[9] 있다.

루마니아 출신 유대인 파울 첼란이 동족을 절멸시킨 독일인의 독일어를 모어(母語)로 삼아 『죽음의 푸가』를 쓴 것과 유사하게 김시종은 동족을 학살하고 피식민지인으로 만든 일본인의 일본어를 모어로 삼아 시를 쓰는데, 그는 "일본어를 향해 '복수'하는 심정"('옮긴이의 말')으로 시를 써 왔다. 그러한 김시종이 1980년 5월 20일, 일본의 언론을 통해 광주 '사태' 소식을 접하고 일본어로 쓴 시가 『바래지는 시간 속』이다. 이것은 그가 1948년 4·3 제주 사건에 적극 참여하였다가 일본으로 밀항한 후, 장편시집 『니이가타』(1970)[10]에서야 4·3 제주 사건을 언급하는 것에 비하면 매우 빠른 반응의 시쓰기였다. 그 후 '광주'라는 말이 금기시되던 일본에서 3년간 여러 잡지에 '광주' 시편들을 발표하고 묶었는데, 그 시집이 『광주시편』(1983)이다.

김시종의 시집 『광주시편』에서 가장 주목해야 할 시구는 "거기에는

---

**8** 김시종, 『광주시편』(1983), 김정례 옮김, 푸른역사, 2014. 이하 인용의 쪽수는 생략하기로 한다.

**9** 김정례, 「옮긴이의 글」, 김시종, 『광주시편』(1983), 위의 책, p. 94.

**10** 김시종, 『니이가타』(1970), 곽형덕 옮김, 글누림, 2014.

언제나 내가 없다"이다. 김시종은 4·3 제주 사건 경험을 제주에서 쓰지 않은 것처럼 5·18 광주민주화운동을 광주에서 쓰지 않았다.[11] 아니다. 그는 사태로부터 도피하거나 부재하였던 탓에 시를 쓰지 못했다. "말은 힘 앞에서도 무력하지만, 압도적인 사실 또한 말을 다시 입 속으로 밀어 넣고 꼼짝 못하게 한다. 말에는 어떤 대상과 일정한 거리를 둘 수 있는 평온한 공간이 있는 듯하지만, 3년이 지난 지금도 내 마음은 황폐한 그대로" 있다고 그는 시집 「후기」에서 밝힌 바 있다.

> 매번, 기회가 있을 때마다 나는 아직도 증언하고 있다. 그러나 이러한 나의 증언이 생존의 특권을, 그리고 큰 문제 없이 여러 해를 사는 특권을 내게 가져다준 것일 수도 있다는 생각은 나를 괴롭힌다… 중략…반복하지만 진짜 증인들은 우리 생존자가 아니다. 이것은 불편한 개념인데…중략…우리 생존자들은 근소함을 넘어서 이례적인 소수이고, 권력 남용이나 수완이나 행동 덕분에 바닥을 치지 않은 사람들이다. 바닥을 친 사람들, 고르곤을 본 사람들은 증언하러 돌아오지 못했고, 아니면 벙어리로 돌아왔다. 그러나 그들이 바로 "무슬림들", 가라앉은 자들, 완전한 증인들이고 자신들의 증언이 일반적인 의미를 지녔을 사람들이다. 그들이 원칙이고 우리는 예외이다.
>
> – 프리모 레비, 『가라앉은 자와 구조된 자』(1986) 부분[12]

---

**11** 이진경은 김시종의 『광주시편』에서 의미의 사건으로서 '광주'를 구성하는 요소들이 별로 등장하지 않음을 주목한 바 있다. 이진경, 「사건과 어긋남, 혹은 시는 사건과 어떻게 관계하는가?·1」『문학들』 2017. 12. p. 75. ;이진경, 「사건적 어긋남과 바래진 시간: 『광주시편(光州詩篇)』에서 사건과 세계의 사유」『김시종, 어긋남의 존재론』, 도서출판 b, 2019 참고.

**12** 프리모 레비, 『가라앉은 자와 구조된 자』(1986), 이소영 옮김, 돌베개, 2014, pp. 98~99.

1987년 돌연 자살로 삶을 마감한 프리모 레비의 "불편한 개념"을 빌린다면, 김시종은 4·3 제주 사건에서 "구조된 자"로서 "압도적인 사실" 앞에서 말할 수 없었다. 그가 시를 쓰기 위해서는 "일정한 거리를 둘 수 있는 평온한 공간"과 시간이 필요했다. 그는 "벙어리"로서 4·3 제주 사건 및 5·18 광주 사태와 일정한 거리를 둔 일본에서 "황폐한 그대로"인 "마음"을 살아낸 다음에서야 시를 쓸 수 있었던 것이다. 그리하여 "일은 언제나 내가 없을 때 터지고" "거기에는 언제나 내가 없"고 시는, 사태 이후에 온다. 사태 이후에 오는 시는, "가라앉은 자"의 "완전한 증인들"의 증언이 될 수 없는, 구조된 자의 기억과 시인의 상상력을 통해 도래한다.[13] 시집 『광주시편』(1983)은 사태 이후에 김시종에게 도래한 시로서 "나는 잊지 않겠다. /세상이 잊는다 해도/나는, 나로부터는 결코 잊지 않게 하겠다"라는 「서시」를 서두로 시작하는데, 그 「서시」에는 "거기에는 언제나 내가 없"고 '시'가 없었던 사태의 현장을 '잊지 않겠다'는 기억과 상상력의 형식이 내포되어 있다.

기억과 상상력의 형식은 "거기에는 언제나 내가 없다"라는 시구에 암시되어 있다. 이 시구는 세 가지 의미의 층위를 품고 있는데, 첫째, 사태의 현장에 언제나 부재하는 '나'의 실존을 고백함으로써 "살아남은 사람들은/모두가 죄인처럼 고개를 숙이고 있구나"(김준태, 「아아 광주여! 우리나라의 십자가여!」)처럼 구조된 자의 부끄러움을

---

**13** 이른바 '오월시'라고 불리는 시편들 또한, 5·18 광주 사태의 현장에서 대부분 쓰이지 않았다. 그런 점에서 사실적인 재현을 통해 즉각적인 정치적 효과를 의도하는 시편들도 후일담의 시이며 구조된 자들의 기억과 상상력을 통해 재구성된 시편들이다. 『5월문학총서 1-시』, 5월문학총서간행위원회 엮음, 문학들, 2012 참고.

드러낸다. 둘째, 사태의 현장에 있었음에도 불구하고 무자비한 '죽임'에 대한 저항을 하지 못한 '나'의 현실적 무력감이 스며 있다. 셋째, 끔찍한 사태를 사실적으로 재현할 수 없고 표현할 수 없는 시인, '나'의 말할 수 없음의 '언어적 무력감'을 함의하고 있다.

> 때로 말은
> 입을 다물고 색을 낼 때가 있다.
> 표시가 전달을 거부하기 때문이다.
> 거절의 요구에는 말이 없는 거다.
>
> -「입 다문 말- 박관현[14]에게」부분

예외적으로 구조된 자이며 시인으로서 김시종은 "입을 다물고 색을 낼" 침묵의 시간을 보냈는데, 그것은 사태를 재현하려는 "표시가 전달을 거부"했기 때문이며 처참한 사태를 직접 표현할 수 있는 시어가 부재했기 때문이다. "말은 이미 빼앗긴 사상(事象)에서조차 멀어져 있고/의미는 원래의 말에서 완전히 박리(剝離)"(「입 다문 말- 박관현에게」)되었기 때문이다. 그런 이유로 김시종은 5·18 광주민주화운동으로 명명되기 이전의 광주 '사태'를 시집 『광주시편』(1983)에서 사실적으로 묘사하거나 재현하지 않는다. 총 3부로 구성된 시집에서 특히, 1부에 수록된 6편의 시편들(「바람」「흐트러져 펄럭이는」「먼 천둥」「아직도 있다면」「점화(點火)」「벼랑」)은 시집 표제 『광주

---

**14** 전 전남대학교 총학생회장. 1980년 5·18 광주민주화운동 관련 혐의로 징역 5년의 판결을 받고 광주형무소에 수감되었으나, 광주민주화운동의 정당성과 시민 학살에 항의하여 3차에 걸친 40일 동안 단식한 끝에 1982년 10월 12일 새벽, 당시 29세의 나이로 사망하였다. 김시종, 앞의 책, p. 43 옮긴이 각주 참고.

시편』이 없었다면 단순히 '바람'과 '천둥', '봄'과 '불', '벼랑'과 '꽃잎'의 자연 소재로 쓴 시로만 읽혔을 것이다. 그러나 시집 표제『광주시편』으로 인해 자연물들은 사태의 비극성을 암시하는 시의 언어로 전환됨으로써 상상력에 의한 문학적 정치성을 표출한다.

말이 이미 말이 아닐 때
그곳이 어디인지 묻는 일도 없을 것이다.
…중략…
바람은 끝없는 상(喪)의 사제이다.

– 「바람」 부분

날이 갈수록 눈[眼] 저 안쪽에서
흐트러져 있는 것은 기억의 떨림이다.

– 「흐트러져 펄럭이는」 부분

소리는 언제나 하나의 모양을 새깁니다.

– 「먼 천둥」 부분

아직도 있다면
그것은 피로 물든 돌의 침묵.

– 「아직도 있다면」 부분

그 희뿌연 그림자는 아직 돌아오지 않았습니다.

– 「점화(點火)」 부분

그저 꽃잎만이
무변의 정적을 흩날려 간다.

- 「벼랑」 부분

김시종은 '바람'과 '천둥', '돌의 침묵'과 '희뿌연 그림자', 그리고 '꽃잎'을 통해 무참히 살해당하고 행방불명된 광주 시민들을 비유하고 애도하며 계엄군의 폭력을 암시적으로 비판하는 시의 형식을 고안한다. 그것은 「서시」의 "결코 잊지 않겠다"는 시인의 기억 의지를 통해 "흐트러져 있는" "기억의 떨림"을 다시 붙잡고 시적 상상력의 정치성을 구현하는 형식이다. 2부의 시편들 역시 1부의 시편들처럼 자연물에 의탁한 비유의 형식을 취하면서도 "광주는 진달래로 타오르는 우렁찬 피의 절규"(「바래지는 시간 속」)이며, "광주는, 왁자지껄한/빛의/암흑이다"(「뼈」)처럼 보다 직접적인 진술의 은유를 드러내는데, 그것은 여전히 사실적 재현을 통한 정치성의 추구가 아니라 "죽음은 죽음을 죽음답게 하는 산 증거의 전부였다"(「입 다문 말– 박관현에게」)는 시적 인식을 드러내는 시적 진술의 정치성이다.

3부에 이르러서야 "미군 병사"와 "공수부대"(「그리하여 지금」), "자네가 유신의 우두머리가 되었구먼"(「돌고 돌아서」), "총구에 거스러미 지는 도시"(「마음에게」) 정도의 사실적 지시어가 등장하지만 그 지시어들도 생경한 구호와 선동을 동반하는 정치적 언어가 아니라 "하나의 우의(愚意)를 믿는"(「미친 우의(寓意)」) 시인의 상상력을 매개로 전개되는 시적 언어의 일부로써 작동한다. 그런 점에서 김시종은 사태를 정밀하게 바라보고 사태에 대한 정치적 올바름을 실천하기 위해 사태의 현장에서 위력을 발휘하는 정치적 언어의 사용자가 아니다. "거기에는 언제나 내가 없"어서 생긴 부채감과 무력감 속에서 "언제나 저 멀리 바라다보는 마음"(「거리」)과 "어디로든 불러내 주는, 줄어들지 않는 관심"(「거리」)을 잊지 않고 광주 사태를 기억하는 시적 언어의 발화자이다. 그는 사태와 일정한 "거리(距離)"를 유지하면서 그 "간격"에서 발원하는 상상력을 통해 광주 사태의 비극성과 정치성을 '우의(寓意)'의 시적 언어로 발현시키는 시인이다. 시집 『광주시편』(1983)은 피식민지인으로서 지닌 일본인 정체성, 4·3 제주 사건의 참가자, 밀항자, 일본어를 모어(母語)로 삼은 재일(在日)조선인 시인, 그리고 재일(在日)한국인 시인이 되기까지 겪은 김시종의 디아스포라 정체성이 새겨졌음에도 불구하고 그 모든 것을 가로질러 우리 시대에 도착한 파울 첼란의 '유리병 편지(Flaschenpost)'에 담긴 시편들이다. 언어와 시공간의 벽을 뚫어낸 시적 언어의 상상력이 시의 정치성을 발현한 시집이다.

## 3. 아무래도 여긴 괜히 왔나 봐 – 김혜순 시집 『피어라 돼지』(2016)

> 훔치지도 않았는데 죽어야 한다
> 죽이지도 않았는데 죽어야 한다
> 재판도 없이
> 매질도 없이
> 구덩이로 파묻혀 들어가야 한다
>
> – 김혜순, 「피어라 돼지」 부분

사르트르는 1947년 프랑스 작가의 상황에 대해 "우리가 써야 했던 것은 그들의 전쟁과 그들의 죽음에 관해서였다. 역사 속으로 무참히 끼여든 우리는 역사성의 문학을 할 수밖에 없는 궁지로 몰린 것"[15]이었다고 진술한 바 있는데, 그의 진술은 지난 2011년부터 2016년까지 한국의 시인이 처한 상황을 미리 예고한 것과 다름없다. 프랑스와 한국이라는 역사적 시공간의 특수한 차이에도 불구하고 역사성의 문학과 재난의 글쓰기를 강요하는 상황이 유사했기 때문이다. 구제역 파동과 세월호 사건, 강남역 살인사건과 예술가 블랙리스트, 촛불집회와 탄핵 사건 등은 동시대 한국 시인들의 무의식에 강한 흔적을 남겼고 언어 실험과 존재의 탐구를 추구하던 시인들조차 시의 언어로 공동체의 윤리와 사회적 책무를 짊어져야 한다는 궁지에 몰렸기 때문이다.

시인 김혜순은 '바리데기'의 후예임을 자임하며 "본래적으로 위반의 언어"[16]인 여성의 언어로 시의 규범에 대항하면서 시의 타자성을 부단히 실천해 왔는데, "아무것도 말하지 않기가/아무것도 소리치지 않기가//시의 체면을 세워주기가/너무도 힘든 시절이었다"(「시인의 말」)고 밝히는 시집 『피어라 돼지』(문학과지성사, 2016)에서 지난 한국 사회의 상황과 가장 직접적으로 마주 선 미학적 응전을 표출한다. 총 4부로 구성된 시집에서 시집 표제와 동일한 한 편의 장시 「피어라 돼지」(시집의 1부)는 전체를 아우르는 주제를 전면적으로 표출하고 있는 문제작이다. 장시 「피어라 돼지」는 하나의 일관된 서사로 사회 현실을 비판하

---

15 장 폴 사르트르, 『문학이란 무엇인가』, 정명환 옮김, 민음사, 1998, pp. 286~287.
16 김혜순, 「책머리에」, 『여성이 글을 쓴다는 것은』, 문학동네, 2002, p. 8.

고 고발하는 정치적 언어를 결코 취하지 않는다. 정치적 언어는 합리성으로 위장한 동일성의 원리가 지배의 논리로 작동하는 남성의 언어이며 허위의 규율과 규범으로 여성과 약자, 소수자와 몫이 없는 자의 목소리를 억압하고 대상화하는 주체의 언어임을 김혜순은 분명히 인지하고 배제한다.

정치적 언어와 경제적 효율성이 작동하는 주체의 합리성은 돼지를 사육하는 방법에도 깃들어 있다. 돼지는 비좁고 불결한 '공장식 축산' 환경 속에서 단 한 번도 바깥을 나오지 못한 채 '생산'된다. 임신과 출산을 반복하는 어미 돼지는 몸을 조금도 돌릴 수 없는 폭 60cm와 길이 210cm의 차가운 금속 틀에 감금되어 있다가 새끼를 콘크리트 바닥에 낳는다. 어미 돼지의 보살핌도 받지 못한 새끼 돼지는 마취도 없이 송곳니와 꼬리를 제거 당한다. 돼지는 3세 아이의 인간 지능을 지니고 있다. 한 식구의 일원이었다면 불렸을 이름도 없이 번호로 불리는 새끼 돼지는 생후 3개월 만에 도축당한다. 출산하지 못하는 어미 돼지는 6개월 만에 도축당한다. 도축장행 트럭에 오르는 순간이 돼지의 최초 바깥 여행[17]이다. 그리하여 구제역은 열악한 환경에서 필연적으로 발생할 수밖에 없는 질병이었다. 2010년과 2011년 구제역 사건 당시에 살아 있던 돼지들은 집단으로 구덩이에 파묻혔다.[18] 평소 밟지도 못하던 흙에 파묻힌 돼지들의 울음소리가 밤부터 새벽까지 들렸다는 뉴스 기사도 있었다. '홀로코스트'는 이성적 인간이 다른 인간에게 가하는 집단 학살일 뿐만 아니라 이성적 인간이 합리적이며 경제적인 수익을

---

**17** 동물사랑실천협회, 〈생매장 돼지들의 절규〉, 《한겨레TV》, 2011. 2. 25. 참고.

**18** 변진경, 〈구제역 가축들, 생매장만이 능사인가?〉, 《시사in》 170호, 2010. 12. 22. 참고.

위해 돼지들을 '고기 생산 기계'처럼 사육하고 도축하며 비경제적일 때 집단 학살하는 경우에도 해당한다고 말해야 할 것이다. 앞서 인용한 언론 기사는 미학적 언어와 반성적 사유가 매개되지 않는 도구적 언어로서 사실의 정확성을 바탕으로 직접 정치성을 표출한다.

장시 「피어라 돼지」는 구제역 사건을 시발점으로 삼아 생매장당한 돼지들, 위안부, 부엌의 여성과 엄마, 육체에 갇힌 사람들, 폭력적인 현실에 감금된 도시인, 그들의 죽음과 부활의 파편적 서사를 15편의 시편에 담아내면서 오로지 시를 통해 실천할 수 있는 알레고리의 미학적 정치성을 표출한다. 김혜순은 구제역으로 인해 돼지 320만여 마리가 살처분되거나 생매장된 사건으로부터 촉발된 죽음의 상상력으로, 증언할 언어조차 없이 파묻힌 생명들, 절멸되어가는 육체들의 목소리를 받아 적고 애도한다.

> 아무래도 돼지가 죽어서 돼지로 부활한다면 어느 돼지가 믿겠어?
> 아무래도 여긴 괜히 왔나 봐, 나한테 템플스테이는 정말 안 어
> 울려
>
> ─「돼지는 말한다」 부분

> 이렇게 꽃 흐드러진 대낮에
> 돼지9 원피스돼지, 돼지9 투피스돼지, 돼지9 넥타이돼지 걸어
> 온다
>
> ─「세상에서 제일 맛있는 당신」 부분

> 우리는 미래의 어느 날 다큐멘터리를 찍는다. 영원히 생존할

자아를 위한 장기(臟器) 농장 프로젝트 촬영중이다…중략…나
는 당신의 염통이 되려고 길러진다.

- 「돼지에게 돼지가」 부분


나는 돼지인 줄 모르는 선생이에요
…중략…
벽을 나가면 벽 바깥에 갇히는 기분이에요

- 「돼지禪」 부분


우리는 돼지로 돌아온다
먹고 싸는 이 돼지 자석에 철컥 달라붙는다

- 「마를린 먼로」 부분


오 한 여자가 돼지를 나가려고 한다

- 「지뢰에 붙은 입술」 부분


터진 창자가 무덤을 뚫고 봉분 위로 솟구친다
부활이다! 창자는 살아 있다! 뱀처럼 살아 있다!

- 「피어라 돼지」 부분


돼지 한 마리가 산문을 나서는 나를 멀찍이 따라온다
36도 5부 방에서 나왔으니 춥겠지?

- 「산문을 나서며」 부분

장시 「피어라 돼지」의 시적 주체는 공장식 축산 환경에서 사육되고 장기이식센터에서 실험받고 도축장에서 살육당하며 흙구덩이에 생매장당한 돼지의 입장에서 말한다. "뒈지는" 돼지의 편에서 "q q q q" 되지도 않는 말을 하는 돼지의 입장에서 말한다. 그런 점에서 「피어라 돼지」의 시적 주체는 이미 타자적이며 정치적이다. 인간의 입장에서 대상화된 돼지가 아니라 인간의 입장과 대립되는 시인의 '돼지-되기'의 타자화를 거친 시적 주체인 까닭이다. '고기' 돼지에 불과했다면 전혀 알 수 없었을 돼지의 목소리는 '돼지가 된' 시인의 육성을 통해 전달된다. 그리하여 돼지이며 여성이고 타자인 시인의 파편적 말들로 재구성된 「피어라 돼지」는 순환적 구조의 재생 신화로 나타난다.

시의 시작은 '선방(禪房)의 벽'이며 끝은 '육체의 방'이다. "벽"과 "방"이 공통적으로 비유하면서 함의하는 바는 생존하고 있는 한 해탈할 수 없는 육체의 한계이다. 선방에서는 해탈하려는 스님도 면벽 수도에 정진하고 있는데, 돼지도 "선방에 와서 가부좌하고 명상을 하겠다고 벽을 째려본"다. 그러나 스님이든 돼지든 '벽' 바깥으로 나갈 수 없다. 그 벽은, 육체의 벽이어서 도축장행 트럭을 타거나 스님의 열반으로만 나갈 수 있는 벽이다. "벽"은 돼지 축사의 차가운 콘크리트 바닥과 금속 틀이며 스님이 면벽 중인 사면의 벽이다. 돼지 축사처럼 좁은 공간에 갇혀 있던 위안부 할머니들의 방이다. 그 '벽'과 '방'에 갇힌 육체는 현존하는 삶과 역사적 삶의 "슬픔과 불안"으로 가득하다.

"철근 콘크리트 사벽 황제 폐하!"가 다스리는 세계는 합리적 이성과 경제적 효율과 도구적 언어로 무장한 '남성-주체'의 폭력과 학살이 자행되는 세계다. 살아 있는 한 육체의 굶주림으로부터 해탈할 수 없는 생명의 "우울"한 세계다. '돼지이며 여성이고 타자인 시인'에게 "아무래도 여긴 괜히 왔나 봐"라는 말은 너무나 당연한 실존의 조건이다. 그런데 '여기'는 단지 돼지들의 축사만이 아니라 경제적 효율을 최고 가치로 삼고 비인간적인 삶과 일상적인 죽임을 일삼는 동시대 한국 사회와 다르지 않다. 「피어라 돼지」는 산 채로 쇼아의 구덩이로 매일 끌려가고 있는 한국 사회의 알레고리인 것이다. "태어날 때부터 돼지"였고 "무엇보다 제가 돼지인 줄 모르는 우리나라 돼지들"에 대한 슬픈 풍자인 것이다.

사벽에 갇힌 것은 돼지와 스님뿐만이 아니다. "부엌"에 여자들도, "새끼"에 엄마들도 갇혀 있다. "돼지9"로 불리는 "모두 이름이 같은 돼지"도 현대 도시의 익명적 삶에 감금되어 있다. "이곳"은 "차마 꿈엔들 잊힐 리" 없는 곳이다. 인간이 영원한 삶을 위해 돼지의 장기를 이식받는 날이 멀지 않은 곳이다. 돼지가 인간의 장기로 되기 위해 사육되는 곳이다. 인간의 얼굴을 지닌 돼지들의 공장 축사다. "하루만 걸러도 냄새 진동하는" 돼지인 줄 모르고 사는 시인과 선생의 부엌이다. "먹고 싸는 이 돼지 자석에 철컥 달라붙는" 우리의 방이다. "훔치지도 않았는데 죽어야" 하고 "죽이지도 않았는데 죽어야" 하고 "재판도 없이/매질도 없이" "구덩이로 파묻혀 들어가야" 하는 직장이다. 육체와 한국 사회에 감금된 '돼지이며 여성이고 시인이며 선생'인 김혜순은, 살아 있는 돼지들, 그 생명들을 집단으로 생매장하는 현실에 대하여 "머리에 흙을 쓰고 운"다. 오로지 경제적 이익을 위해 인간이 돼지들을, 인간이 인간들을 산 채로 무참히 학살하는 현실에 대하여 "못 견디"게 아파하며 "부끄러"움을 느낀다. 사회적 약자와 소수자들, 여성들과 위안부, 돼지들의 무고한 죽음에 대하여. 입이 있으나 말할 수 없고 절멸하여 증언조차 할 수 없는 '완전한 증인들'을 향해 소리친다. "피어라 돼지!/날아라 돼지!". 외침의 기저에는 가해자들을 대신한 대속(代贖)과 용서의 간청이, 구덩이 속으로 '가라앉은 자들'의 무고한 죽음을 기리는 애도가, 부활의 기도가 있다. 부활은 파묻힌 돼지의 살과 돼지를 "멧돼지가 와서 뜯어 먹"고 "독수리 떼가 와서 뜯어 먹"을 때 이뤄진다. 돼지 육체의 '방'을 벗어날 때 부활한다.

그러나 죽음을 통한 돼지의 부활은 쉽사리 구원이 되지 못한다. 죽음을 통한 부활조차도 구원이 되지 못하는 세계가 한국 사회임을 암시한다. "돼지 한 마리가 산문을 나서는 나를 멀찍이 따라"온다. "돼지 버리고 가라는데 돼지 데리고" 따라온 것은, "글의 집"이 "너무 좁은데 피할 줄도 모르는" 여자, 돼지다. "36도 5부 방", 육체에서 벗어났으나 쇼아의 지상을 유령처럼 떠돌며 여성들, 타자들의 목소리를 받아쓰는 나는, 시인이다. 죽어서도 떠나지 못한 채 나는, 돼지로 부활한다. "기쁘다 돼지 오셨네/만백성 맞으라!"는 마지막 시구로 탄생한다. 구원자 예수의 탄생이 아니라 돼지로 부활한 나의 탄생은, 경제적 효율의 '홀로코스트 구덩이'으로부터 벗어날 수 없는 운명에 처해 있다. 그런 점에서 한 편의 장시 「피어라 돼지」는 '공장형 축산 사회'라고 호명해도 부족하지 않은 한국 사회에 대한 신랄한 풍자이다. 더 나아가 구제역 사건으로부터 촉발된 파편적 사실들뿐만 아니라 드러나지 못한 공백의 어둠 속에서 증언도 하지 못하고 유령처럼 떠도는 돼지들, 여성들, 위안부들, 성소수자와 난민들, 그 모든 타자들의 죽음과 현존을 상상하고 기억하며 그들의 잔존을, "내가 돼지! 돼지!", "뒈지는" 절규를 표출한다. 장시 「피어라 돼지」는 이성적 주체의 합리성으로 운용되는 자본에 의한 대량 학살을 재현하고 비판하는 언론 기사의 정치성이 아니라 구제역 사태의 파편들이 불러일으킨 상상력을 통해 타자들의 죽음을 기억해 내고 그들의 죽음을 애도하는 알레고리적 미학의 정치성을 적극 개진한 것이다. 시집 『피어라 돼지』는 장시 「피어라 돼지」에서 드러낸 주제들을 확장하고 심화함으로써 여성의 시쓰기가 지닌 타자성과 정치성을 첨예하게 제기한 문제적 시집이다.

## 4. 파편들로 나는 나의 폐허를 지탱해 왔다

김시종과 김혜순의 시처럼 문학의 정치성은 사태의 증언과 재현으로부터 발생하지 않는다. 문학의 정치성은 르포르타주처럼 사태의 증언과 재현의 직접성에서 비롯되는 것이 아니라 저 사태의 파편적 진실을 품고 있는 증언의 배후와 공백에 대한 물음과 상상력으로부터 발생한다. 문학은, 그리고 시의 정치성은, 폭력적인 세계에 대한 하나의 증언과 고발[19]에서 직접 발생하는 것이 아니라, 그 증언자가 미처 말하지 못한 공백과 증언의 심층에 놓인 상처와 기억, 어

---

[19] "참여예술은 마치 보편적인 매개의 세계에서 직접성이 직접 실현될 수 있다는 듯, 예술이 인간에게 직접적으로 말한다고 주장한다. 바로 그렇게 함으로써 참여예술은 언어와 형상을 단순한 수단, 효과체제의 요소, 심리학적 조작의 요소로 떨구어 버리고 예술작품의 화음과 논리를 텅 비게 만들어 버린다." 테오도르 W. 아도르노, 「대리인으로서의 예술가」(1953), 『아도르노의 문학이론』, 김주연 옮김, 민음사, 1985, p. 39.

둠 속에서 밝혀지지 않고 잊혀진 파편적 사실들을 상상력으로 복원하는 언어에서 발현된다. 그러므로 "어떤 사건이 언어적으로는 도저히 재현 불가능한 것에 가까워질수록, 작가는 그것을 언어화할 형식을 고안"[20]해야 한다. 만약, 문학이, 그리고 시가 증언에만 멈춘다면, 사태의 (불)가능한 사실적 재현에만 멈춰야 한다면, 끔찍한 홀로코스트의 사태를 증언하는 언어만을 절대화한다면, 시의 언어는 사태의 현장에 부재했다는 사실에서 연원하는 부채감과 죄의식 탓에 침묵해야 하거나 온전히 표현할 수 없다는 무력함, 그 무(無)의 언어[21]가 되어야 하거나 역사가에 의해 수집된 수많은 사료 중의 하나가 될 것이다. 재현의 정치성을 옹호하는 이에게 엘리엇의 시를 빌려 말해본다면, "너는 말도, 추측도 할 수 없다, 너는 다만/부서진 이미지들 더미만 알기 때문에"(『황무지』). 그러나 문학은, 시는, 사태의 재현에 그치는 것이 아니라 "파편들로 나는 나의 폐허를 지탱해왔"(『황무지』)기 때문에 증언의 파편성이 지닌 의미를 되묻고 의심하면서 여전히 밝혀지지 않은 사태의 전체와 그 망각의 파편들을 복원해 내는 상상의 언어이다. 아우슈비츠처럼, 5·18 광주민주화운동

---

**20** 김형중, 「총과 노래 2-최근 오월소설에 대한 단상들 2」, 『후르비네크의 혀』, 문학과지성사, 2016, p. 54.

**21** 그러나 강제노동수용소에서 가까스로 생환한 파울 첼란은 아우슈비츠를 사실의 재현이 아니라 윤무(輪舞)의 무도곡 형식으로 시 「죽음의 푸가」(1944)를 썼다. 아도르노는 "고문당하는 자가 비명 지를 권한을 지니듯이, 끊임없는 괴로움(Leiden)은 표현의 권리를 지닌다. 따라서 아우슈비츠 이후에는 시를 쓸 수 없으리라고 한 말은 잘못이었을 것이다"라고 자신의 이전 명제 "아우슈비츠 이후, 시를 쓰는 것은 야만적이다"를 정정한다. 장 볼락, 『파울 첼란/유대화된 독일인들 사이에서』, 윤정민 옮김, 에디투스, 2017, p. 188. 편집자의 파울 첼란 연보 참고. ; 테오도르 W. 아도르노, 『부정변증법』(1966), 홍승용 옮김, 한길사, 1999. p. 469. ; 테오도르 W. 아도르노, 「문화비평과 사회」(1949), 『프리즘』, 홍성용 옮김, 문학동네, 2004, p. 29.

처럼, 구제역 사건처럼, 세월호 사건처럼, 말할 수 없고 상상조차 할 수 없는 사건이 발생한 사태에 대하여, '사태! 그 자체로!' 향하는 거듭된 실패에도 불구하고 끊임없이 상상하고 말하는 시의 언어. 시의 정치성은 "위험의 순간에 섬광처럼 스치는 어떤 기억을 붙잡는"[22] 상상력의 언어에서 발생하기 때문이다.

　사태의 자리에, 아우슈비츠에, 광주민주화운동에, 구제역 사건에, 세월호 사건에, 그 현장에 시는 없었다. 시는 없는데, 노래와 구호, 사이렌과 총성, 비명과 죽음이 있었다. 시는, 사태의 자리에 부재하다. 시는, 사태 이후에 온다. 시는, 사태 이후에 오기 때문에 사태, 그 자체의 끔찍함을 온전히 재현할 수 없고 경악스러운 고통을 즉각적으로 말할 수 없다. 사태의 현장에 부재했다는 부채감과 무력감 속에서 말할 수 없는, 그러나 말을 해야만 하는 시인은, 실패할 수밖에 없는, 시의 언어는, 그리하여 매번 다시, 고쳐서 말해야만 하는 언어는, 사태를 기억하기 위해 상상하는 언어는, 언제나 나중에 도래한다. 상상을 통해, 시인의 육성이 아니라 사태의 어둠 속에서 아직 밝혀지지 않은, 이름 없는 타자의 목소리로, 사태의 어둠 속 하나의 파편에서 비롯된 상상력으로, 온전히 고통스럽게 사태를 살아낸, 시인의 온몸을 빌어서 돌연, 도래한다.

---

**22** 발터 벤야민, 「역사의 개념에 대하여」(1940), 『역사의 개념에 대하여 外』, 최성만 옮김, 길, 2008, p. 334.

# 대홍수의 상상력, 그 무의식적 정치성을 위하여
## - 2010년대 한국시의 현장: 안희연과 황유원의 시

물과 슬픔이여, 높아져라, 다시 일으켜라, 대홍수들을
- 아르튀르 랭보

## 1. 여름 장미는 파랗고 숲은 유리다

랭보의 산문시집 『일뤼미나시옹Les Illuminations』(1873~1875)
은 「대홍수 뒤에Après le Déluge」로 시작한다. '대홍수'는 구약성경
의 「창세기」 6-8장에서 최초 인류의 범죄와 타락에 대한 심판으로서
신이 일으킨 대홍수를 가리킨다. 신의 대홍수는 지상의 모든 생명들
을 쓸어버리고 타락한 인류의 모든 죄를 심판하고 씻어내는 정화 작
용의 의미를 지닌다. 대홍수는 인간이 지상에 구축한 법과 권력, 그
모든 환락에 대해 남김없이 절멸시키는 신의 무한한 폭력이라는 점
에서 발터 벤야민이 「폭력 비판을 위하여Zur Kritik der Gewalt」
(1921)에서 언급한 '신적 폭력'과 다르지 않다. 신은 지상에 구축한
인간의 법과 질서, 국가와 민족, 지상의 생명들에게 전염시킨 인간
의 죄악들을 대홍수를 통해 일시에 쓸어버린다. 신은 새로운 대지

위에 모든 정결한 짐승과 모든 정결한 새, 그리고 의인(義人)이며 당대의 완전한 인간, '노아'와 그 후손들이 살아갈 세계를 개시한다는 점에서 대홍수는 혁명, 그 자체다. 대홍수는 모든 인간의 역사를 초월하고 초과하는 신적 폭력이며 인간의 역사적 시간이 정지한 예외적 상태가 도래한 시간이라는 점에서 시적 순간이다. 대홍수가 인간의 통치 수단인 법과 국가를 쓸어버리고 새로운 세계를 도래시키는 것처럼 시적 순간은 국가의 법과 규범적 언어가 지닌 권위와 권력을 무력화시키고 위반하는 예외적 시간 속에서 새로운 언어를 지상에 정초하고 발명하기 때문에 혁명적이다.

랭보는 "대홍수의 관념(l'idée du Déluge)"이 가라앉은 이후, 즉 대홍수에 대한 인간의 두려움이 금세 사라지고 화려한 "장엄 호텔(le Splendide-Hôtel)"을 "극지의 밤과 얼음의 혼돈 속"까지 건축하고 안주하는 인간의 삶을 비판한다. 대홍수가 가라앉은 이후의 삶은 "권태일 뿐이기에!" 랭보는 외친다. "번개와 천둥이여, 높아져라, 굴러라, ─물과 슬픔이여, 높아져라, 다시 일으켜라, 대홍수들을." 그 목소리는 다시 지상의 삶에 안주하고 국가의 법과 질서에 길들여지고 안온한 삶의 권태에 만족하는 인간의 삶을 전복하려는 랭보의 절규다. 대홍수와도 같은 삶의 영구 혁명을 어떤 두려움도 없이 갈망하는 랭보의 선언이다.

「대홍수 뒤에」는 파리 꼬뮌(1871년 3월 18일~5월 28일) 이후에 창작된 산문시집 『일뤼미나시옹』─산문시 46편과 자유시 2편(「바다 풍경Marine」과 「운동Mouvement」)─에 수록된 산문시 중의 한 편이라는 점에서 랭보의 무의식에 남아 있는 혁명에 대한 향수와 좌절이 스며 있는 작품이라고도 해석할 수 있다. 랭보는 그 혁명에 대한 향수와 좌절을 즉자적이고 사실적인 재현의 운문시가 아니라 신학적 주제와 결부된 전복적 상상력의 알레고리 산문시로 전개했다는 점에서 「대홍수 뒤에」를 비롯한 『일뤼미나시옹』의 산문시들은 상상력의 무의식적 정치성과 산문시의 장르적 정치성을 적극 개진한 작품들이라는 의의가 있다. 「대홍수 뒤에」를 첫 시로 시작한 산문시집 『일뤼미나시옹』은 자유시의 모범을 제시한 2편의 자유시와 전통적인 운문시와 완전히 관계를 끊는 산문시를 통해 장르의 전위적 정치성을 선취한다. 그리고 산문시에서 세계의 끝(「곶Promontoire」)과 그 바깥으로 나아가 현실의 중압감으로부터 해방된 무의식의 글쓰기와 미지의 세계를 환상적인 언어의 연금술로 구현했다는 점에서 여전히 문제적이다. "우리가 모르는 것(que nous ignorons)"을 바라볼 수 있는 투시자(le voyant)로서의 랭보가 제도 교육 밖에서 감행한 글쓰기, 그 자체도 2010년대 한국시의 현장에 시사하는 바는 작지 않다.

1998년부터 2007년까지 한국의 대의제 민주주의가 불완전하지만 간접 민주주의의 가치가 그래도 지속적이며 안정적으로 실현되던 그 시기는, 역설적으로 가시적인 폭력과 감금의 통치 수단을 대신하여 비가시적이고 미시적인 초국적 자본의 지배가 개인의 실존과 사회 전체를 통제함으로써 공동체의 불안이 개인의 무의식을 잠식한 10년이었다. 이제는 한국 현대 시사에 당당히 자리매김된 일군의 1970년대산(産) 시인들이 첫 시집들에서 전개한 미학적 전위의 언어 실험과 다양한 시적 주체의 발명은 바로 10년간의 정치 제도와 경제적 토대에서 비롯되었다는 점에서 매우 징후적이다. 그 당대의 미학은 현실 세계의 가시적 폭력성과 맞서면서 유토피아를 지향하

던 김지하 세대의 풍자의 미학과 백무산 세대의 사실주의 비판 미학
이 아니라 현실 세계의 비가시적 폭력성과 자본 앞에서 유토피아를
전망할 수 없는 1970년대산 시인들의 무의식이 투영된 알레고리 미
학으로 나타난 바 있다. 그들은 한국시에 자리 잡고 있던 확고한 자
기 동일성의 시적 주체가 아니라 성적 소수자와 비주류 하위문화 향
유자, 소수점 이하의 주체와 분열증적 주체, 현실의 '나'를 책임질 수
없어서 '우리'에 숨은 3인칭 복수의 주체 혹은, 유령 주체를 출현시
키고 억압된 개인의 무의식에 잠재된 불안을 다양한 주체들의 발화
에 담아냄으로써 시인 각자의 언어 발명과 규범적 언어를 위반하는
언어의 정치성을 실험하였다. 그들의 시적 주체는 서정시라는 장르
와 자기 동일성의 시적 주체에 대한 문제제기를 촉발시키고 항상 최
초의 자리에서 다시 시작하는 시, 그 시적인 것에 대한 근원적 물음
속에서 자기 합리화로 귀결되지 않고 성찰적 주체로 거듭나는 시적
주체의 모색을 각인시켰다는 성과가 있다.

그러나 2008년부터 한국의 대의제 민주주의는 합법의 이름으로
수행되는 다수결에 의한 통치와 공권력의 치안 정치로 전환됨으로
써 더 많은 상상력과 더 많은 언어의 자유를 감행하고 시도해야 할
시인들의 언어가 현실의 폭압적 상황과 직면해야 했던 것은 주지의
사실이다. 그 결과 시에 대한 논의는 2009년 「이것은 사람의 말-
6·9 작가선언」 전후로 '시의 미학과 시인의 윤리', '시적인 것과 정치
적인 것', '감각적인 것의 분배', '시와 공동체' 등으로 진행되었는데,
2016년에 접어든 지금까지도 한국시의 현장은 그 논의로부터 멀리
떨어져 있지 않다. 한편으로는 시의 윤리와 시적인 것의 정치성을
파울 첼란의 「죽음의 푸가Todesfuge」만큼 미학적으로 성취한 시의

소식도 잘 들려오지 않는다. 그것은 그만큼 한국 현실의 중압감과 시의 언어와 시인들의 무의식에 미치는 억압이 상당하다는 예증이다. 2010년대 한국시에 더 많은 상상력과 자유의 언어가 필요하다는 신호이다.

「나쁜 피」(『지옥에서 보낸 한 철』)의 "다른 삶들은 있는가?"라는 랭보의 물음에 앙드레 브르통은 제1차 「초현실주의 선언(1924)」(『초현실주의 선언』, 황현산 옮김, 미메시스, 2012) 마지막 문단에서 다음과 같이 답한다. "이 여름 장미는 파랗다. 숲은 유리다. 녹음의 옷을 입은 대지는 유령처럼 나에게 별로 깊은 인상을 심지 못한다. 산다는 것과 살기를 그친다는 것, 그것은 상상의 해결책이다. 삶은 다른 곳에 있다."

합리성과 이성을 가장한 권력과 제도 교육, 그 규범적 언어의 통치가 심화될수록 시인에게 필요한 것은 "진정한 삶은 없다. 우리는 이 세상에 있지 않다."(「착란 I」, 『지옥에서 보낸 한 철』)는 선언이다. 장미는 붉고 숲은 초록이며 현실의 삶은 억압적이라는 것을 자명한 사실로 수용하지 않는 저항적 태도와 "삶은 다른 곳에 있다"는 상상력과 자유의 실천이 필요하다. 전복적 상상력과 그 시적 실천이 요구되는 현 상황에서 2010년대 한국시의 현장에 등장한 1980년대산(産) 안희연과 황유원의 첫 시집에 삽입된 현실의 억압과 그 현실에 저항하는 대홍수의 상상력, 그 무의식적 정치성을 가늠해 보고자 한다.

## 2. '옆'의 시쓰기와 실패의 정치성: 안희연의 시

우리는 날마다 우리 삶 전체를 바칠 줄 안다

— 아르튀르 랭보

2012년에 등단한 1986년생 안희연의 첫 시집 『너의 슬픔이 끼어들 때』(창작과비평, 2015)의 시적 주체는 정교한 언어로 설계한 침묵의 도약을 통해 시의 '절대'를 지향한다. 그 절대는 스테판 말라르메의 '무(無, Néant)', 기하학적 질서로 스스로 운행하는 우주의 "별자리(UNE CONSTELLATION)"(『주사위 던지기*UN COUP DE DÉS*』)와 인접한 언어의 계보에서 연원한 것인데, 그것은 2010년대 한국시에서 일정한 시적 계보를 형성한 김종삼의 "내용 없는 아름다움"(『북치는 소년』)에 근접한 근친 언어이다. 안희연은 무엇보다 '시쓰기 주체'로서의 삶을 자신의 실존적 근거로 삼는다.

> 내가 궁금한 것은 가시권 밖의 안부
>
> 그는 나를 대신해 극지로 떠나고
>
> 나는 원탁에 둘러앉은 사람들의 그다음 장면을 상상한다
>
> 단 한권의 책이 갖고 싶어
>
> 아무것도 쓰여 있지 않은
>
> 밤
>
> 나는 눈 뜨면 끊어질 것 같은 그네를 타고

일초에 하나씩

새로운 옆을 만든다

그의 소망은 말라르메의 '대문자 책(Le Livre)', 즉 우주가 완전한 우주에 대해 스스로 말하고 그 우주의 모든 것을 종합한 "단 한 권의 책", "우연한 영감들의 모음집이 아니라, 건축적이고 계획된, 한 권의 책이어야만 하는 한 권의 책(un livre qui soit un livre)"(「폴 베를렌에게 보낸 편지―1885년 11월 16일」)을 갖는 것이다. '한 권의 책'은 "미학의 가장 순수한 빙하들"(「앙리 까잘리스에게 보낸 편지―1866년 7월 13일」)로 가득한 무(Néant)로서 낱말과 낱말 사이, 행과 행 사이, 연과 연 사이, 더 나아가 '백색 공간'으로서 새로운 낱말들이 창조되고 그 의미가 생성과 유예를 거듭하는 책이다. 백색 공간은 일상 언어의 우연성을 배제하는 시적 주체가 필연적이며 기하학적인 언어를 건축하고 동시에 죽음을 감행함으로써 우연적 언어의 완전한 침묵과 보편적 언어가 탄생하는 백지의 대문자 책이다. 그는 "아무것도 쓰여 있지 않은" '한 권의 책'이 품고 있는 '백색 공간'이 "완전한 침묵"(「백색 공간」)이라는 것을 알고 있다. 그에게 백색 공간은 일상이 아니라 "가시권 밖" "극지"이며 "텅 빈 캔버스"(「히스테리아」)이다. 안희연은 3편의 동일 제목 「백색 공간」을 시집에 배치해놓을 만큼 시의 순수 이념으로서 '백색 공간'에 대한 시적 지향을 밝힌다. 그의 백색 공간은 미학적 차원의 극지이며 시쓰기의 목표로서 현실의 억압과 역사적 조건으로부터 완전히 자유로운 시의 지향점이다.

　그러나 그는 자신의 시쓰기가 실패하리라는 것을 알고 있다. 사물의 실재와 순수 이념이 부재하는 언어를 호명할 때마다 실패를 거듭할 수밖에 없는 시쓰기를 매번 직면하고 있기 때문이다. 시쓰기는 "불가능을 말하기 위해 부득이하게 새를 호명"(「트릭스터」)하고 "눈 뜨면 끊어질 것 같은 그네"를 타는 것과 다르지 않다. 그의 시쓰기는 매번 실패의 흔적을 남기고 실존론적 불안을 발생시킨다. 안희연의 시는 "미끄러지면서/계속해서 미끄러지면서"(「백색 공간」) 백색 공간에 도달하지 못한 실패의 기록으로서 "일초에 하나씩/새로운 옆"을 만든다. '새로운 옆'은 백색 공간에 도달하지 못한 안희연의 고유 언어가 정립한 시의 실존적 위치이자 미학적 입장이다. 새로운 '측위(flanc-garde)'[1]의 시쓰기이다.

　그리하여 안희연의 측위의 시쓰기는 '내용 있는' 아름다움의 옆에 위치한다. 옆의 '내용'은 한국의 역사적 지평 속에 실존하는 시인의 삶에서 발원한다. 옆의 '내용'은 한국어의 우연성을 배제하고 보편적 언어의 필연성을 건축할 우주적 언어의 설계도가 아직은 마련되어 있지 않고 시적 주체의 죽음을 통과한 '비인칭(Impersonnel)'으로 한 권의 책에 도달하는 말라르메적 시도를 하지 않은 시적 주체의 태도에서 발생한다. 그런 이유로 안희연의 시적 주체는 유한한 육체와 언어의 우연성을 극복하고 완전한 언어로서의 순수 이념의 탄생과 영원한 우주의 질서를 출현시킬 시적 주체의 죽음, 즉 비인칭을

---

1　미학적이며 정치적인 개념의 '전위(avant-garde)'와 '후위(arrière-garde)'와는 다른 '측위(flanc-garde)'의 개념을 진은영의 시를 통해 정의한 졸고, 「측위(側衛)의 감각」, 『측위의 감각』, 서정시학, 2010, pp. 24~32 참고.

감행하는 말라르메의 데카당스적 주체가 아니라 역사적 현실에서
'낭만적 이로니(Romantische Ironie)'를 겪는 낭만적 자아에 더욱
근접하다.

> 모든 악몽 위에 세워진
> 고요의 땅
>
> 그곳으로
> 너를 찾으러 간다
>
> — 「선고」 부분

> 나는 온 힘을 다해 고요한 어항을 떠올렸지만 어항 뒤로
> 피투성이 얼굴이 겹쳐지는 것을 어쩌지 못했다
>
> — 「화산섬」 부분

「선고」와 「화산섬」을 비롯한 여러 시편들은 영원한 시의 절대, 즉
"고요의 땅"과 "고요한 어항"에 도달하기 위한 성찰(Reflexion)의
무한 운동을 멈추지 않으면서 항상 자신의 "피투성이 얼굴"로 귀환
하는 낭만적 자아의 성향을 드러낸다. 그런 점에서 안희연의 시가
지향하는 '백색 공간'은 말라르메의 '한 권의 책', 그 무(無)에 인접한
'낭만적 무한으로서의 절대'와 상사(相似) 관계에 놓여 있다. 그의
낭만적 자아는 시의 절대를 지향하면서도 현실의 억압으로부터 자
유롭지 못하다. 그는 "국경을 넘어 떠날 수 있을 것 같지만"('소인국
에서의 여름」) "어둠속에 홀로 남겨졌다는 것을 알게"('개에게서 소

년에게」) 된다. 그 낭만적 자아는 '백색 공간'의 상실을 멜랑꼴리로 경험하면서도 항상 자기동일성을 유지하려는 무의식적 불안을 겪는다. 안희연 시의 낭만적 자아는 유한한 육체의 죽음을 감행함으로써 영원한 우주와 합일하려는 데카당스적 주체가 드물고 전위적 정치성으로 무장한 시적 주체 또한 희소한 2010년대 한국시의 특성이기도 하다. 안희연 시의 낭만적 자아의 멜랑꼴리와 자기동일성 유지 성향은 2010년대 한국의 정치 상황과 경제적 불평등 시대에 나타난 1980년대생 시인들의 무의식적 증상의 단면이다.

안희연 시의 '백색 공간', 그 절대의 지향은 세월호 사건을 통해 미학적 전회를 겪는다. 2014년 4월 16일 발생한 세월호 침몰은 한국 사회의 총체적 부실을 수면 위에 드러내고 '국가란 무엇인가'라는 근원적 물음을 제기한 사건이었다. 시인들은 다시, 참혹한 현실에 대한 시의 윤리와 말할 수 없는 것을 말해야만 하는 시의 미학 사이의 관계를 재사유하였다. 안희연은 백색 공간의 '옆'에서 세월호 사건이 제기한 시의 윤리와 미학 사이의 고뇌를 측위의 시쓰기로 실천한다.

아직 눌리지 않은 건반과
손이 지닌 모든 가능성 사이에서
그는 내게 끊임없이 지시를 내렸습니다

**연주하라, 죽은 아이의 목소리로**

지금껏 수많은 지시어를 만나왔습니다 나에게는 예언의 새가
있고 언제나처럼 그것을 따라가면 될 일이었습니다

그러나 건반을 누르지 못하는 날들이 계속됐습니다 검게 주저 앉는 마을을 보면서부터 그때 나는 손 닿을 듯 가까운 언덕에서, 까마득히 내려다보는 방향에 있었습니다

질문을 품었습니다 음악은 어디서 오는가 음악은 무엇을 할 수 있는가 소리란 애초에 삼켜질 운명을 지닌 것, "언어를 통한 대답은 없다. 적어도 언어를 통한 대답은 없다."는 문장만이 머릿 속을 맴돌았습니다

그날 이후 모든 사물이 나에게 죽음을 공물로 요구하기 시작 했습니다 예언의 새는, 아니 예언의 새일 거라는 믿음은, 눈앞에 서 처참히 찢겼습니다 영혼이 실리지 않은 음표들이 차가운 유리 조각으로 쏟아집니다

− 「피아노의 병」 부분

「피아노의 병」은 안희연의 측위의 시쓰기, 그 실존적 위치와 미학 적 입장을 가장 적확히 드러낸 작품이다. 시인이 지향하는 '백색 공 간'에서 '옆'의 현실적 지평으로 진화한 측위의 시편이다. 한 권의 책. 그 절대를 피아노의 음악으로, 시쓰기를 피아노 연주로 비유한 「피아노의 병」은 무의미와 의미 사이에서, 음악의 시와 애도의 시 사 이에서, "예언의 새"와 **"죽은 아이의 목소리"** 사이에서, "아직 눌리 지 않은 건반과/손이 지닌 모든 가능성 사이에서" 번민하는 글쓰기 주체의 고백을 담고 있다. 그는 '한 권의 책', 그 미학적 절대에 도달

하지 못한 실패의 시쓰기에서 '죽은 아이의 목소리'를 담보하지 못한 실패의 시쓰기로 나아간 미학적 전회를 고백한다. 세월호 사건은 '가만히 있으라'는 한국 사회의 실재를 자각하는 변곡점이었음을 "건반을 누르지 못하는 날들", 시를 쓰지 못하는 날들의 고통으로 고백하고 시와 음악의 효용성을 성찰한다. 시쓰기의 모든 실패 속에서 현실의 폭력에 대한 시와 음악의 무력감을 토로하고 시와 음악의 가능성과 그 믿음을 회의한다. 그는 "바깥을 믿"(「러시안룰렛」)고 "언덕 너머에 진짜 언덕이 있다고 믿"(「접어놓은 페이지」)고 "눈앞에 없는 새만이 진짜일 거라고 믿"(「프랙털」)었다. 그러나 이제, 그는 "다른 곳, 다른 곳은 없다고"(「거짓말을 하고 있어」) 말한다.

시인의 미학적 전회는 절대 언어의 불가능성과 완전한 애도의 불가능성을 한꺼번에 자각하는 계기가 된다는 점에서 실패의 정치성을 획득한다. 그 실패의 정치성은 미학적 절대의 불가능성뿐만 아니라 다른 삶의 불가능성까지 발생시키는 언어의 한계와 비극적 현실 인식 속에서 모든 실패의 흔적으로 남는 '옆'의 시쓰기로 발현된다. 그 옆은 "이제 검은 돌덩이의 아름다움을 믿어야"(「그럼 이건 누구의 이빨자국이지?」) 하는 세월호 사건 이후의 현실이다. 절대 언어의 실현과 완전한 애도가 불가능한 옆의 시쓰기로 직시해야 할 한국의 현실이다. 지금, 시인은 2010년대 한국의 현실을 옆의 시쓰기로 살아낸다. "피아노는 흰 천으로 덮여 있습니다 이곳에서 도망치지 않는 일에 하루를 씁니다"(「피아노의 병」)라고 쓴다. 그는 "한번도 열린 적 없는 철문이 열리고//흐느낌처럼 새어나올 빛"(「세그루 나무를 사랑한 한 마리 지빠귀처럼」)을 생각한다. "흐느낌처럼 새어나올 빛", 다른 삶의 가능성을 생각한다. 그것이 안희연의 옆의 시쓰기이며 실패하더라도 결코 포기하지 않으려는 시의 미학과 윤리가 만나는 시의 실천 지점이다. 전복적 상상력과 무한한 자유의 언어가 출현하는 첫 출발점이다. "우리는 날마다 우리 삶 전체를 바칠 줄 안다"(「취기의 아침Matinée D'ivresse」 『일뤼미나시옹』)고 선언하는 날의 "보이지 않는 광선rayon invisible"(「초현실주의 선언(1924)」)이다. 안희연의 '옆'은 실패하더라도 포기할 수 없는 시인의 실존적 위치이자 2010년대 한국시의 상상력이 전개한 미적이면서 정치적인 시의 정직한 성채이다.


## 3. 총칭의 시쓰기, 리듬의 정치성: 황유원의 시

> 화성적이며 건축적인 모든 가능성들이
> 네 자리 주위에서 요동칠 것이다
>
> – 아르튀르 랭보


2013년에 등단한 1982년생 황유원의 첫 시집 『세상의 모든 최대화』(민음사, 2015)의 시적 주체는 질주하는 상상력과 세계의 모든 소리로 사회적 규범의 질서를 교란하고 돌파한다. 그의 시는 법의 언어와 규범적 언어로 작동되는 현실에 저항하기 위해 음악으로 치닫는다. 시의 전면은 사물의 의미가 재구성되고 시의 배면은 리듬이 질주하며 그 의미를 지운다. 그의 시는 사물의 고정된 의미를 뒤흔들고 부숴버리는 말의 달리는 속도와 리듬으로 충만하다. 황유원의 시는 2010년대 한국시에서 자유시의 '자유' 자체를 극대화하고 음악의 진

공을 발명하며 그 진공 속에서 침묵의 언어가 솟아오르게 한다.

> 빗속에 울리는 종소리
>
> 그것을 우중(雨中) 행군이라 **총칭한다**
>
> **모든 것을 총칭**하느라 아주 멀리**까지** 퍼진 **종소리**가
>
> **좍좍** 비를 맞으며
>
> 불완전 군장으로
>
> 판초도 없이 푹
>
> 숙이고 간다
>
> 속옷**까지** 젖어 버린 종소리
>
> 이 지경**까지** 헐벗은 행군
>
> **종소리**는 좌우로 밀착하고 **종소리**는 불현듯
>
> **천둥을 함축한다**
>
> …중략…
>
> 종은 종 안에 인간을 여기 다 풀어놓기로 한다
>
> 종소리는
>
> **죽지 않는다 낙오하지 않는다 오직 적멸을 들뿐**
>
> ─「총칭하는 종소리」 부분(이하 강조도 필자)

「총칭하는 종소리」는 시집 『세상의 모든 최대화』에 수록된 다른 장
형 자유시들처럼 고유한 미적 특성을 드러내며 세계에 대한 시적 태
도와 미학적 입장을 명확히 밝히고 있다. 「총칭하는 종소리」는 2010
년대 한국시에서 보기 드문 1연 72행의 장형 자유시인데, 황유원의
자유시가 구현되는 리듬의 전개 양상과 주제의식을 살펴볼 수 있다.

무엇보다 시가 사물을 모방하는 언어가 아니라 사물을 명명하는 언어라는 것을 다시 상기시킨다. "빗속에 울리는 종소리"에서 촉발된 청각적 이미지의 극대화는 고정된 사물의 분별과 그 의미를 모두 지우며 소리로 집중시킨다. 황유원은 그것을 "우중(雨中) 행군"이라고 "총칭"한다. 총칭(總稱). 전부를 모두 모아서 가리켜 말하는 이름. 총칭. 빗소리와 매개된 종소리가 환기시키는 모든 소리의 울림과 확장이 진행되는 '우중(雨中) 행군'을 총칭으로 명명하고 자유시로 전개할 때, 이제 우리가 망각하고 있던 한국어 가운데 '총칭'이라는 낱말은 온전히 황유원의 시적 언어로 탄생한다.

시의 인용 부분에서 강조한 시어들을 조금만 낭독해 보면, 'ㅈ'과 'ㅊ'만 반복해서 소리 내어 읽어 보면「총칭하는 종소리」는, 가히 구개음(口蓋音) 예사소리 'ㅈ'과 거센소리 'ㅊ'이 번갈아 일으키는 빗소리와 종소리가 어우러져서 멈추지 않는 행군의 발자국 리듬 행진곡으로 들려온다. 그 리듬 속에서 "불현듯/천둥을 함축"하는 소리까지 들려온다. 'ㅈ'과 'ㅊ'을 중심으로 형성되는 강세(accént)의 규칙과 불규칙의 반복에서 발생하는 리듬은「총칭하는 종소리」의 시적 의미가 생성되는 지점이다. 멈추지 않는 '우중(雨中) 행군'의 리듬은 "고층 빌딩의 견고함"('바람 부는 날」), 그 현실의 억압에 대해 굴종하지 않으면서 끝까지 "죽지 않는다 낙오하지 않는다 오직 적멸에 들뿐"이라는 시적 태도와 다르지 않다. **"붕 붕" "붕  붕 붕" "부우웅 붕붕 붕 붕"**('풍차의 육체미」)처럼 사물의 고정된 이름과 삶의 인습적 의미를 모두 지워버리는 '우중(雨中) 행군'의 모든 소리와 그 리듬의 극대화는 '총칭의 시쓰기'라고 부를 만하다. 총칭의 시쓰기는 '종(鐘)' 안에 인간이라는 '종(種)' 전체를 풀어놓는다. "인간은 하나의 소음"(「레코드의 회전」)이며 "지구 전체가 온갖 소리들의 녹음실로 밝혀졌을 때 그 이후의 삶이란 더 많은 재생 버튼을 찾아 그것들을 모두 눌러 주는 일"(「시베리아 주제에 의한 다섯 개의 사운드트랙」)이 황유원의 총칭의 시쓰기이다. 사회적 규범과 현실의 억압이 구속하는 삶을 세계의 모든 소리로 지워버리고 "불가능을 진동시키며 오로지 웅웅거림으로써만 기능"(「총칭하는 종소리」)하도록 현실의 삶을 정지시키며 다른 삶의 가능성을 생성시킨다는 점에서 황유원의 리듬은 정치적이다.

　　화물칸에 일렉기타를 한 만 대쯤 싣고 가는 세상에서 가장 길고, 무거운 마음

　　그 속을 누가 알겠냐마는 철로만은 알지,
　　짓밟힌 몸길이를 짓밟힌 시간으로 나눠 기차가 절망하기 시작한 지점에서부터 자기 합리화에 성공하는 지점까지 걸린 속도를 계산해 내며 자기를 발끝에서 머리끝까지 짓밟고 가는 기차의 무게를 참고 견디지

　　…중략…

　　현실도피는 없어, 현실의 최대화만이 있을 뿐

　　…중략…

너에겐 싣고 가다 넘어져 모두 엎질러 버릴 만한 그 무엇이 있
니? 넘쳐서 어쩔 수 없이 들켜 버리는 리듬이라도 있니?

넘쳐서 어쩔 수 없이 들켜 버리는 리듬을 타고 비옥한 꿈속을
달리다 넘어지는 곳이 늘 절벽 앞이어서 느껴보는

아찔함, 그 뒤에 웅크리고 앉아 그 리듬을 정면으로

견뎌 본 적 있니!

- 「세상의 모든 최대화」 부분

「세상의 모든 최대화」의 시적 주체는 리듬의 정치성을 길고 긴 자유시로 적극 표명한다. 세상의 모든 억압과 사회 체제에 짓눌린 삶의 관계를 아찔한 속도로 질주하는 화물 기차와 그 기차에 짓눌린 철로의 알레고리로 구현한다. 질주하는 기차의 거리와 무게와 시간만큼 짓눌린 철로는 현실의 삶과 다르지 않다. 근대의 표상인 기차가 질주하는 거리와 무게와 시간만큼 짓밟히고 짓눌리지만 끝까지 참고 견디는 철로는 황유원 시의 윤리와 미학이 만나는 접점이며 리듬의 진원지이다. "현실도피는 없어, 현실의 최대화만이 있을 뿐"이라는 진술은 현실에 저항하는 황유원 시의 리듬의 정치성을 발현한 선언이다. 그 리듬의 정치적 선언은 현실의 모든 억압으로부터 도피하지 않고 억압하는 현실의 강도와 지속만큼 끝까지 저항하면서 그 현실을 초과하는 초현실에 근접하고 현실을 돌파하는 현실주의자의 시적 윤리와 미학을 압축한다.

황유원은 현실의 자리에서 패배하는 것이 아니라 현실의 한계로 치달아서 필사적으로 저항하는 '리듬'이 정치적임을 안다. 황유원은 묻는다. 질주하는 현실의 삶 속에서 "넘쳐서 어쩔 수 없이 들켜 버리

는 리듬"이 우리에게 있는가를. "늘 절벽 앞이어서 느껴보는/아찔함, 그 뒤에 웅크리고 앉아 그 리듬을 정면으로/견뎌" 본 적 있는가를 묻는다. 그 리듬은 억압하는 현실에 대해 저항하고 있는가, 라는 정치적 물음이며 죽음으로 치닫는 삶의 속도를 직시하는 현실주의자의 성찰이다. 그 리듬의 정치적 물음과 성찰은 현실에 짓눌린 삶을 초과해서 "부서지는 문자들의 빛나는 꼭짓점"(「새처럼 우는 성(聖) 프란체스코를 위한 demo tape」)과 "물바다, 거대한 선박이 항해할 때 동반되는/소리의 커다란 모호함"(「halo」)에 도달한다. "투명하게/무음으로/없는 소리가 울려 퍼지자/세상은 거의 사라"(「일체감」)지는 침묵에 도달한다. 그 침묵은 다른 삶의 가능성이 생성되는 진공이며 "영원한 영"(「항구의 겨울」)이다. 침묵에 도달하기 위한 무기는 백지에 '무한한 문형(文型)'을 출격시킬 수 있는 언어의 자유이다.

> 우리에게 무기라고 할 만한 것이 있다면
> 그것은 바로 최대한 많은 문형(文型)의 운용 능력과
> 지독한 어휘력
> 살면서 더러운 꼴을 당하면 당할수록
> 백지 위로 더 많은 예문들을 출격시킬 수 있는 자유
>
> ─「극치의 수피즘」

　시인의 무기는 법의 언어와 규범적 언어, "사회적 통념의 확대 재생산/기껏해야 자기 위안으로서의 이론적 지식들"(「변신 자라」)을 넘어서는 리듬의 정치적 글쓰기이며 사회 체제의 언어들을 리듬으로 소거하는 음악이다. 그 음악이 현실의 억압을 넘어서는 한계

지점에서 세계는 침묵하면서 "세계는 확장되고" "세계는 재구성되고"(「인식의 힘-Note on blindness」) 다른 삶과 다른 세계가 열리기 시작한다.

일단 사진으로 찍으면 **정지**.
한곳으로 집중되는 힘들과 지금 막
펼쳐지려 하는 힘들이 만들어 내는
그대들의 온갖 선(線)들도
그대로 **정지**.

그러나 찍기 전까지는 **선회**,
찍고 난 후에도 **선회**,
둥글고 둥글게 사과를 깎는 것처럼
공중의 껍질을 밀어내듯 부드러운 과도(果刀)의 동작으로 **선회**
새들이 선회한 자리에선 사과 향기가 나고

더 큰 원을 그려 봐야 원은 끊어지지 않아
다만 바닥에 떨어지는 사과 껍질처럼 **착지**할 뿐
　　　　　　　　　　　　　　　- 「새들의 선회 연구- 한 장의 사진」 부분

「새들의 선회연구-한 장의 사진」은 하늘에서 선회하는 새들을 한 장의 사진으로 찍은 순간에 대한 시적 사유를 전개한다. 무엇보다 "정지/착지"와 "선회"의 각운(脚韻)을 계산한 시의 리듬은 정지한 '영(零)'의 속도와 선회의 속도 차이에서 발생하는 중단과 지속, 추락과 비상의 심리적 효과를 생산하고 비상하는 새와 대비되는 현실의 삶에 대한 알레고리적 의미를 암시한다. 중단 없는 새의 비상과 선회는 사진을 찍는 순간에 정지된 상태의 침묵으로 멈춘다. 하늘을 가르는 새의 비상과 선회는 청각을 자극하는 바람 소리를 들려주지만 찍힌 사진 속에서 새의 정지는 완전한 침묵의 아름다움을 보여준다. 삶의 지속과 방향 전환은 소음을 발생시키지만 아름다움은 죽음에 근접한 삶의 정지된 침묵 속에 있다는 황유원의 시적 인식이다.

불현듯 황유원은 그 시적 인식을 증폭시킨다. 새들의 선회를 사과 껍질 깎기라는 상상력의 경이로 전환해 내고 "새들이 선회한 자리에선 사과 향기"를 맡는다. 그는 침묵의 아름다운 시각적 이미지에서 '사과 향기'의 후각적 이미지로의 비약적 전환과 세계의 확장을 이뤄 낸다. 시각이 가시적 세계의 감각이라면 후각은 비가시적 세계의 감각까지 현실의 주체에게 전달한다는 점에서 '사과 향기'는 "사과의 속살 같은 하늘", 현실 너머의 다른 세계의 가능성을 확장시키는 실재이다. 그러나 정지된 새의 침묵과 정지된 삶의 순간은 지속되지 않는다. 살아 있는 한 새는 비상하고 선회해야 하며 현실의 삶은 지속되고 전환되어야 한다. 선회한 새는 날아가지만 삶은 사과 껍질처럼 현실에 떨어진다. 그럼에도 불구하고 황유원은 "현실도피는 없어, 현실의 최대화만이 있을 뿐"이라고 선언한 바와 같이, 삶의 "원은 끊어지지 않아/다만 바닥에 떨어지는 사과 껍질처럼 착지할 뿐"이라며 시의 윤리와 미학을 견지한다. "내용 없는 오후 같은 너의 언덕"에서 "너처럼 나도 그렇게 항상/네 옆에 있을 것"이며 "함께. 다시 날아오를 것"(「새들의 선회연구-한 장의 사진」)이라고 결의한다.

그런 점에서 황유원의 총칭의 시쓰기는, 세상의 모든 최대화와 현실의 최대화로 현실에 끝까지 저항하는 "화성적이며 건축적인 모든 가능성들이 네 자리 주위에서 요동칠"(『젊음*Jeunesse*』, 『일뤼미나시옹』) 리듬을 통해 사회 체제와 규범적 언어를 돌파하는 2010년대 한국시의 정치적이며 미학적인 참호이다. 무의식의 해방과 전복적 상상력을 가로막는 한국의 현실에서 '전위의 후위(arrière-garde d'avant-garde)'로서 다른 삶과 다른 세계의 가능성을 출현시키려는 현실주의자의 "절대적 비순응주의*non-conformisme absolu*"(『초현실주의 선언(1924)』) 미학이다.


## 4. 대홍수 뒤에

투시자의 편지에서 "미지의 발명은 새로운 형식을 요청한다"는 랭보의 전언에 2010년대 한국시의 안희연과 황유원은 '옆의 시쓰기'와 '총칭의 시쓰기'로 답한다. 옆의 시쓰기와 총칭의 시쓰기는 1980년대생 시인들의 무의식에 자리 잡고 있는 2010년대 한국의 정치 상황과 심화된 경제적 불안의 강도와 지속을 보여준다. 안희연의 시가 무한한 절대와 완전한 애도를 지향하지만 실패하는 낭만적 자아의 멜랑꼴리적 시쓰기로 현실을 응시하고 있다면 황유원의 시는 현실에 끝까지 저항하면서 현실의 최대화로 치닫는 현실주의자의 리듬의 정치성으로 현실을 초과하려고 한다. 그들의 시는 우리의 삶을 지배하는 사회 체제의 문제를 수용할 것인가, 거부할 것인가라는 시의 윤리 표명에 그치는 것이 아니라 언어 표현의 차원에서 각자의 미학을 성취하고 있다. 안희연의 낭만적 자아와 황유원의 현실주의자는 자기동일성의 원리 속에서 현실에 대한 시적 주체의 멜랑꼴리와 저항을 각자의 언어로 정립한다. 그들은 미학적 입장이 다르지만 2010년대 한국 사회의 중압감과 현실의 억압을 그만큼 함께 짊어지고 시의 공동체 안에서 시의 윤리로 연대하고 있다. 그들의 시는 2010년대 한국시가 미학적으로 진화한 1980년대생 시인들의 교두보이다. 시는 다시, 그 교두보 너머로 물결치기를 원한다. 멈추지 않는 대홍수를 원한다. 우리가 모르는 미지의 세계로.

> ―솟구쳐라, 연못이여, ―거품이여, 다리 위로, 숲 너머로 굴러라, ―검은 담요들과 오르간들이여 ―번개와 천둥이여, 높아져라, 굴러라, ―물과 슬픔이여, 높아져라, 다시 일으켜라, 대홍수들을.
> 대홍수가 가라앉은 뒤에, ―오 묻혀있는 보석들과 피어있는 꽃들이여! ―그것은 권태일뿐이기에! 그리고 여왕(la Reine)은, 토기에 잉걸불 일으키는 마녀는 자기가 알고 있고 우리가 모르는 것을 결코 우리에게 말하려 하지 않을 것이기에.
>
> ― 아르튀르 랭보, 「대홍수 뒤에」 부분

# 염려하는 주체와 언어의 형식
### - 2010년대 한국시의 경향과 특이점: 김복희와 안태운의 시

> 돌들은 땅 위에 깔려 있다,
> 물 한 방울 짜낼 수 없는 돌들,
> 목덜미를 연상시키는 보통 돌들,
> 보통 돌들, - 비문 없는 돌들.
> - 이오시프 브로드스키[1]


## 1. 새로운 언어 없이 새로운 세계는 없다

지난 2016년 10월 29일부터 시작된 촛불집회는 2017년 3월 11일 20차 촛불집회까지 매주 토요일, 서울 광화문 광장을 비롯한 전국의 광장에서 열렸다. 헌법에 기초하지 않은 소수의 권력 남용과 부정부패에 대한 문제제기로서 촉발된 촛불집회는 시민들의 평화적이며 지속적인 참여로 직접민주주의를 실천하였다. 특히, 19차 촛불집회까지 세대와 성별을 가르지 않고 참여한 시민들의 최종 누적 연인원은 1,500여만 명이었는데, 이는 헌법재판소 전원일치로 2017년 3월 10일 대통령 탄핵 인용 결정이 이뤄지는 데 주도적인 역할을 하였다. 그런 점에서 탄핵 인용 결정이 이뤄진 다음 날 개최된 20차 촛

---

1 이오시프 브로드스키, 「땅 위의 돌들」, 『땅 위의 돌들』, 김진영 편역, 정우사, 1996, p. 197. 이하 인용 쪽수는 생략한다.

불집회는 시민들이 스스로 민주주의의 승리를 자축하는 자리였으며 대한민국과 세계의 역사에 민주주의가 기록되는 기념비적인 날이었다. 세계의 주목을 받았던 대한민국의 촛불 시민들은 독일 프리드리히 에버트 재단이 선정한 2017년 인권상을 수상하였다. 이것은 2008년 2월 25일부터 2017년 3월 10일까지 유지된 정부의 비민주적이며 퇴행적인 치안 통치에 대한 시민들의 저항이 인권과 민주주의를 수호하기 위한 정당한 실천이었음을 뒷받침하는 것이었다.

한국의 시인들은 지난 정부의 비민주적이며 폭력적인 치안 통치 속에서 발생한 용산참사와 세월호 사건에 대하여 미학적이며 정치적인 실천을 감행한 바 있다. 용산참사와 세월호 사건은 동시대의 비극적인 삶을 드러낸 사건으로서 시민은 국가로부터 보호를 받을 수 있는가, 국가란 무엇인가, 라는 물음을 한꺼번에 제기하였다. 시인들은 동시대의 사건에 대한 공감과 연민을 표명하면서도 경악과 비명, 분노와 슬픔 외의 시적 언어로 표현할 수 없다는 고통과 무력감을 겪었다. 2009년 '6·9 작가선언'과 2014년 9월부터 시작되어 지금까지 지속되고 있는 '304 낭독회'는 그 고통과 무력감을 극복하기 위한 문학적 실천이었다. 2000년대 한국시의 전위적이며 미학적인 실험은 제도적으로 안정된 민주주의를 바탕으로 현실에 대한 미적 거리를 확보한 상태에서 진행되었는데, 2008년부터 2018년까지 한국시는 다시, 시적인 것과 정치적인 것의 관계를 모색하고 폭력적인 현실을 어떻게 감각하고 표현할 것인가, 라는 논의의 자리로 재결집하는 양상을 드러내었다. 그것은 최근 촛불 시민들의 투표로 재건한 제도적 민주주의를 바탕으로 '정치적 올바름'과 그 윤리를 시적 언어로 구현해야 한다는 당위의 차원까지 치달았다. 직장과 학교 안팎의 위계질서에 의한 성차별과 폭력 등에 대한 고발은, 제도적 민주주의의 구조뿐만 아니라 사회의 미시적 영역에 만연한 불평등과 비민주성에 대한 시민 개인들의 강렬한 저항과 연대가 본격적으로 시작되었음을 예증한다. 한국시는 급박한 현실의 국면을 적극적으로 수용해야 한다는 목소리 앞에 놓여 있는 형국이다.

급변하는 정치적 상황 속에서 한국시의 신인들이 나타났다. 2000년대 한국시의 전위적 실험을 주도한 1970년대생 시인들과 구별되는 1980년대생 시인들이 등장하였다. 그들은 앞선 세대의 전위적이며 실험적인 언어의 영향과 자장 속에 있으면서도 그 영향의 극복과 '정치적 올바름', 미학적 정치성과 윤리의 언어를 동시에 발명해야 한다는 이중의 과제를 안고 출현하였다. 2000년대의 1970년대생 시인들은 현실을 억압하는 세계과 자본에 대하여 윤리를 초과하는 주체와 소수점 이하의 주체 및 분열하는 주체를 통해 다른 삶의 가능성을 강렬하게 열망하는 알레고리 시의 파편적 파노라마를 전개하였다. 2010년대의 1980년대생 시인들은 2000년대보다 더욱 심화된 장기적 불황과 자본의 예속에서 삶의 생존을 더욱 민감하게 고려하고 반응하는 알레고리 시의 '염려'하는 주체를 등장시켰다. 그들의 시에서 염려, 즉 쿠라(Cura, 라틴어)[2]는 '지금-여기'의 삶에서 다른 시간의 도래를 희망하지만 다른 삶의 어떤 가능성도 품지 못하는 주체의 불안을 드러내는 심리적 특성을 함의한다. 염려는 '지금-여기' 한국의 시간과 장소에서 "시들지 않는 꽃들을 심어 세계를 뒤

---

2 쿠라에 관한 우화는 마르틴 하이데거의 『존재와 시간』, 이기상 옮김, 까치, 1998, p. 269 참고. 우화에서 염려는 인간을 빚어내는데, 이것은 인간이 살아 있는 동안 염려의 지배로부터 전혀 벗어날 수 없음을 암시한다.

덮"[3]는 상상력과 다른 삶에 대한 '동경(憧憬)'을 가로막는다. 다른 삶을 향해 도전하고 고통과 마주하고 싸우면서 '절대'에 도달하려는 의지를 약화시킨다.

1980년대생 한국시에서 염려하는 주체는, "시작부터 시작만을 반복하는 세계"(백은선의 「유리도시」)에서 "총력을 다해 할 일 없는 하루"(백은선의 「가능세계」)를 살고 사람들은 "공평하게 우울을 나눠 가졌"(유계영의 「생각의자」)다고 생각한다. 우울의 반복 세계에서 "나는 숨을 참는 얼굴"(안미옥의 「거미」)이 되고 "네 숨은 서서히 마쳐되어"(안태운의 「감은 눈이 내 얼굴을」)가고 "주름만으로 중력은 악몽"(신두호의 「증후군」)이 된다. "이 집에서 나는 노력 없이 노력한 것보다 더 작아진다"(김복희의 「잉어 양식장」)[4]고 진술한다. 염려하는 주체는 자본이 지배하는 도시 일상의 무한 반복 속에서 다른 삶의 가능성과 그 동경을 쉽게 드러내지 못하는데, 그것은 다른 삶의 가능성과 동경에 대한 열망이 부재한 것이 아니라 그 열망조차 품지 못하도록 억압하는 2010년대 '지금-여기' 한국의 삶에 대한 알레고리이다. 동경 없는 세대의 염려하는 시적 주체가 발화하는 언어는 그 근심을 표명하는 알레고리의 고백적 진술이 특징이다. 시적 대상을 돌파하고 난관을 가로질러서 다른 삶과 다른 의미, 그 절대에 도달하려는 과정에서 실패한 우울이라기보다는 미지의 세계와 기지의

---

3  노발리스, 「밤의 찬가」, 「밤의 찬가/철학 파편집」, 박술 옮김, 인다, 2018, p. 18.

4  이상 첫 시집을 출간한 1984년생 안미옥의 「온」(창비, 2017)과 신두호의 「사라진 입을 위한 선언」(창비, 2017), 1985년생 유계영의 「온갖 것들의 낮」(민음사, 2015), 1986년생 김복희의 「내가 사랑하는 나의 새 인간」(민음사, 2018)과 안태운의 「감은 눈이 내 얼굴을」(민음사, 2016), 1987년생 백은선의 「가능세계」(문학과지성사, 2016) 참고. 이하 인용 쪽수는 생략한다.

현실로부터 기원한 불안에 휩싸인 주체의 우울한 고백이다. 염려하는 주체의 고백체 진술은 우울한 현실과 대면하는 알레고리의 미적 거리가 가까워서 평면적 의미의 맥락과 규범적인 언어의 경향을 지닌다.

이 시는 땅 위에 깔려 있는 돌들에 관한 것이다.
보통 돌들, 그들 중 반은 태양을 보지 못할,
회색빛 보통 돌들,
보통 돌들 – 비문(碑文) 없는 돌들.

우리의 걸음걸음을 받아들이는 돌들,
태양 아래선 하얗고, 밤이면
물고기의 불거진 눈 같아져 버리는 돌들,
우리의 걸음걸음을 가루로 만드는 돌들, –
영원한 양식의 영원한 맷돌.

우리의 걸음걸음을 받아들이는 돌들,
검은 물 같은 회색빛 돌들,
자살자의 목을 장식하는 돌들,
분별력으로 연마된 보석 돌들.

어느날 '자유'라고 새겨지게 될 돌들,
어느날 거리를 포장하게 될 돌들,
감옥을 짓게 될 돌들,

아니면 아무런 연상도 불러일으키지 않는 돌처럼

그냥 그대로 제자리에 남겨질 돌들.


이렇게

돌들은 땅 위에 깔려 있다,

물 한 방울 짜낼 수 없는 돌들,

목덜미를 연상시키는 보통 돌들,

보통 돌들, − 비문 없는 돌들.

　　　　　　　　　　　− 이오시프 브로드스키의 「땅 위의 돌들」(1958) 전문


　소련이 강제 추방한 러시아계 미국 시인, 이오시프 브로드스키
(Iosif Brodsky, 1940~1996)의 「땅 위의 돌들」은 지상에 깔려 있
는 돌들에 관한 시이다. 이오시프 브로드스키의 '돌들'은 흔히 깔려
있는 보통의 돌들만을 함의하지 않는다. 그는 보통의 돌들이 태양도
보지 못하고 죽은 자의 이름도 새겨지지 않은 익명의 존재들임을 드
러냄과 동시에 비문 없는 돌들의 존재를 환기시킨다. 그 돌들은 "우
리의 걸음걸음을 받아들"이면서도 우리의 걸음걸음을 "가루로 만드
는" 돌들이며 영원한 양식을 갈아서 음식을 만들어내는 "맷돌"이다.
자살자가 목에 매단 "돌들"이며 연마된 "보석 돌들"이기도 하다. 어
느 날에는 '자유'를 위해 치켜든 돌들이고 새로운 길을 놓는 '포석'이
며 감옥을 짓는 돌들이기도 하다. 아니면 앞서 언급된 돌들의 유용
성과 무관하게 "아무런 연관성도 불러일으키지" 않고 "그냥 제자리
에 남겨질 돌들"이다. 생명의 "물 한 방울 짜낼 수 없"거나 자살자의
"목덜미를 연상시키는" 보통의 비문 없는 돌들이다. 돌들은 무용함

에서 유용함까지, 자유에서 억압까지, 생명에서 죽음까지, 복종에서 저항까지, 흰빛에서 검은빛까지 모두를 아우르는 의미를 거느린다. 돌들을 완전히 재현하고 지시할 수 없는 불가능성의 흔적을 거느린다. 시인은 보통의 많은 돌들이 "땅 위에 깔려" 있음을 새롭게 인식하고 그 '돌들'의 입체적 의미를 알레고리의 언어와 간결한 음악으로 「땅 위의 돌들」에 구축한다. 더 나아가 자유를 지향하는 자신의 실존적 상황과 배치되는 소련의 정치적 상황을 풍자한 알레고리로 형식화한 것은 염려하는 주체의 알레고리와 다른 지점이다.

시는 '지금—여기'의 상황을 재현하고 비판하면서도 '지금—여기'의 의미를 항상 재구축하는 언어의 형식을 통해 '지금—여기'의 미적인 것과 정치적인 것을 초과하는 낯선 현존, 동경의 대상을 '지금—여기'에 출현시킨다. 이질적인 언어의 형식과 상상력을 통해 지금까지 보지 못했거나 감춰져 있던 세계의 이면을 드러낸다. 시는 고통의 경험에서 흘러넘치는 낯선 언어의 경이를 받아 적는 '낯선' '나'의 목소리이다. 이름 붙일 수 없는 어떤 세계의 출현을 '지금—여기' 타자로서의 내가 재현 불가능한 언어로 기입하는 것이다. 2010년대 한국시의 염려하는 주체의 특성을 공유하면서도 두 개의 특이점, 1986년생 김복희와 안태운의 시[5]에는 재현 불가능한 세계의 흔적을 드러내

---

**5** 1986년생 김복희와 안태운의 시와 함께 주목해야 할 첫 시집은 안희연과 송승언의 시집이다. 1986년생 안희연의 첫 시집 『너의 슬픔이 끼어들 때』(창작과비평, 2015)는 "백색 공간"의 아름다움, 그 절대를 동경하는 시적 주체가 세월호 사건을 겪으면서 시의 윤리와 미학 사이의 고뇌로 나아가는 '옆'의 시쓰기를 실천한다. 안희연의 '옆'의 시쓰기와 실패의 정치성에 대해서는 졸고, 「대홍수의 상상력, 그 무의식적 정치성을 위하여」, 『현대문학』, 2016. 6. 참고. 한편으로 1986년생 송승언의 첫 시집 『철과 오크』(문학과지성사, 2015)는 멜랑콜리적 세계관 속에서 대상을 재현하지 않고 대상을 암시하는 감각의 잔상을 신체에 각인시키는 빛의 이미지로 구현한 바 있다. 그의 시는 인공의 빛으로 가

는 언어의 형식이 있다. 새로운 언어 없이 새로운 세계는 없다.


## 2. 새로운 종은 이름을 얻지 않는다 – 김복희 언어의 시적 서사

연속사방무늬 물이 부서져 날리고
구름은 재난을 다시 배운다


가스검침원이 밸브에 비누 거품을 묻힌다


바닥을 밟는 게 너무 싫습니다
구름이 토한 것 같습니다


낮이
맨발로 흰색 슬리퍼를 끌면서 지나가고
뱀이 정수리부터 허물을 벗는다


구름은 발가락을 다 잘라 냈을 겁니다
전쟁은 전쟁인거죠


그는 무너진 방설림 근처에 하숙하고

---

득한 세계를 비판하고 숲속의 불빛이 어둠 속에 남아 있음을 암시한다. 송승언
의 시에 나타난 빛의 알레고리적 이미지에 대해서는 졸고, 「빛이 파괴된 세계
의 잔존하는 빛」 『현대시』 2016. 9. 참고.

우리 집의 겨울을 측량하고 다른 집으로 간다

우리 고개를 수그려 인사를 나누었던가
폭발음이 들렸던가

팔꿈치로 배로 기어가 빙하를 밀고 가는 정수리

허물이 차갑게 빛난다 눈 밑에서 포복하던 생물들이 문을 찧
는다
인질들이 일어선다

— 김복희의 「백지의 척후병」 전문

김복희의 첫 시집 『내가 사랑하는 나의 새 인간』은 우울한 현실에
대한 알레고리의 서사와 염려하는 주체를 배면에 두고 있다. 총 58
편으로 구성된 시집은 우울한 현실의 알레고리, 그 중력의 순환 구
조로부터 벗어나서 초현실의 세계로 진입하여 이름 붙일 수 없는 세
계가 출현하는 순간을 제시한다. 김복희의 시는 제목과 본문 사이에
설치한 간극의 도약을 적극 전개한다. 대상에 해당하는 제목과 대상
의 성격을 암시하는 본문은 직접적인 연관성이 희박하다. 더 나아가
시행과 시행, 연과 연 사이의 간극이 커서 면밀한 독해가 요구된다.
그 관련성이 희박한 만큼 제목과 시행 사이를 매개하는 상상력의 증
폭과 암시의 효과는 극대화된다.

　「백지의 척후병」은 김복희가 발명한 언어의 특이점을 살펴볼 수
있는 주요 시편들 중의 하나이다. 「백지의 척후병」의 시적 주체는 '가

스검침원'이다. 내가 포함된 '우리'는 시적 주체이면서도 관찰자의 시선을 지닌 시적 객체에 가깝다. 시공간은 가스검침원이 우리 집에 가스검침을 하기 위해 온 어느 겨울이다. 시는 "연속사방무늬 물", 즉 눈이 "부서져 날리"는 겨울날로부터 시작한다. 눈의 기원인 "구름"이 "재난"을 불러일으킬 만큼 생성되고 다시 많은 눈을 흩뿌리는 겨울날이다. 김복희는 '눈이 많이 오는 겨울'이라고 단순히 재현하지 않는다. '눈'을 암시하는 〈연속사방무늬−물−구름−재난〉이라는 연속적인 연상의 상상력과 "재난"에 대한 시적 인식을 드러낸다. 그 재난은 자연 재해이면서도 삶의 재난으로 확장되는 중의적 의미를 품는다. 김복희의 언어는 사물과 세계를 단순히 재현하는 언어가 아니라 시인의 시적 인식을 담아낸 암시의 언어임을 드러내는데, 이는 김복희의 시에서 빈번하게 구축되는 언어의 형식이다.

가스검침원은 집집마다 방문하여 가스누출 여부를 검사하는 사람이다. 그는 가스 폭발과 화재의 위험 징후를 살펴보고 사고를 예방하기 위해 삶의 "밸브에 비누 거품을 묻"히는 노동자이다. 그는 두 번 진술한다. "바닥을 밟는 게 너무 싫습니다/구름이 토한 것 같습니다"와 "구름은 발가락을 다 잘라 냈을 겁니다/전쟁은 전쟁인거죠"라고. 우리에게 '가스검침'은 사고 예방을 위한 작은 조치이지만 그에게 가스검침은 그가 맡은 모든 집을 방문해서 수행해야 할 노동이다. 그 노동의 길, 그 "바닥"에 "구름이 토한 것" 같은 눈이, 사방연속무늬의 눈이 "발가락을 다 잘라" 낸 것처럼 가득 쌓여 있다면 그의 노동은 눈과 싸우면서 눈을 돌파해야 할 "전쟁"이다. 눈으로 인한 자연 재해가 삶의 재난으로 전환되는 지점이다. 다른 한편으로 '바닥'은 노동의 '길바닥'만이 아니라 삶이 처한 바닥도 함의한다. 그는 "무너진 방설림 근처에 하숙"하고 있기 때문이다. 그는 우리를 포함한 공동체의 위기를 예방하는 노동을 하고 있지만 정작 본인은 공동체로부터 삶의 위기를 극복할 수 있는 정당한 대가와 보호를 받지 못하고 있다. 그런 이유로 그는 단지 가스검침원만을 지시하지 않는다. 그의 '바닥'은 '지금─여기' 한국에서 살고 있는 다수의 '우리'가 처한 삶의 상황과 다르지 않다. 가스검침원의 노동하는 삶의 구체성은 '지금─여기'에서 노동하는 우리의 보편적인 삶과 겹쳐진다. 가스검침원이 치르고 있는 전쟁은 바로 우리가 일상에서 치르고 있는 전쟁이다. 그리하여 시적 객체였던 나는, 시적 주체가 되어 나지막이 묻는다. "우리 고개를 수그려 인사를 나누었던가", 보이지 않는 전쟁의 "폭발음이 들렸던가"라고. 김복희 언어의 미학적인 형식이 정치적인 내용으로 확장될 수 있는 가능성의 지점이다.

그의 노동은 낮 동안 눈과의 전쟁 속에서 "우리 집의 겨울을 측량하고 다른 집으로" 길게 이어진다. 그것은 우리 집의 추위와 다른 집의 추위를 "측량"하는 것이면서 자신의 "맨발로 흰색 슬리퍼를 끌면서 지나가"는 삶의 추위를 체감하는 노동이다. 김복희는 길게 이어지는 노동을 "뱀이 정수리부터 허물을 벗는다"고 표현한다. 시에서 표현은 사상이다. 침묵까지 거느린 언어의 표현을 통해 시의 사유는 전개된다. 눈 덮인 길을 뚫고 눈과 싸우면서 나아가는 노동과 "뱀이 정수리부터 허물을 벗는다"는 것의 유사성은 거의 없다. 그럼에도 불구하고 가스검침원의 노동에서 "뱀"의 아날로지(analogy)를 발견해 내고 멀리 있는 두 대상의 병치와 암시를 통해 시인의 시적 인식을 드러낸 것은 주목할 만한 시적 사유이다. 그 아날로지는 "빛은 우회로를 모르는 짐승처럼 한 곳만을 두드리지요"(「사다코 씨에게」)와

"밤과 낮은 겹쳐진 나뭇가지처럼 서로를 문지르고"처럼 직유를 통해 서도 김복희의 시에서 자주 출현하는 언어의 특이점이다.

　가스검침원의 노동은 그의 육체가 죽음을 무릅쓰고 통과하는 전 쟁처럼 눈에 흔적을 남기면서 길을 내고 '눈-무덤'을 쌓는 삶의 수 고이자 연장이듯이 뱀은 허물을 벗음으로써 성장한다. 뱀이 허물을 벗지 못하면 몸이 굳어서 죽듯이 가스검침원도 저 노동의 눈길을 헤 쳐 나가지 못하면 죽는다. 그가 헤쳐 나간 길 뒤에 눈이 쌓여 있듯이 새로운 육체를 얻고 사라진 뱀 뒤에 허물이 쌓여 있다. 시인은 노동 과 뱀의 아날로지를 통한 시적 사유를 "허물이 차갑게 빛난다"고 표 현한다. 죽음의 눈길을 돌파하는 노동 속에 지속하는 삶이 있고 허 물 벗는 육체 속에 새로운 생명이 있기 때문이다. 눈더미를 돌파한 삶과 허물 벗은 육체, 미지의 "뱀은 정수리부터 허물을 벗"고 태어난 다. 지금 눈길을 가로질러서 나아가는 가스검침원은 시인에게 "팔꿈 치로 배로 기어가 빙하를 밀고 가는 정수리"로 명명된다. '정수리'는 죽음의 빙하를 밀고 뚫고 돌파하면서 생성되는 미지의 삶과 새로운 생명에 대한 알레고리이다. 미지의 생명은 "눈 밑에서 포복하던 생 물들"이며 현실의 고통과 죽음의 위협에 짓눌렸던 "인질들"이다. 가 스검침원과 짓눌렸던 존재들은 다르지 않다. 시인은 가스검침원이 나아가는 노동의 길을 통해 "눈 밑에서 포복하던" 생물들과 인질들 을 발견해 낸다. '지금-여기'의 언어로 이름 붙일 수 없지만 분명 새 로운 존재들이 죽음의 "문을 찢"고 "일어"서서 탄생하고 있다고 선언 한다. 선언은 시행의 간극과 도약 속에 도사린 시인의 시적 인식으 로서 가스검침원이 새로운 존재들, 미지의 생명들의 출현을 최초로 목격한 척후병임을 드러낸다.

나는 검은 옷을 입고 옥수수 밭 바깥을 정돈한다

없는 사람으로 약속한다 공을 날려 달라는 말이다

아침마다 쓸고 닦았지만 털어 낼 수 없는 빛을 본다

-「플레이 볼」 부분


친구가 벽 속으로 사라지고 있다고 느꼈다.

친구가 무서우니까 이야기 좀 계속 해 보라고 말한다.

-「성」 부분


저 "털어 낼 수 없는 빛"을 바라보고 공포를 이겨내기 위해 "이야기"[6]하는 시인은, 염려하는 주체, 즉 우리가 삶의 불안과 재난의 고통 속에 휩싸여 있음에도 불구하고 죽음을 무릅쓰며 돌파할 때 다른 삶과 다른 존재로의 거듭남이 가능할 것임을 암시한다.

척후병이 다름 아닌 가스검침원으로 드러나는 순간 표제로 제시된 「백지의 척후병」은 다시 한 번 의미의 확장을 일으킨다. 제목과 본문 사이의 간극에서 의미의 도약이 전개된다. '백지'가 불러일으키는 '흰빛'의 아날로지는 '눈'과 결합된다. 가스검침원은 가스 누출 여부를 검사하고 우리의 겨울을 측량하며 눈의 흰빛과 함께, 흰빛 안에서, 눈더미를 쌓으면서 죽음의 흰빛을 뚫고 "눈 밑에서 포복하던 생물들"과 "인질들"의 출현을 목격하며 흰빛만을 남기고 사라진다. 시인은 백지 위에서 삶의 재난을 예감하고 고통의 크기를 측량하며 그

---

**6** 김복희의 시 「길다」, 「왕과 광대」, 「테마파크」, 「사유지」 등에서 이야기와 우화는 시와 정치, 삶과 예술의 관계를 사유하는 알레고리로 표현되며, 그 시적 서사는 죽음의 공포를 이겨내기 위한 시적 언술로 나타난다.

기록을 백지 위에 남긴다. 낯선 현존과 다른 삶의 출현을 감지하는 한 편의 시를 파국의 징후와 함께 백지 위에 남기며 사라진다. 가스 검침원이 '백지의 척후병'이며 시인이다.

> 냉혈을 타고 오라, 서늘하고 축축한 전갈이
> 너를 놀래키는 것이다
>
> — 「내일과 모래 사이」

시인은 내일도 모래도 아니라 내일과 모래 사이의 미지의 시간에 '지금-여기'로 출현하는 인질들과 새로운 생명들을 '백지의 척후병'으로서 목격한다. 그 타자의 존재들은, "냉혈을 타고" "너를 놀래키기" 위해 '지금-여기'의 바깥과 외부에서 온다. 그들은 "서늘하고 축축한 전갈"이며 새의 육체와 인간의 육체가 결합된 '새로운 종'으로서의 '새로운 인간', "새 인간"(「내가 사랑하는 나의 새 인간」)이다. 그들은, "새로운 종은 이름을 얻지 않"(「내일과 모래 사이」)는다. 새로운 종은 현실의 언어로 명명할 수 없는 백지에서 솟아오른 존재들이기 때문이다. 시인은 전쟁 같은 현실을 돌파하며 죽음을 무릅쓰고 백지 위에 출현하는 새로운 종을 목격한다. 시인은 이름 붙일 수 없는 존재들의 목소리로 끝없이 이야기하고 받아 적는 척후병이다. 김복희의 시는 흰빛으로 수렴되는 파국의 백지 위에서 삶의 재난과 보이지 않는 전쟁 뒤에 출현하는 낯선 존재들을 예감하고 목격하며 이야기하는 백지의 척후병이다.

## 3. 사라짐으로써 유명해진다 – 안태운 언어의 시적 이미지

그는 안에 있고 안이 좋고 그러나 안으로 빛이 들면 안개가 새
나간다는 심상이 생겨나고 그러니 밖으로 나가자 비는 내리고
　비는 믿음이 가고 모든 맥락을 끊고 있어서 좋다고 그는 되뇌
고 있다 그러면서 걸어가므로
　젖은 얼굴이 보이고 젖은 눈이 보이고 비가 오면 사람들은 눈
부터 젖어 든다고 그는 말하게 되고 그러자 그건 아무 말도 아닌
것 같아서 계속 드나들게 된다
　얼굴의 물 안으로
　얼굴의 물 밖으로
　비는 계속 내리고 물은 차오르고 얼굴은 씻겨 나가 이제 보이
지 않고

– 안태운의 「얼굴의 물」 전문

이미지는 실재와 실재를 지시하는 언어 사이에 위치한다. 이미지
는 실재를 드러내면서 실재를 가린다. 언어가 실재를 지시하면서도
언어의 자의성 때문에 매번 실재를 온전히 지시하지 못하는 실패를
겪는다면 이미지는 보이지 않는 비존재와 다른 세계의 현존을 눈앞
에 드러낸다. 죽은 예수의 시체에 드리워져서 예수의 얼굴을 드러낸
'토리노의 수의(Shroud of Torino)'처럼 이미지는 말해지지 않은
것과 고대적인 것, 있지 않은 것과 죽어 있던 것을 드러낸다. 이미지
는 눈앞에 보이지 않는 사물과 생명체가 거기에 있었음을 드러내는
잔존의 영상(映像)이다. 잔존하는 영상으로서 이미지는 비가시적인

것이 없는 것이 아니라 있지 않은 것이 있음을 드러낸다. 예수의 얼굴이 찍힌 리넨처럼 이미지가 있지 않은 것이 있음을 드러낼 때 비가시적인 것은 죽은 존재이거나 눈앞에 부재하다. 이미지는 부재하는 존재에 대한 기억을 불러일으킨다. 이미지가 불러일으킨 기억에는 죽거나 망각되거나 있지 않은 비존재에 대한 파토스의 잔존이 있다. 이미지는 기억과 파토스의 잔존을 통해 부재하는 현존, 그 실재와 실재에 가장 근접한 언어가 만날 수 있는 자리를 매개한다.

1986년생 송승언의 첫 시집 『철과 오크』는 빛조차 파괴된 허상의 현실 세계를 우회적으로 비판하고 어두운 숲속에서 '빛'이 발하기를 준비하는 알레고리의 이미지를 구축한 바 있다. 송승언의 시에서 이미지는 저 숲의 어둠 속에 소멸하지 않고 잔존하고 있는 실재의 빛이 있음을 암시한다면 안태운의 첫 시집 『감은 눈이 내 얼굴을』에서 이미지는 도시에서 살아가는 주체가 지워지는 '물'의 알레고리를 제시한다. 안태운의 시에서 염려하는 익명의 주체는 '물'의 이미지를 통해 드러났다가 '물'의 이미지를 통해 사라진다. 안태운은 접속부사가 불러일으키는 이미지, 문장과 문장 사이의 이미지, 문장과 접속부사의 간극이 불러일으키는 이미지를 통해 안태운 언어의 특이한 형식, 알레고리의 이미지를 구축한다.

시집의 첫 시 『얼굴의 물』은 안태운의 시에서 나타나는 언어의 특이점을 명시한다. 안태운은 시에서 흔히 활용하지 않는 접속부사를 적극적으로 전개한다. 그는 "그러나"의 역접관계, "그러니"의 인과관계, "그러면서"의 동시성, "그러자"의 인과관계를 전복하면서 '그러나'와 '그러니', '그러면서'와 '그러자'가 지닌 기존의 의미와 다른 의미를 생성한다. 안태운의 시에서 접속부사는 명사와 동사와 형용사,

체언과 용언을 수식하면서 생략해도 무방한 수사에 불과한 것이 아니라 명사와 동사와 형용사에 준하는 역할을 부여받는다. 명사와 동사와 형용사가 체언과 용언으로서 문장의 의미를 확정하고 현실을 살아가는 시적 주체의 삶을 분명히 재현하는 품사라면 부사는 체언과 용언을 수식하는 품사로서 시적 주체의 양태와 강도를 드러낼 수 있지만 굳이 드러내지 않고 생략해도 된다. 접속부사는 부사의 존재론이라고 부를 수 있는 안태운 시의 염려하는 주체를 암시하며 알레고리한다. 염려하는 주체는 명사와 동사와 형용사처럼 반드시 존재해야 하는 것이 아니라 부사처럼 지워져도 무방한 존재인 것이다.

접속부사는 두 문장의 기존 관계를 뒤틀면서 염려하는 주체의 운동성과 그 방향을 암시하는 이미지를 만들어낸다. 이름 없는 "그는 안에 있고 안이 좋"다라는 문장과 "안으로 빛이 들면 안개가 새 나간다는 심상이 생겨나고"라는 문장은 명확한 역접관계를 구성하지 않는다. "그러나"라는 접속부사로 인해 "안에 있고 안이 좋"다는 그의 위치와 가치판단이 부정되는 암시의 이미지가 생성된다. "그러나"가 암시하는 부정적 이미지는 안으로 "빛이 들면 안개가 새 나간다는 심상"과 결부된다. 그가 있고 그가 좋아하는 "안"이란, 빛이 없고 안개가 가득한 공간이다. 그의 '안'은 어둠과 안개로 가득한 방과 음울한 세계에 대한 알레고리이며 '안'의 부정적 상황에 대한 반어적 표현이다.

그가 좋았던 "안"은 "그러나"를 통해 부정되었기에 그는 "안"에서 "밖"으로 나간다. "그러니"는 사건의 인과관계에서 공간의 인과관계까지 확장된 의미를 품는다. 좋아하는 "안"을 부정하고 "밖"으로 나갔는데 밖에서는 "비"가 내린다. '비'가 만들어내는 물의 하강 이미지는 알 수 없는 슬픔의 감정 수위를 솟아오르게 한다. 수직으로 내리는 '비'의 물 이미지는 감옥의 철창처럼 사람들과의 모든 관계를 끊고 "모든 맥락을 끊"어버리고 그를 고립시키면서 비의 철창 안에 가둬버린다. "비는 믿음"이 간다는 진술은 "안이 좋"다는 것처럼 비가 내리는 밖의 세계를 믿을 수 없다는 진술의 반어적 표현이다. "안이 좋"고 밖에 내리는 비가 "믿음"이 간다는 그의 안팎은, 모두 어둡고 비가 내리고 있는 현실 세계에 대한 알레고리이다. "그러면서"의 동시성은 비를 맞고 "걸어가"는 상태와 안팎 모두 부정적 상태의 지속을 함의한다. 안팎의 부정적인 상황과 지속 속에서 "그러자"는 순차적 인과관계가 아니라 순서 없는 인과관계를 암시한다. 비 오는 밖에서 "젖은 얼굴"과 "젖은 눈"이 보이고 "비가 오면 사람들은 눈부터 젖어 든다"고 말하는 것은 너무나 당연하다. 그것은 '안'이 어둡고 안개가 가득하다는 말과 다르지 않다. "그건 아무 말도 아닌 것"이다. 안팎을 "계속 드나"드는 것과 같다. 이상의 접속부사는 시적 주체의 운동성과 그 방향, 시공간의 양태와 심리적 강도를 드러내지만 여전히 "그"의 정체성을 드러내지 못한다.

> 모든 물은 넘쳐흐르고 옷자락은 몸을 휘감고 형태는 마모되어
> 갔다.
>
> ―「탕으로」 부분

> 너는 내 얼굴을 찾고 있나 그러나 찾지 못했지 나는 사람들이
> 되어 울고 있었지
>
> ―「낳고」 부분

접속부사는 우울한 세계의 안팎에서 굳이 말하지 않아도 되는 현실의 상황과 시적 주체의 심리적 상태를 드러내지만 최종적으로 그의 정체성을 가리고 지워버린다. 그 "얼굴의 물 안으로/얼굴의 물 밖으로/비는 계속 내리고 물은 차오르고 얼굴이 씻겨 나가 이제 보이지 않"는 이미지를 낳는다. 내 얼굴의 "형태는 마모"되어서 너는 내 얼굴을 찾지 못한다. 접속부사는 물에 씻겨 나가서 보이지 않고 찾을 수 없는 안태운 시의 시적 주체, 염려하는 주체의 존재론적 특성인 것이다. 그리하여 비가 계속 내리는 세계에서 나는 "사라짐으로써 유명"(「나는 일기를 쓰고 있다」)해진다. 얼굴이 보이지 않는 "나는 사람들이 되어 울고" 있다. 사람들도 나와 다르지 않게 얼굴이 씻겨나가 보이지 않는다. '안개가 가득하고 어두운 안'과 '비가 계속 내리는 밖'의 세계에서 우리의 얼굴은 모두 씻겨나가 보이지 않는다. 나는 접속부사와 물의 이미지를 통해 우울한 세계에서 흐려지고 지워지는 그의 얼굴을 바라본다. 물에 흐려지는 그의 얼굴은 사라져가는 나의 얼굴이다. 내가 그를 바라보는 것은 그가 "남은 얼굴로 나를 바라보"(「남은 얼굴로」)는 일이다. 나는 그의 남은 얼굴에서 씻겨나간 내 얼굴의 이미지를 본다. 이름 없이 죽어가는 존재가 이름 없이 죽어가는 존재를 바라본다. 시인은 도시에서 이름 없는 얼굴을 지워버리는 죽음의 이미지를 목도한 것이다. 죽음의 물 이미지는 모든 존재를 흐릿한 존재로 변모시키고 씻겨나가는 얼굴의 흔적을 남긴다. 안태운의 시는 있지 않은 것이 있음으로 드러나는 이미지, 기억과 파토스의 잔존을 불러일으키는 이미지가 아니라 역설적으로 망각과 소멸의 잔존을 불러일으키는 이미지, 있는 것이 있지 않음의 흐릿한 영상으로 남는 이미지를 구축한다. 말할 수 있는 것이 말해질 수 없는 상태까지 이르는 순간의 시적 이미지를 포착한다. 이것이 안태운의 시가 도달한 언어의 특이점이며 접속부사의 알레고리이다.


## 0. 이 시는 땅 위에 깔려 있는 돌들에 관한 것이다

# 시인 바알과 시의 정치성
## -『304낭독회』 팸플릿의 시

### 시인 바알(Baal)의「익사한 소녀」

베르톨트 브레히트의 시「익사한 소녀*Vom ertrunkenen Mädchen*」(1919)는 비사회적인 시인, 바알(Baal)을 통해 사회적 규범과 인습에 대한 저항을 그린 그의 첫 희곡「바알*Baal*」(1918)에 등장하는 물질적 회귀의 서정시로서 셰익스피어의 희곡『햄릿』에서 자살하는 '오필리아'와 랭보의 시「오필리아*Ophélie*」의 계보에 속하는 작품이다.

> 1
> 그녀가 물에 빠져 죽어 냇물로부터
> 넓은 강물로 떠내려갔을 때
> 하늘의 오팔(蛋白石)은 마치 그 시체를
> 위안하려는 듯 매우 찬란하게 비추었다.

2

수초와 해초가 그녀에게 엉겨 붙어

그녀는 차츰 아주 무거워졌다.

물고기들은 그녀의 발치에서 서늘하게 헤엄쳤고

식물과 동물들이 그녀의 마지막 여행을 더욱 힘들게 했다.


3

하늘은 저녁이면 연기처럼 어두워졌고

밤이 되면 별빛이 떠있었다.

그리고 그녀에게도 아침과 저녁이 있도록

하늘은 일찍 밝아졌다.


4

그녀의 창백한 몸통이 물 속에서 썩었을 때

(매우 천천히) 일어난 일이지만, 하느님은 서서히 잊어버렸다,

처음에는 그녀의 얼굴을, 다음에는 손을, 그리고 맨 마지막에

야 비로소 그녀의 머리카락을.

그 뒤에 그녀는 많은 짐승의 시체가 가라앉은 강물 속에서 썩

은 시체가 되었다.

　　　　　　　　　　　　　　　 – 베르톨트 브레히트, 「익사한 소녀」 전문(1919)[1]

---

1　베르톨트 브레히트, 『살아남은 자의 슬픔』 김광규 옮김, 한마당, 1985, pp. 49~50.

희곡 「바알Baal」의 주인공 바알은 시민들로부터 천재라고 불리는 향락적인 시인인데, 그는 인습 파괴와 향락을 일삼음으로써 타인들의 공분을 불러일으키며 스스로 파멸과 소멸의 길로 치닫는 인물이다. 그는 당대의 사회적 인습과 도덕과 예술적 의미에 대해 총체적으로 대항하면서 스스로 몰락하는 데카당스적인 시인이다. 브레히트는 본래 프랑스 중세 시인 프랑수와 비용(Francois Villon, 1431~1463)을 바알의 모델로 생각했지만 당대성을 고려하여 『바알』에서는 프랑수와 비용과 크게 다르지 않은 프랑스 상징주의 시인 폴 베를렌(Paul Verlaine, 1844~1896)을 모델로 삼았다. 폴 베를렌은 안정적인 가정생활을 유지할 수 있었음에도 불구하고 가정을 버리면서까지 랭보와 동성애적 관계를 유지하는 여행을 떠났으며 말년에는 약물과 알코올 중독, 빈곤으로 치닫다가 삶을 마쳤다.

브레히트는 『바알』에서 바알과 에카르트의 관계를 베를렌과 랭보의 동성애적 관계처럼 묘사하는데, 「익사한 소녀」는 술에 취한 바알이 완성한 작품이라며 잠자던 에카르트를 깨워서 읽어주던 시이다. 첫 시집 『가정기도서Die hauspostille』(1927)에 수록되기도 한 「익사한 소녀」는 물에 빠진 소녀의 죽음과 시체의 부패 과정 속에서 자연으로 회귀하는 육체의 비극적 아름다움을 자아내는 작품이며 바알 자신의 행로를 암시하는 작품이기도 하다. 비록 첫 시집 『가정기도서』가 다양한 의도의 무목적성을 품고 있는 시집이라고 브레히트가 밝혔다고 하더라도 「익사한 소녀」는 인습 파괴와 향락을 허용하지 않는 사회적 제도에 의해 타살당한 바알과 소녀를 그린 작품이라고 적극 해석할 수 있다. 즉, 바알은 사회적 제도와 법의 테두리 안에서 용인될 수 없는 범죄자이지만 그 법의 효력을 중지시키는 예외적 존재로서 정치성을 실천하는 시인이다. "폭력이 법의 수중에 있지 않을 경우 법이 위태롭게 느껴진다는 것은 폭력이 추구하고자 하는 목적 때문이 아니라 법 밖에 존재한다는 바로 그 사실 때문이라는 놀라운 가능성"[2]에 속하는 존재로서의 시인이다. 바알이 사회적 제도와 법의 외부에서 인습 파괴와 향락을 향유하면서 파멸로 치달을수록 합법과 합리성의 이름으로 자행하는 국가 권력의 폭력성과 사회적 제도의 허구성은 추문과 함께 극명하게 드러난다. 바알이라는 시인 자체가 법과 사회적 제도를 위협하는 존재인 것이다. 그런 점에서 「익사한 소녀」는 비극의 아름다움을 성취한 서정시가 정치성을 획득하는 알레고리적 의미의 지점을 마련한다. 「익사한 소녀」는 비극의 아름다움뿐만 아니라 소녀가 죽게 된 사회적 상황과 「익사한 소녀」를 쓴 시인 바알의 역사적 조건 속에서 발생하는 죽음의 정치적 의미를 획득한다.


## 『304낭독회』 팸플릿의 시

브레히트의 「익사한 소녀」는 김광규의 번역[3]으로 시선집 『살아남은 자의 슬픔』과 계간 『외국문학』(전예원, 1985. 9. 25.)에 수록되어 지금까지 읽혀 왔으며 희곡 『바알』의 맥락과는 별도로 대부분 자연으로 회귀하는 육체의 비극적 아름다움으로 해석되어 왔다고 볼 수

---

2  발터 벤야민, 「폭력 비판을 위하여 *Zur Kritik der Gewalt*」(1921), 이성원 옮김, 『외국문학』 11호, 전예원, 1986. 12., p. 23.

3  김광규 번역과 다른 번역으로는 베르톨트 브레히트, 「익사한 소녀에 대하여」, 『좋지 않은 시대의 사랑 노래』, 서경하 옮김, 서교출판사, 1998. p. 81. 이하 인용도 같은 책이다.

있다. 그러나 2014년 4월 16일 이후의 한국에서 브레히트의 시 「익사한 소녀」는 단지 '오필리아'의 문학적 계보 속에서만 읽고 해석할 수 없는 국면에 처해 있다. 2014년 4월 16일. 한국에서 세월호가 침몰한 이후로 브레히트의 「익사한 소녀」는 도저히 '오필리아'의 의미로만 읽히지 않는다. 세월호 사건은 국가의 총체적 부실과 부재 및 폭력적인 자본의 이윤추구와 언론의 무능, 그 실재를 온전히 시민들에게 드러냈다. '가만히 있으라'는 안내 방송을 들으며 탈출하지 못한 소년과 소녀들은 구조되지 못하고 물속으로 가라앉았다. 그리고 지금까지 사건의 진실과 대안이 전혀 제시되지 못한 한국의 사회적 상황에서 브레히트의 「익사한 소녀」는 매우 정치적이다. 시민의 생명을 구조하지 않은 국가와 그 무엇도 책임지지 않는 국가에 대한 비판을 한국의 역사적 맥락 속에서 함의하고 있기 때문이다. 「익사한 소녀」의 정치성은 시가 품고 있는 역사적 사건과 현실의 문제에 대한 사실적 재현의 크기와 현실 비판의 강도에 비례하는 것이 아니라 각각의 사회적 상황과 역사적 조건 속에서 규정되고 재해석되는 과정에서 산출되는 것임을 보여준다.

세월호 사건 이후로 작가들은 세월호 침몰과 함께 바다에서 돌아오지 못한 304명을 기억하고 진실을 규명하기 위해 모두 함께 만들어가는 '304낭독회(http://304recital.tumblr.com)'를 조직하였다. '304낭독회'는 2014년 9월 20일 토요일, 306명의 한 줄 선언을 읽는 첫 낭독회로 출발하여 2016년 5월 28일까지 매월 마지막 주 토요일, 오후 4시 16분에 시작하는 낭독회를 21번째 개최해 왔다. 304낭독회는 작가들뿐만 아니라 시민들이 직접 쓰지 않은 글이라 하더라도 자유롭게 참여하여 시와 소설과 산문을 매월 '팸플릿'으로 만들어서 광화문 광장과 여러 거리에서, 강의실과 도서관에서, 서점과 창작촌에서, 단원고등학교와 철거명령을 받은 건물 등에서 함께 나누며 읽어 왔다. 낭독회가 끝나면 PDF파일로 만든 팸플릿을 온라인으로 내려받을 수 있도록 해두었다. 각각의 글 낭독 이전에 읽는 304낭독회 팸플릿의 서문은 한 작가의 글이 아니라 낭독회에 참여하는 작가들의 공동선언문의 성격을 지닌다. 매번 조금씩 다른 서문 중에서 "가라앉은 진실을 들어 올려 이 캄캄함을 밝힐 수 있도록, 서로의 목소리가 공명하여 더 크고 넓게 울려 나갈 수 있도록, '사람의 말'을 이어 가겠습니다. 지금 서 있는 시간으로부터, 슬픔과 분노로 멈춘 우리의 시계가 다시 움직일 때까지, 계속 읽고, 쓰고, 행동하겠습니다."는 304낭독회의 분명한 목적과 작가로서의 소명과 문학의 윤리를 되새기는 문장이다. 그렇지만 『304낭독회』 팸플릿에 발표한 시인들의 시편들은 304낭독회의 목적과 문학의 윤리를 직접적으로 표출하거나 프로파간다의 구호로 체현하고 있지만은 않다.

당신의 봄 셔츠를 구하고 싶습니다
사랑을 만져 본 팔이 들어갈 곳이 두 군데
맹목이 나타날 곳이 한 군데 뚫려 있어야 하고
색은 푸르고
일정하지 않은 바느질 자국이 그대로 보이면 했습니다

봄 셔츠를 구하고 싶었습니다
차돌을 닮은 첫 번째 단추와
새알을 닮은 두 번째 단추와

위장을 모르는 세 번째 단추와

전력(全 力)만 아는 네 번째 단추와

잘 돌아왔다는 인사의 다섯 번째 단추가


눈동자처럼 끼워지는 셔츠


들어갈 구멍이 보이지 않아도

사명감으로 달린 여섯 번째 단추가

심장과 겹쳐지는 곳에 주머니가

숨어서 빛나고 있는

셔츠를 입고


사라진 새들의 흔적인 하늘

아래에서

셔츠 밖으로 나온

당신의 손은 무엇을 할 수 있나요


목에서 얼굴이 뻗어나가며,

보라는 것입니다


굳지 않은 피로 만든 단추.

우리의 셔츠 가장 안쪽에 달려 있는

– 이원의 「봄 셔츠」 전문(세 번째 『304낭독회– 돌아오라 사람이여』, 2014. 11. 29.)[4]

---

**4** 이원, 『사랑은 탄생하라』, 문학과지성사, 2017, pp. 46~47.

이원은 언어와 전자 문명에 대한 세심한 성찰과 실험을 감행해 온 현대주의 시인인데, 『304낭독회』에 시를 발표하고 광화문 광장에서 직접 낭독했다는 것만으로도 역사적 현대주의자로의 전회를 암시한 다. 그런데 「봄 셔츠」는 세월호 사건이 발생한 후 7개월이 지나고 광화문 광장에서 낭독되었다는 시공간을 고려하지 않는다면 세월호 사건과 직접적으로 매개되지 않는 시편이다. 「봄 셔츠」 자체는 당신의 봄 셔츠를 구한다는 주제를 담고 있는 간명한 시편이지만 『304낭독회』 팸플릿과 광화문 광장이라는 시공간의 문맥 속에서 읽으면 세월호에서 돌아오지 못한 사람들이 돌아오기를 바라는 갈망과 "손은 무엇을 할 수 있나요"라고 묻는 살아남은 자의 무력함과 무책임한 국가에 대한 비판을 품고 있는 정치적인 시로 읽을 수 있다. 이것은 시의 다양한 해석을 고려한 시인이 의도한 시쓰기의 결과이다. 이원은 시를 하나의 해석과 도그마로 굳어지기를 거부하며 "우리의 셔츠 가장 안쪽에 달려 있는" 심장처럼 시를 "굳지 않은 피로 만든 단추"로 파악하고 있음을 암시한다. 1980년대 정치시와 다른 시쓰기의 입장에서 현실에 대한 비판과 시의 윤리를 표명하는 언어의 방법을 모색하고 있음을 함의한다.

가지두부찜
한 시인이 올린 가지두부찜
열무얼갈이 김치찌개도 있었지만
가지두부찜
나중에
반 남은 가지두부찜이 올라왔지

열무얼갈이 김치찌개도 맛있었으나

……반 남은 가지두부찜

너 내일 와서 먹어봐

반 남은 가지두부찜

저번에……병어찜 양념에서

쪽파만 빠진 가지두부찜

반 남은 가지두부찜

너 내일 와서 먹어봐

너 쓰러짐 ㅋㅋ

가지두부찜

반 남은 가지두부찜

너 내일 와서 먹어봐

조용히 너

쓰러짐

(그럴 수 있을까?)

반 남은 가지두부찜

- 함성호의 「팔레스타인, 용산, 세월호 90일-이런 학살을 지켜봐야 하는가? 나
는 어쩌다 전쟁의 시대도 아닌 학살의 시대를 사는가?」 전문(네 번째 「304 낭
독회-없는 사람처럼」, 2014. 12. 27.)

　　함성호의 「팔레스타인, 용산, 세월호 90일-이런 학살을 지켜봐야
하는가? 나는 어쩌다 전쟁의 시대도 아닌 학살의 시대를 사는가?」는
시의 제목을 생략한다면 결코 학살과 관련된 시로 읽을 수 없을 만
큼의 비정치적인 시이다. 시의 제목과 무관하게 본문을 읽으면 "가
지두부찜"이라는 음식과 소리의 반복에서 발생되는 즐거움과 함께

먹을 수 없는 상황의 안타까움을 전달한다. 그러나 이스라엘의 팔레스타인 가자지구에 대한 폭격, 2009년 1월 20일 공권력에 의한 용산 철거민의 죽음, 세월호 사건으로 인한 304명의 죽음은 모두 현실을 지배하는 권력과 자본에 의한 무고한 생명의 학살이라는 공통점을 지닌다. 이 학살의 시대에 대한 물음과 성찰을 제기하는 제목을 상기하며 다시, "반 남은 가지두부찜"과 "내일", 그리고 괄호 속 "그럴 수 있을까?"를 함께 읽을 때, 함성호의 시는 결코 함께 나눌 수 없는 내일의 음식, '반 남은 가지두부찜'이 됨으로써 매우 비극적이며 정치적인 시로 확장된다. 권력의 폭력성에 대한 비판과 공동체에 대한 연대의 실천을 고민하고 유도한다. 함성호의 시는 이원의 시보다 정치성을 직접 드러낸 제목의 효과를 통해 현실 비판의 목적을 보다 쉽게 성취하면서도 이원의 시만큼 본문에서 정치적 구호와 프로파간다의 선언을 배제함으로써 1980년대 정치시와 또 다른 언어의 정치적 시쓰기를 시도하고 있다.

소녀들이 예배에 참석하고 있다

그들을 따라 붉은 열매가 떨어지고

그들의 열매를 따라 눈 속을 걷는 사람들

소녀들이 찬송을 부를 때

이건 어떤 노래일까

따라 부르고 싶었지만

입을 벌릴수록 벌어지는 거리가 있어

그들을 따라 걷기만 했고

이제 죽은 소녀들이 예배에 참석하고 있었다

나와 같은 생일을 지나

나와 같은 계절을 지나

우는 사람만 울고

죽는 사람만 죽을 때

너는 무엇을 지키는 거지?

그들이 묻는 것 같았고

아, 아, 벌릴수록

벌어지는 빛을 따라

그림자만 마구 죽은 채

끌려왔다

그들의 열매를 따라

눈 속을 걸었던 사람들이

있었고

― 김소형의 「위」(열여섯 번째 『304낭독회 – 지상으로 이어진 계단』, 2015. 12. 26.)


창문이라고 써 놓고 하루 종일 보고 있어도
볼 수도 없고, 창문이 아니라는 것은 안다
알고 있다

창문이라고 벽에 창문이라고 쓰고
거기 앞에 서 있지 않아도 괜찮다

세상에서 가장 멋진 창문이 아니어도 나쁘지 않고
하나뿐인 창문이 아니라도 세상모르고
주먹을 날리는 동안
주먹 속에 실은 몸은 더욱 차갑고 무거워진다

모든 것을 끌어당기는 한 점이

멀리 떨어진 얼굴을 향해 날아갈 때


기적을 이기는 건 어려운 일이지만

우리는 젊고 건강하고

창문 뒤에 나만 서있지 않다고, 제발


사진 앞에 국화를 놓고


창문이라고 써놓고

파고라는 말을 몰라서 전부 파도라는 말로 고쳤다

    – 김복희의 「우리가 본 것」 전문(스무 번째 『304낭독회– 한 아이를 한 아이로
    두지 않는 것』, 2016. 4. 30.)[5]

    1980년대 한국의 정치적 영향 속에서도 1963년생 함성호와 1968년생 이원은 프로파간다의 정치시와 다른 언어로 현실에 대한 비판적 시쓰기를 실천한 기성 시인이라면 1984년생 김소형과 1986년생 김복희는 21세기에 등단한 시인으로서 세월호 사건을 목격한 현실에 대해 자신만의 언어로 발화해야 하는 상황에 처해 있다. 김소형의 「위」와 김복희의 「우리가 본 것」은 세월호 사건이 발생한 현실에 대한 비판을 수행하기보다는 말해야 하지만 말할 수 없는 사태에 대한 시인으로서의 곤궁과 무거운 시인의 윤리와 무력한 시인의 자리를 성찰한다.

---

5   김복희, 『내가 사랑하는 나의 새 인간』, 민음사, 2018, pp. 84~85.

김소형의 「위」는 죽은 소녀들의 예배에 참석한 '나'를 등장시킨다. 떨어지는 "붉은 열매"와 "눈 속을 걷는 사람들"과 대비되는 '나'의 자리를 드러낸다. 그것은 죽은 소녀들을 애도하는 지하의 노래, 즉 '아래'의 노래를 따라 부를 수 없는 지상, 그 '위'에 남은 나의 곤궁한 처지를 고백한다. 그녀는 죽은 소녀들에 대해 "입을 벌릴수록 벌어지는 거리가 있"음을 확인한다. 죽은 소녀들을 어떤 언어로도 담아낼 수 없고 어떤 애도조차 할 수 없는 살아 있는 자의 부끄러움을 "너는 무엇을 지키는 거지?"라는 존재론적 물음 안에 담는다. 김소형의 「위」는 그 존재론적 물음을 통해 소녀들의 죽음에 대한 진실 규명과 충분한 애도의 필요성과 시인의 윤리를 되새긴다. 김소형의 존재론적 물음은 그 물음조차 망각시키려는 현실에 저항하는 시인의 윤리 표명이며 그 물음 자체가 기억의 정치성을 획득하는 것임을 드러낸다.

김복희의 「우리가 본 것」은 부재하는 다른 삶의 가능성과 직시해야 할 처참한 현실의 목격을 담고 있다. '창문'은 벽 너머의 다른 풍경을 보여준다는 점에서 '지금-여기'와 다른 삶의 가능성을 암시한다. 그러나 종이에 쓴 '창문'이라는 글자와 '창문'을 향한 글쓰기는 다른 삶의 가능성을 보장해주지 않는다. 세월호처럼 침몰하고 있는 현실에서 시인의 "몸은 더욱 차갑고 무거워진다"며 삶의 위기를 고백한다. "모든 것을 끌어당기는 한 점", 죽음으로 모든 삶이 치달을 때, 시인은 "창문 뒤에 나만 서있지 않다고, 제발" 함께 있기를 갈망한다. 죽은 사람들의 영정 앞에 '국화'를 놓으면서 시인은, 의도적으로 "창문이라고 써놓고/파고라는 말을 몰라서 전부 파도라는 말로 고"친다. 그것은 다른 삶의 가능성이 봉쇄된 현실이 높은 파고에 의해 휩쓸려서 끝장나기보다는 거센 밀물일지라도 언젠가는 썰물처럼 빠져나가는 현실의 '파도'를 갈망하기 때문이다. 그리하여 창문 없는 현실에서 「우리가 본 것」은 '파고'가 아니라 '파도'이다. 김복희는 다른 삶의 가능성을 끝까지 포기하지 않으려는 시인의 윤리를 내보인다.

지금까지 읽은 『304낭독회』 팸플릿의 시편들은 고도의 정치성과 프로파간다의 구호를 주창하지 않는다는 공통의 특성을 갖고 있다. 21회까지 배포된 『304낭독회』 팸플릿에 수록된 다른 시편들, 즉 직접적으로 현실을 강력하게 비판하는 시편들과 격정적인 슬픔의 시편들에 비하면 최소의 정치성과 극도로 절제된 슬픔을 내장하고 있다. 그러나 시인 바알의 존재와 바알의 시 「익사한 소녀」 자체가 사회적 제도와 법의 질서를 위협하는 존재로서 정치적 성격을 지니듯이 이원과 함성호, 김소형과 김복희의 시편들은 낭독되는 시공간과 비공식적 출판물인 팸플릿, 그 자체로 정치적이다. 더 나아가 낭독이 끝난 후에 『304낭독회』 팸플릿의 안팎으로 확장될 그들의 시편들은 시공간을 초월하여 시적이면서 정치적이고 예언적이면서 반성적인 해석의 다양성을 기다린다. 그 시편들의 목소리는 크지 않고 작다. 작지만 발화된 시의 언어는 멈추지 않으면서 지속되고 지속되면서 독자에게 기억됨으로써 "장미가 여기에 피어 있기 전에는, 장미를 기대한 사람은 아무도 없었"듯이 미학적이며 정치적인 시의 효력이 확대되고 재생산될 것이다. 그런 점에서 시는 시 자체로 정치적이며 예술적이다. 시는 법의 테두리 안에 삶을 규정하려는 모든 법의 폭력에 저항하며 법의 바깥에서 법 자체의 폭력성을 드러내는 정치성과 예술성을 동시에 드러낸다. 시는 항상 시 자체를 스스로 배반하는 시의 바깥에서 규범적인 삶과 관성적인 삶을 타격한다. 시의 정치성은 독자와 대중을 즉각적인 프로파간다의 대상으로 바라보는 시선이 아니라 무엇보다 시를 읽고 쓰는 주체가 타자로 이행하려는 실천으로부터 발현되며 각각의 사회적 상황과 역사적 조건 속에서 다시 읽고 재해석하며 그 시를 살아내려는 독자의 실행 능력으로부터 산출된다. 시는, 장미는, 우리는, 여기에 있다. 그것이 정치적이며 예술적이다.

아, 우리가 어떻게 이 작은 장미를 기록하겠는가?
검붉은 봉오리에서 갑자기 여린 꽃망울이 터져 우리 가까이 다가서는데.
아, 우리가 장미를 찾아온 것은 아니었지만
우리가 왔을 때, 장미는 여기에 피어 있었다.

장미가 여기에 피어 있기 전에는, 장미를 기대한 사람은 아무도 없었다.
장미가 여기에 피었을 때는, 장미를 믿는 사람은 거의 없었다.
아, 결코 출발하지도 않았는데, 목적지에 도착했구나.
하지만 그럴 수밖에 없지 않았던가?

– 베르톨트 브레히트의 「아, 우리가 어떻게 이 작은 장미를 기록하겠는가?*Ach, wie sollen wir die kleine ©Rose buchen?*」(서경하 옮김) 전문(1954)

# 사회적 환상과 알레고리 산문시
## – 보들레르와 랭보, 김성규와 김중일의 시

## 시의 위기와 산문시

샤를 보들레르가 현대시의 역사에서 『파리의 우울』(1869)을 통해 드러낸 것은 '대도시의 일상을 담아낼 수 없는 시의 위기를 어떻게 극복할 것인가'라는 문제의식이다. 보들레르는 19세기의 수도, 파리에서 발생하는 복잡하고 기이한 대도시의 삶과 대중사회의 군중 심리를 포착하기 어려운 전통적 형식의 4연 14행으로 구성된 소네트(Sonnet) 대신 규칙적인 리듬과 각운으로부터 해방된 산문시로 창작함으로써 시의 위기를 돌파하고자 하였다. 1866년 1월 생트-뵈브에게 보낸 편지에서 보들레르가 도시 산책에서 마주친 모든 사건들로부터 "어떤 불쾌한 모랄(une morale désagréable)"을 추출하겠다고 말한 바와 같이 보들레르의 산문시는, 대도시에서 마주치는 군중의 우연한 만남과 대도시의 인공적이고 현대적인 삶을 "몽상의 파동에, 의식의 소스라침에"[1] 담아내려는 시적 모험을 감행한다. 그리하여 보들레르는 『악의 꽃』에서 보여준 운문시와도 다르며 실용적 메시지의 단순한 전달인 르포르타주(reportage)와도 다른 산문시를 창작하는데, 산문소시집 『파리의 우울』에서 「저마다 제 시메르를Chacun sa chimère」[2]은 그가 사유한 산문시의 한 지점을 제시한다.

막막한 잿빛 하늘 아래, 길도, 잔디도, 엉겅퀴 한 포기도, 쐐기풀 한 포기도 없이, 먼지로 뒤덮인 막막한 벌판에서, 나는 몸을 구부리고 걸어가는 사람들을 숱하게 만났다.

그들은 저마다 커다란 **시메르**(Chimère)를 한 마리씩 등에 짊어지고 있었으니, 무겁기가 밀가루나 석탄 부대, 또는 로마제국 보병의 군장 못지않았다.

그런데 이 괴물 짐승은 생명 없는 하중이 아니라, 오히려 그 탄탄하고 억센 근육으로 사람을 덮어 누르고 있었다. 괴수는 그 거창한 갈퀴 발톱 두 개로 저를 태우고 가는 생명의 가슴팍을 움켜쥐고 있었으며, 그 전설적인 머리는 사람의 이마 위로 솟아올라, 그 모양새가 마치 고대의 전사들이 적군의 공포감을 더욱 부추겨주길 바라면서 썼던 그 무시무시한 투구 가운데 하나처럼 보였다.

나는 그 가운데 한 사람에게 질문을 하였던 바, 어디를 이렇게

---

1  샤를 보들레르, 『파리의 우울』, 황현산 옮김, 문학동네, 2015, p. 10. 이하 인용은 같은 책이다.

2  〈La Presse〉. 1862년 8월 26일에 처음 발표된 원제는 「저마다 자기 것을 Chacun la sienne」

가고 있느냐고 물었다. 그는 전혀 알지 못한다고, 자기도 다른 사람들도 그에 관해 아는 것이 없다고, 그러나 걸어가려는 거역할 수 없는 욕구에 쫓기고 있는 것으로 보아, 분명히 어디론가 가고 있다고 대답했다.

기록해두어야 할 특이한 사실 : 이 나그네들 가운데 어느 누구도 제 목에 매달리고 제 등에 엉겨붙어 있는 이 흉포한 짐승에 대해 분노하는 모습이 아니었으니, 이 짐승이 자기 자신의 일부를 이루고 있다고 여기는 것이 아닌가 싶었다. 그 피곤하고 진지한 얼굴 하나하나에는 아무런 절망의 낌새도 비치지 않았거니와, 하늘의 우울한 궁륭 아래, 그 하늘처럼 황량한 땅의 먼지 속에 발을 파묻으며, 그들은 끝없이 희망을 품도록 벌받은 자들이 지어 마땅한 그런 체념 어린 표정을 지으며 나아가고 있었다.

그리하여 행렬은 내 옆을 지나 지평선의 대기 속으로, 이 행성의 둥근 표면이 인간 시선의 호기심으로부터 벗어나는 그곳으로 잠겨들었다.

그래서 잠시 동안 나는 이 신비로운 현상을 이해하려고 애써보았으나, 이내 억제할 수 없는 **무관심**(Indifférence)이 나를 덮쳤으며, 그 바람에 나는 바로 그 사람들이 막강한 **시메르**에 짓눌리는 것보다 더 무겁게 짓눌리었다.

- 샤를 보들레르의 「저마다 제 시메르를」 전문


'시메르(chimère)'는 그리스신화에 나오는 소아시아 리키아의 상상 동물, 키마이라(Khimaira)에 해당하는 프랑스어이다. 시메르는 사자의 머리, 산양의 몸, 뱀의 꼬리 등 다양한 동물들의 신체 부위로 구성되었으며 무서운 불길을 입에서 토해 내는 괴물이어서 '분화수(噴火獸)'[3]로 번역된 적도 있다. 프랑스어 여성명사 chimère는 '공상, 망상, 몽상'의 뜻뿐만 아니라 '환상(illusion), 꿈(rêve)'의 뜻도 지니는데, 원문에서 대문자로 표기된 "시메르(Chimère)"는 황현산의 주해[4]가 설명한 바와 같이, 표면적으로 '분화수'를 의미하지만 배면으로는 본문 마지막에 등장하는 대문자 "무관심(Indifférence)"과 매개되어 '망상'의 의미에 근접하고 있기에 중의적인 '시메르(chimère)' 자체로 번역하고 읽는 것이 타당하다.

「저마다 제 시메르를」은 막막한 벌판에서 실재하지 않는 환상의 괴물을 짊어지고 걸어가는 사람들을 묘사한다. 어디로 가느냐는 나의 질문에 각자의 시메르를 짊어진 사람들은 "분명히 어디론가 가고 있"지만 "전혀 알지 못"한다고 대답한다. 시메르에게 짓눌리고 있음에도 불구하고 그들은 분노하거나 절망하지 않고 체념 어린 표정으로 나아간다. 화자인 나는 "이 신비로운 현상을 이해하려고 애써보"지만 이내 시메르보다 더한 "무관심(Indifférence)"에 무겁게 짓눌렸음을 고백한다.

보들레르의 「저마다 제 시메르를」은 막막한 벌판을 배경으로 삼고 있음에도 불구하고 대도시를 배경으로 삼고 있는 환상적 알레고리 산문시로 읽힌다. 시메르를 짊어진 사람들은 매우 빠른 속도로 매번 충격을 안겨주는 대도시에서 '망각'의 삶을 짊어진 군중들과 다르지 않다. 대도시의 우연한 만남과 반복적으로 노동하는 삶은 익명의 군

---

3　샤를 보들레르, 「사람마다 분화수(噴火獸)를」, 『악의 꽃』, 정기수 옮김, 정음사, 1968, pp. 225~226.

4　앞의 책, 「주해」, 황현산, pp. 159~160.

중들에게 무관심과 망각과 권태를 불어넣는다. 역사적으로는 1848년 2월 혁명으로 성공한 공화정이 제2제정시대(1852~1870)의 등장과 함께 실패로 끝남에 따라 삶의 방향성을 상실하고 다른 세계에 대한 전망을 '망각'하고 '무관심'해진 당대의 삶에 대한 알레고리이다. 그런 점에서 보들레르의 「저마다 제 시메르를」은 산문시를 구성하는 요건 중의 하나가 대도시의 삶을 풍자하는 환상적 알레고리임을 암시한다.

숨결 하나가 칸막이벽들에 오페라적인 틈들을 열고, ─부식한 지붕들의 회전을 뒤흔들며, ─난로들의 경계들을 흩뜨리고, ─십자형 유리창들을 지운다. ─포도밭을 따라, 이무깃돌에 발을 걸쳐 놓고, ─볼록거울들, 불쑥 튀어나온 판자들 그리고 뒤틀린 소파들로 시대가 웬만큼 드러나는 그 마차로 내려갔다 ─고립된, 내 잠의 영구차, 내 어리석음의 목동의 집인 짐마차가 사라진 큰길의 잔디 위에서 회전하고 있다; 그리고 오른쪽 유리창 위 오목한 곳에서는 창백한 달 같은 형상들, 잎들, 가슴들이 돌고 있다.

─아주 진한 초록과 파랑색이 이미지를 뒤덮는다. 자갈 자국이 있는 주변에 말을 수레에서 풀어 놓기.

─여기서, 우린 폭풍우를 위해 휘파람을 불 것이다, 그리고 소돔들(les Sodomes), ─그리고 솔림들(les Solymes), ─그리고 사나운 짐승들과 군대들을 위해,

─(꿈속의 마부와 짐승들 그들은, 비단 같은 샘물 속에 나를 두 눈까지 빠지게 하기 위해, 가장 숨 막히는 나무숲 아래에서 다시 원기를 찾을 것이다.)

―그리고 찰랑거리는 물과 널리 퍼져 있는 음료들을 통해 채찍질당한 우리를 개들 짖는 소리에 뒹굴도록 보내기 위해….

　　 ―숨결 하나가 난로의 경계들을 흩뜨린다(*Un souffle disperse les limites du foyer*).

― 아르튀르 랭보의 「저속한 야상곡*Nocturne vulgaire*」 전문[5]

　보들레르가 「저마다 제 시메르를」을 통해 1848년 2월 혁명의 실패 이후 다른 세계의 가능성을 상실한 제2제정시대의 대도시, 파리의 삶에 대한 모랄을 환상적 알레고리 산문시로 썼다면, 랭보는 파리 코뮌(1871. 3. 18.~5. 28.), 그 혁명의 「대홍수 뒤에*Après le Déluge*」 오는 '권태'와 안정된 삶을 뒤흔드는 미지의 세계에 대한 환상의 감각을 산문시집 『일뤼미나시옹*Les Illuminations*, 1873~1875』에 담는다. 그중에서 랭보의 「저속한 야상곡」은 「대홍수 뒤에」보다 더욱 몽환적이며 동화적인 환상을 그려내면서도 자연의 재난과 신의 폭력이 권태로운 현실의 경계 너머까지 틈입하는 환상을 포착한다.

　「저속한 야상곡」에서 "숨결"은 한 줄기 바람이자 몽환을 일으키는 불길의 숨결이다. 그 불길이 타오르는 난롯가는 세계에서 가장 비속하고 저속한 가장자리이며 동시에 세계의 끝에서 정신을 잃고 다른 삶과 다른 세계를 꿈꾸는 장소이다. 랭보는 몽환적인 불길이 타오르는 난롯가, 그 벽이 흩뜨려지면서 구멍 나는 경계에서 몽상과 환상의 여행을 출발한다. 몽환적인 여행에서 발생하는 사건의 궤적과 흩

---

5　아르튀르 랭보, 『랭보 시선』, 곽민석 옮김, 지식을만드는지식, 2010, pp. 162~163. 일부 재번역.

어짐을 환상적인 감각으로 표현한다. 나는 현실과 미지의 경계를 흩뜨리는 불길 너머 포도밭을 지나고 이무깃돌-빗물 홈통 주둥이 석상-에 다리를 걸쳐놓고 환상 속의 마차로 내려간다. "고립된, 내 잠의 영구차", 그 마차는 길이 지워진 큰길에서 방향을 바꾸며 회전하고 있다. "창백한 달 같은 형상들, 잎들, 가슴들이 돌고" 있다. 환상 속에서 방향을 바꾸며 회전하고 있는 것들은 숲과 바다를 상징하는 "아주 진한 초록과 파랑색"인데, 그 색채 상징이 환상을 지배한다. 그것은 자연의 질서와 조화의 상태가 아니라 곧 현실로 도래할 자연의 폭풍우이며 자연이 일으키는 폭력의 빛깔이다. 환상 속에서 나는 교만과 나태와 죄악으로 가득 찬 소돔과 솔림(예루살렘), 그 도시들을 파멸시킨 신의 폭력과도 같은 '폭풍우-맹수들과 군대'를 부르기 위해 휘파람을 부르려 한다. 환상의 마부와 짐승들이 "비단 같은 샘물 속"에 나를 처박을 것이라고 예견한다. 파도와 넘치는 물이 권태로운 현실을 쓸어버리는 것을 투시한다. 나는 "가장 숨 막히는 나무숲 아래에서 다시 원기를 찾을 것"이라고 예언한다. 그러나 나는 개 짓는 소리를 듣고 환상에서 깨어난다. "숨결 하나가 난로의 경계들을 흩뜨린다"는 마지막 문장은 환상에서 현실로 깨어나는 장면과 현실에서 환상으로 넘어가는 장면을 압축적으로 표현한 시구로서 산문시의 시작과 끝을 반복하고 변주하면서 음악성을 작동시키는 랭보 산문시의 계시(Illumination)를 드러낸다. 「저속한 야상곡」에 등장하는 환상의 '폭풍우'와 '맹수들과 군대'는 권태와 교만과 죄악에 물든 현실의 삶을 쓸어버리는 자연의 폭력이라는 점에서 산문시 「대홍수 뒤에」의 '대홍수'와 다르지 않다. 그것은 인간의 역사를 정지시키는 예외적 상황의 신의 폭력이며 역사적으로는 파리 코뮌 같은 혁명의 알레고리이다. 랭보의 「저속한 야상곡」은 인간의 법과 질서로 구축한 국가와 권태롭게 안주하는 삶을 전복하는 혁명을 꿈꾸는 환상적 알레고리 산문시의 극지를 제시한다. 보들레르가 『파리의 우울』을 통해 모랄과 반모랄, 비모랄의 환상적 알레고리 산문시를 발명했다면 랭보는 『일뤼미나시옹』을 통해 끝없이 미지의 세계를 지향하는 환상적 감각의 알레고리 산문시를 발견한 것이다.


## 사회적 환상과 알레고리 산문시

2000년대 한국시에 등단한 일군의 1970년대산 시인들은 1998년부터 2007년에 이르는 한국의 정치적 상황과 경제적 토대에 근거를 두고 등장하였다. 그들은 1987년 민주화운동의 열기가 식고 일상의 삶에 자리 잡은 세대의 후속 세대로서 형식적이나마 안정적으로 실현되는 대의제 민주주의를 목격하였고 외환위기로 인한 국제통화기금(IMF)의 차관이 도입되어 실행된 대규모의 구조 조정과 실업을 직접 체험하였다. 그들은 현실 너머 다른 세계의 전망을 상실하고 국가의 공권력 대신 초국적 자본의 권력이 공동체와 가족을 해체하고 개인의 불안을 심화시키는 사태 앞에서 시쓰기를 감행한 것이다. 그 역사적 배경 속에서 그들의 시는 '지금—여기'가 아닌 다른 삶과 다른 세계에 대한 전망이 부재한 시대의 수사학으로서 알레고리 산문시를 (무)의식적으로 다수가 선택하였다. 강성은, 김성규, 김중일, 박장호, 송기영, 신영배, 황병승, 황성희 등의 시가 대표적이다. 그중에서도 김성규는 자연 재해와 원시적 자연의 폭력

앞에 놓인 가족의 삶을 환상적 알레고리 산문시로 제시한 바 있으며 김중일은 전망 없는 도시 속에 갇힌 비극적 삶과 천천히 죽어가고 있는 삶을 환상적 알레고리 산문시로 구현한 바 있다. 두 시인의 시는 랭보의 산문시보다 보들레르의 산문시가 보여주는 모랄의 편에 서서 사회학적 상상력과 반성적 사유를 담아낸 1950년대 김구용의 산문시 계보에 속하는 환상적 알레고리 산문시의 특성을 보여준다.

옆집도 소용돌이에 떠밀려 천천히 대기권 위로 떠올랐어요 집들이 하늘을 날아다니고 있었어요 화장실 문을 열다 나는 떨어질 뻔했지요 이불을

뜯어라 낙하산을 만들어야지 어머니는 서둘러 바느질을 시작했어요 거대한 나무가 구름 위로 솟아올랐어요 저기에 매달리면 더 높은 곳으로 날아갈 텐데 동생이 말했어요 누나가 머리를 쥐어박았지요 밀가루 반죽 같은 구름을 둘둘 말아 빵을 구워 먹으면 좋겠다 아버지는 또 취해서 정신이 없었어요

폭풍이 멈추면 어떻게 하지? 그러면 우리는 바삭콩이 되는 거야

삼촌은 도표를 그리기 시작했어요 마을 전체가 알 수 없는 땅으로 날아가는 거야, 신난다! 동생이 소리쳤어요 하늘을 보며 기도합시다 하수도관을 타고 동네 목사님의 설교가 시작됐어요 모두들 넋을 놓고 하늘을 봤어요 이곳이 곧 하늘이란다 삼촌은 컴

퍼스를 돌리며 말했어요

더 바라볼 하늘이 없었어요, 이 폭풍이 언제 멈출지는 아무도
몰라

집에 있는 것을 모조리 던져버려라 어머니가 소리쳤어요 안
돼! 지금은 공기의 저항을 최대한 받아야 합니다 적당한 무게를
가지고 있어야 소용돌이에서 벗어나지 않아요 삼촌은 물리학의
자장에 대해 설명했어요 어머니는 돈을 빌리다 거절당한 표정을
지으며 울었어요

차라리 재앙이 계속되어야 해 올라갈 곳은 없고 오직 떨어질
일만 남았지

바느질을 멈춘 어머니, 몸을 말고 자는 아버지, 지붕 위에서
사방을 바라보는 동생, 기도하는 누나와 잠에서 막 깬 나는 책상
에서 볼펜을 놓지 않는 삼촌을 바라봤어요 재앙이 끝나면 우리는
어디로 떨어질까요

천국 아니면 지옥이겠지 너희들 좌석은 예약되어 있지 않단다
부자들의 창문 옆으로는 벌써 헬기들이 잠자리떼처럼 몰려다녔
어요 어째서 우리집이 폭풍에 휘말렸을까
　- 김성규의 「폭풍 속으로의 긴 여행」 전문(『천국은 언제쯤 망가진 자들을 수거해가
　　나』, 창비, 2013)

김성규의 두 번째 시집에 수록된 「폭풍 속으로의 긴 여행」은 "폭풍"이라는 자연의 재앙 앞에서 무력하고 가난한 가족의 삶을 환상적 알레고리 산문시로 보여준다. '폭풍'은 "옆집도" "천천히 대기권 위로 떠"올릴 뿐만 아니라 "부자들"의 집도 떠올린다는 점에서 한 가족에게만 밀어닥친 자연의 재난만을 의미하지 않는다. 폭풍은 합리성과 합법성으로 지칭되는 법과 질서로 건설한 국가, 그 공동체의 삶을 단번에 파괴한다는 점에서 신이 인간에게 내렸던 '대홍수'와 다르지 않다. 대홍수는 인간의 죄악과 타락을 벌하기 위한 신적 폭력으로서 인간이 구축한 법과 국가의 외부에서 세계의 모든 생명을 쓸어버리고 절멸시킨다. 신은 인간의 죄악과 타락으로 물든 세계를 대홍수를 통해 정화시킨다. 대홍수 앞에서 예외적으로 신으로부터 구원받는 사람은 고결하고 정의로운 '노아'와 직계 가족뿐이다. 그런데 신의 대홍수를 통한 세계의 정화와 구원은 현실에서 불가능하다. 성경의 신학에서만 가능하다. 「폭풍 속으로의 긴 여행」에서 구원은 노아 같은 선인에게 집행되는 신의 말씀이 아니라 "부자들의 창문 옆으로" "벌써 잠자리떼처럼 몰려"온 "헬기"에 의해 이뤄진다. 21세기 전지구의 초국적 자본주의가 지배하고 있는 현실에서 구원은 계급적이며 부자들의 생명이 선차적이다. 대홍수 또는, 폭풍 같은 자연의 재앙 앞에서 모든 생명은 귀한 것이 아니라 자본을 소유한 부자의 생명이 보다 고귀하다. 자본주의 현실에서 '하늘'은 구원의 기적을 행하는 신을 더 이상 함의하지 않는다. "더 바라볼 하늘"이 없으며 "오직 떨어질 일만 남"았다. 구원은 불가능하다.

  다른 한편으로 폭풍은 지상의 모든 사람들을 그 소용돌이 속으로 몰아넣는다는 점에서 자연의 얼굴을 가진 자본의 폭력과 속도의 알레고리로도 읽힌다. 자본의 폭력과 속도 앞에서 힘없는 "아버지는 또 취해서 정신이 없"다. 가난한 사람들은 물론 부자들도 폭풍처럼 소용돌이치는 자본의 속도와 폭력으로부터 자유로울 수 없다. 더 많은 자본과 더 빠른 속도로 순환하는 자본을 가진 부자만이 지금, 자본의 속도에 맞춰서 "공기의 저항을 최대한 받"으면서 "적당한 무게를 가지고 있어야" 자본의 "소용돌이에서 벗어나지 않"고 살아남을 수 있다. 자본은 순환을 통해 이윤을 창출하기에 자본의 순환이 멈추면 세계는 파산하고 삶은 정지한다. 그런 이유로 "차라리 재앙이 계속되어야" 한다. "폭풍이 언제 멈출지는 아무도" 모르는 것처럼 인간의 통제를 벗어난 자본의 폭력은 언제 멈출지 아무도 모른다. 현대의 삶은 자본, 그 '폭풍 속으로의 긴 여행'에 다름 아니다. 김성규의 환상적 알레고리 산문시 「폭풍 속으로의 긴 여행」은 자연의 재앙을 얼굴로 삼은 자본의 폭력 앞에서 무력한 현대적 삶에 대한 비판적 사유를 보여주고 있다.

흐린 책을 읽고 나는 계절이 뒤바뀌는 소리를 듣지 과연 밤낮은 무엇인가 흐린 책을 읽는 밤엔 고대하던 깊은 잠을 잘 수 있지 비는 밤새 이불로 조금씩 스며들어 대낮의 꿈속으로 뚝뚝 떨어지고 홑겹의 잠 속에서 내가 다시 흐린 책을 펼치자마자 페이지에 기록된 폭발의 연대기에 기함하며 기절하지 기절 속에서도 나는 흐린 책을 보네 힘겹게 다시 한 세기의 페이지를 넘기며 오는 너를 만나지 너는 오늘 새처럼 철탑 위에 앉은 사람 촛불로 공중에 제 얼굴을 조각하는 사람 몇초간의 폭격으로 어린 딸을 잃은 사람 태양이 오늘의 바람 속에 드리웠던 흰 그물을 거둘 시간 무수

한 목숨과 한권의 낡고 흐린 책이 책장을 지느러미처럼 파닥이며
저녁의 수면 위로 끌려나오네 오늘의 날씨는 흐림 흐린 책 위로
난민들의 난파된 목선 잔해 같은 문장들이 시커멓게 떠내려오네
바다를 비행 중에 하늘에서 숨 끊긴 새들이 책장 위로 후드득 떨
어지네 우박처럼 새들이 불현듯 내 이마로 날아들지 통찰! 과연
그런 게 있다면 그런 건 없다는 사실 한가지뿐 다음 페이지가 해
일처럼 부풀어오르며 밀려오고 페이지와 페이지 틈으로 벼락이
치고 지진이 나고 크레바스가 패고 지난 페이지가 유빙처럼 찢겨
떠내려가네 구름 속에 가지런히 펼쳐진 나의 두 손 사이로 파도
처럼 넘겨졌던 페이지는 다 찢겨나갔네 흐린 책을 읽고 나는 시
간이 뒤바뀌는 소리를 듣지 대체 이 계절은 어디서 왔는가 나의
빈손이 마지막 두 장의 페이지처럼 찢기고 떨어지는 계절 조용히
흐린 책을 지르밟고 가는 무심한 새들의 발걸음

— 김중일의 「흐린 책」 전문(『내가 살아갈 사람』, 창비, 2015)


　김중일의 세 번째 시집에 수록된 환상적 알레고리 산문시 「흐린
책」은 "책"을 읽는 독서 행위를 통해 직면하는 폭력적인 현실과 시인
의 윤리를 성찰한다. 시인이 읽는 책은 흐리다. 책이 '흐린' 이유는
"난민들의 난파된 목선 잔해 같은 문장들이 시커멓게 떠내려오"기
때문이다. "책을 펼치자마자 페이지에 기록된 폭발의 연대기"가 펼
쳐지기 때문이다. 시커먼 문장들은 죽음의 빛깔이기 때문이다. 고통
스러운 페이지를 계속 넘기면 오늘의 세계는 직장에서 해고되어 굴
뚝과 "철탑 위에 앉은 사람", 강제 철거당한 사람, "몇초간의 폭격으
로 어린 딸을 잃은 사람", 파도에 밀려와 터키 해변에서 죽은 세 살

난민 아일란 쿠르디, 이스라엘의 팔레스타인 가자 지구에 대한 무자비한 폭격과 "무수한 목숨"의 무고한 죽음, 세월호와 함께 수장된 304명의 죽음⋯⋯. "오늘의 날씨는 흐림". "계절이 뒤바뀌는 소리를" 들어도 폭력적인 현실의 페이지는 멈추지 않는다.

시인이 읽는 책은 단지 종이로 묶인 책이 아니라 폭력적인 세계의 알레고리로서의 책이다. 폭력적인 세계의 참상을 담고 있는 '흐린 책'의 독서를 통해 시인이 도달한 것은 "통찰! 과연 그런 게 있다면 그런 건 없다는 사실 한 가지뿐"이다. 시인은 우리가 살고 있는 '흐린' 세계를 맑고 투명한 삶이라고 치부하지 않는다. 새들은 조용히 흐린 책을 "지르밟고" 무심히 지나가지만 시인은 흐린 책의 폭력적인 세계를 외면하지 않는다. "페이지에 기록된 폭발의 연대기에 기함하며 기절하"면서도 '흐린 책' 읽기를 멈추지 않는다. 맑고 투명하며 평화롭게 보이는 일상 너머 폭력적이며 고통스러운 세계가 실재하고 있음을 투시하고 증언한다. "대체 이 계절은 어디서 왔는가" 묻는다. 시인은 폭력적인 현실에 무력한 시쓰기에 대해 절망하며 "나의 빈손"이 찢기고 떨어지는 고통을 느낀다. 그리하여 책의 '흐림'은 폭력적인 세계에 대한 성찰과 연대의 손길을 내미는 시인의 독서 행위 속에서 보이지 않는 세계의 고통까지 드러내며 시의 윤리가 제기하는 '어떻게 살 것이며 어떻게 쓸 것인가'라는 물음과 만나게 한다.

지금까지 읽은 보들레르와 랭보, 김중일과 김성규의 산문시는 모두 다른 삶과 다른 세계의 가능성을 상실한 현대적 삶을 알레고리로 묘사하면서 풍자하고 비판하는 환상성을 내보인다. 그 환상의 빛깔과 두께는 각각 상이하지만 그 환상들은 공통적으로 현대적 삶 속에서 억압된 것이 귀환한 (무)의식적 증상으로서 개인적 차원을 넘어서는 사회적 증상으로서의 성격을 지닌다. 그런 점에서 환상적 알레고리는 복잡하고 기이하며 폭력적이면서 권태로운 대도시의 현대적 삶을 담아내려는 산문시의 주요한 경향이다.

# 빛이 파괴된 세계의 잔존하는 빛
### - 송승언 시의 이미지 사유

## 1. 잔존하는 빛

역사적 시공간과 글의 종류가 다른 세 편의 글. 그러나 관통하는 하나의 이미지.

> 밤의 거대한 어둠이 혼자이고자 할 때 숲속에는 어둠을 꿰뚫
> 어보고 있는 부엉이가 있고, 풀밭에는 섬광을 발하면서 자기 존
> 재를 알리는 개똥벌레가 있고, 산길과 들길에는 길손을 안심시키
> 는 등불이 있다.
>
> — 김남주의 「서문을 대신하여」[1]

---

1   하이네·브레히트·네루다, 『아침저녁으로 읽기 위하여』, 김남주 옮김, 남풍, 1988, pp. 4~6.

그는 비와 어둠에 이중으로 치여 정신없이 허둥대면서 생각했다. 장딴지를 지나 어느새 무릎께까지 차오른 물에 휘둘려 걸음을 떼어놓기가 매우 힘들었지만 어둠에 눈이 익으면서부터는 걷·기가 한결 수월했다. 오른쪽으로 돌아 몬티 디 피에트랄라타 거리로 접어들자, 어둠 속에 발이 묶인 채 서 있는 버스들이 가물가물하게 눈에 들어왔고, 침수된 집들 창문에서 희미한 양초 불빛과 사람들 목소리가 새어나왔다.

– 피에르 파올로 파솔리니[2]

인간 존재가 우리의 경탄 어린 시선 아래 반딧불—빛나고, 춤추고, 떠돌고, 잡히지 않고, **저항**하는 존재—이 되는 그런 예외의 순간들…중략… 반딧불의 살아있는 춤은 어둠의 한복판에서 이루어진다는 사실이다. 또한 그것은 공동체를 만들려는 욕망의 춤 이외에 아무것도 아니라는 사실이다.

– 조르주 디디-위베르만[3]

1985년 9월. 시인 김남주는 '남민전 사건'으로 투옥되어 있던 광주교도소에서 소설가 황석영에게 편지를 쓴다. 김남주는 자신이 감옥에서 번역한 하이네, 아라공, 브레히트, 네루다 등의 시선집 출간을 황석영에게 부탁한다. 종이와 연필조차 허락되지 않는 감옥에서 우유곽을 해체한 은박지에 못 끝으로 시를 눌러 쓰던 시절의 김남주

---

2 피에르 파올로 파졸리니, 『폭력적인 삶*Una vita violenta(1959)*』 박명욱·오명숙 옮김, 세계사, 1995, p. 435.

3 조르주 디디-위베르만, 『반딧불의 잔존-이미지의 정치학*Survivance des lucioes(2009)*』 김홍기 옮김, 길, 2012, p. 24., p. 54.

였다. 그의 번역 시집 『아침저녁으로 읽기 위하여』는 투옥되기 전의 시점인 1979년 3월 20일로 기재된 「서문을 대신하여」를 머릿글로 삼아서 검열을 피하고 1988년 8월 출간된다.

그 서문에서 시인은 수배 생활 중에 도움을 주었던 사람들을 기억해 낸다. 그는 '감시와 처벌'의 위험 속에서도 수배자에게 숙소와 지폐를 내어주었던 사람들의 "헌신적인 배려와 인간적인 애정"을 떠올리며 "반딧불과 등불들은 내가 허방을 딛을까 염려하며 길 안내를 해주었"다고 밝힌다. "남모르게 빛의 일을 하고 있는 부엉이와 개똥벌레와 등불과 별들의 도움을 받아가면서 나도 어둠을 조금이라도 물리치는데 도움이 되는 빛의 일을 해야겠다고 어느 날 생각하게 되었는데 나에게 있어서 그것은 마땅한 일로 시를 쓰는 일, 시를 번역하는 일"이었다고 출간 배경을 전한다. 김남주의 서문에서 암시되고 있는 '반딧불과 등불과 별'은 모두 남모르게 빛의 일을 하는 사람들의 이미지이다. 그들은 현실의 변혁 운동에 직접 참여하거나 선두에서 싸우지 않지만 위험을 무릅쓰고 자신보다 먼저 행동에 나선 수배자, 시인에게 연민과 애정의 손길을 내민 사람들이다. 그들은 치열한 삶의 현장과 여전한 현실의 어둠 속에서도 지난한 삶을 지속시키는 사람들이다. 그들의 이름은 역사의 기록에 등재되어 있지 않지만 시인의 서문과 현실의 어둠 속에서 빛의 이미지로 남아 있다.

피에르 파올로 파솔리니의 소설 『폭력적인 삶』은 제2차 세계대전 이후 1950년대 로마 변두리의 빈민촌 피에트랄라타의 가난과 기아와 폭력과 질병에 물든 삶을 사실적으로 형상화한다. 주인공 소년 톰마소 푸칠리(Tommaso Puzzili)는 친구들과 함께 절도, 폭력, 동성애, 성매매를 일삼는다. 톰마소는 파시즘에 대한 일시적인 동조와 감옥 생활, 결혼과 신분상승의 꿈과 실패, 폐결핵과 병원 생활, 간호사들의 파업과 환자들의 봉기를 경험하면서 자신이 속한 사람들의 계급에 대해 자각하는데, 그는 예전에 살던 피콜라상하이 빈민촌이 대홍수로 잠기자 한 창녀를 구하고 갑작스럽게 죽음을 맞이한다. 앞서 인용한 글은 톰마소가 어둠과 홍수에 침수된 거리를 가로질러 가는 장면이다. 자진해서 나선 길에서 그는 "침수된 집들 창문에서 희미한 양초 불빛"를 본다. 그가 어둠과 홍수 속에서 목도한 '양초 불빛'은 톰마소 자신이 속한 계급, 즉 가난하고 무지하며 폭력적인 사람들의 '생명의 빛' 이미지이다. 오직 자신의 생존과 쾌락만을 위해 살아왔던 그가 홍수로 인해 죽어가는 사람들을 구하기 위해 나아가는 장면은 매우 인상적이다. 그는 지식인의 혁명적 의식과 조직된 프롤레타리아계급 의식에서 발원한 실천이 아니라 무의식적이고 자발적인 연대의 행동을 실천했다는 점에서 스스로 현실의 어둠을 밝히는 사람들, 그 빛의 이미지를 구현한다.

　조르주 디디-위베르만은 『반딧불의 잔존』에서 피에르 파올로 파솔리니가 "파시즘이 승승장구하는 밤", "서치라이트의 '사나운' 빛" 때문에 정치 논고 「이탈리아 내 권력의 공백」(1972년 2월 1일)을 통해 선언한 반딧불이(lucciole)의 소멸을 부정한다. 1940년대의 파솔리니는 단테의 『신곡』을 거듭 읽으며 「지옥편」 제26곡에 등장하는 반딧불이의 작고 많은 빛들을 발견하고 "톰마소"와 같은 인간형을 구현한 바 있는데, 무솔리니의 파시즘 문화가 민중(people)의 가치와 영혼과 언어와 몸짓-반딧불이의 빛을 완전히 소멸시켰다고 선언[4]한

4　조르주 디디-위베르만, 앞의 책, p. 26.

다. 그러나 조르주 디디-위베르만은 반딧불이의 "은근하고 일시적이고 단속적인 작은 빛"의 이미지를 재해석하면서 잔존하는 반딧불이의 재출현과 "잔존의 정치성", 민중의 역사적이고 정치적인 빛을 되살려내고 그들의 저항성과 공동체를 포기하지 않는다.

김남주와 파솔리니와 조르주 디디-위베르만의 글에서 공통적으로 출현하는 '빛 이미지'는 각각 다른 파국의 역사적 맥락을 함축하면서도 결코 소멸하지 않는 민중의 저항과 연대의 공동체를 함의한다. 지시할 수 없지만 거기 있는 존재로서 잔존하는 반딧불이의 미광, 그 희미한 빛의 이미지는 혁명적 지식인과 조직된 프롤레타리아계급의 이름으로 수렴되지 않는 사람들의 섬광 같은 이미지이며 김남주와 파솔리니와 같은 지식인의 절망 속에서도 죽지 않고 잔존하면서 이름 없이 단속적으로 출현하는 존재, 그 자체로 잔존의 정치성과 민중의 역사성을 담지한다. 그리하여 잔존하는 반딧불이의 '빛이미지'는 조르주 디디-위베르만의 전언대로 지옥 같은 현실 너머의 종교적 구원의 빛을 함의하는 것이 아니라 '과거'의 민중 이미지가 순간의 도약을 통해 예기치 않은 '현재'의 민중 이미지로 순식간에 나타났다가 사라지는 섬광의 알레고리적 이미지이다. 그 빛은 다른 삶과 다른 세계의 가능성이 '지금-여기'에 도래하여 목도되는 시적 순간의 현현과 크게 다르지 않다.


## 2. 빛이 파괴된 세계

송승언의 첫 시집 『철과 오크』(문학과지성사, 2015)는 빛의 알레고리적 이미지로 가득하다. 송승언의 시에 두드러지는 빛의 이미지는 멜랑콜리적 세계관 속에서 대상을 재현하지 않고 대상을 암시하는 감각의 잔상을 신체에 각인시킨다.

> 드디어 꿈이 사라지려는 순간, 너는 창밖에서 잠든 나를 보고 있지
> 암초 위에서 심해를 굽어살피는 너의 낯빛에 놀라자 꿈은 다시 선명해진다
>
> 들로 강으로 흩어지던 내가 되살아나고 있었다
>
> 내가 이곳을 설계했다 믿었는데 아니었던 거지
> 블라인드 틈으로 드는 빛이 어둠을 망친다 생각했는데 눈은 여전히 감겨 있고, 몸은 벽 너머에서 들려오는 너의 노래에 묶여 있었다
> 입안에 고인 물이 다른 물질이 되려는 순간
>
> 눈 속으로 하해와 같은 빛이 밀려들었다
>
> － 「녹음된 천사」 전문

첫 시 「녹음된 천사」는 언어의 순차성에 바탕을 둔 주제를 전달하기보다는 대립되는 이미지의 배치를 통해 시의 행간을 채우면서 동시에 균열을 일으키는 형식을 구현하는데, 그것은 감각에 지각되는 송승언의 고유한 언어 형식이다. 알레고리적 이미지는 '너/나', '원

본/복제(녹음)', '실재/꿈(가상)', '창밖/실내', '수면/심해', '흩어짐/
되살아남', '빛/어둠', '눈 밖/눈 속', '벽 너머/벽 안', '다른 물질/입안
에 고인 물'이라는 대립된 이미지로 나타난다. 전자의 항목들이 '너'
의 이미지라면 후자의 항목들은 '나'의 이미지이다. 그 알레고리적
이미지들은 빛과 어둠을 교차하면서 "이곳"으로 지칭되는 현실의 사
태를 지각시키고 송승언의 시적 사유를 전개한다는 점에서 그의 '이
미지-사유(Bild-Gedanken)'의 출현 지점이다.

　시에 나타난 이항 대립의 알레고리적 이미지들을 계열화하여 재
배치하면 시적 주체로 설정된 '나', '녹음된 천사' 이미지와 '너'의 이
미지의 밑그림을 상상할 수 있다. 시적 주체인 나는 '녹음된 천사-
음악'이자 복제된 가상의 천사이다. 나는 잠을 자고 있는 실내와 심
해에서, "눈 속"과 "벽 안"의 "어둠" 속에서 현실의 "이곳을 설계했다
믿었는데" 아니었음을 자각하고 깨어나려 한다. 그런데 "눈은 여전
히 감고 있고, 몸은 벽 너머에서 들려오는 너의 노래에 묶여 있"다.
즉 나는 가상의 세계, 복제된 세계의 어둠 속에서 모조 천사로 살고
있다는 자각을 하고 잠에서 깨어나 "입안에 고인 물"에서 "다른 물
질"로 되는 꿈을 꾼다. 항상 "되살아나"는 '녹음된 음악'이 "들로 강으
로 흩어지"는 순간의 노래가 되고자 한다. 그러나 그것은 실패가 예
견된 꿈이다. 기록되어 저장된 소리는 한 번 불러서 흩어진 노래가
될 수 없고 복제된 세계는 원본의 세계가 될 수 없기 때문이다.

　나와 달리 '너'는 "창밖"과 "벽 너머"에서 "노래"를 부르면서 단 한
번 현현하는 주체로서의 천사이다. "블라인드 틈으로 드는 빛"이다.
그리하여 「녹음된 천사」에서 빛의 이미지는 원본의 실재 세계와 복
제된 가상 세계에 대한 알레고리적 이미지를 함의한다. 「녹음된 천

사」에 깃든 송승언의 이미지 사유는 실재 세계의 원본(Original) 없는 가상 세계의 복본(Duplicate)으로 가득한 완전한 어둠 속에 살고 있다는 세계 인식을 드러낸다. "관제탑에서 내려다보았다.//빛이 파괴되었다."는 「시인의 말」은 그의 세계 인식을 명확히 보여준다.

송승언의 시에서 현실은 관제탑의 감시와 통제와 명령을 받는 세계이며 그 세계의 실재하는 빛은 파괴되었다. 어둠으로 휩싸인 현실 세계가 설령 빛으로 가득하다고 하더라도 그 빛은 실재하는 근원의 빛이 아니라 복제된 허상의 빛이다. 발터 벤야민의 용어로 표현하자면 아우라가 파괴된 세계의 빛이다. 그런 이유로 시집 『철과 오크』에서 "이곳에는 빛이 가득하다 몸을 잃을 만큼"(「지엽적인 삶」) "내 방은 빛에 갇혀 깜깜"(「담장을 넘지 못하고」)하고 "촛불이 방을 어둠으로 채"(「축성된 삶의 또 다른 형태」)울 정도로 '빛'은, 빛의 근원적 이미지를 전복한다. 그 빛은 반딧불이의 '약한 빛(lucciole)'이 아니라 '강한 빛(lucc)'[5]이며 관제탑의 서치라이트에 가깝다. 이제 "입안에 고인 물이 다른 물질이 되려는 순간//눈 속으로 하해와 같은 빛이 밀려들었다"의 '빛'은, 빛의 근원적 이미지가 아니라 복제된 허상의 빛 이미지로 전복됨으로써 '나'와 다른 '너', 실재라고 믿었던 천사조차 '녹음된 천사'였다는 시적 인식을 가능하게 한다. 그 빛의 이미지는, '너'와 '나'의 이항 대립의 이미지를 가로지르면서 "벌어진 살점 속으로/빛이 섞여 들"(「법 앞에서」)어 아픔의 "흔적"을 남긴다. 현실은 "모든 것이 흐린 공원이었는데 모든 것이 너무나 뚜렷이 잘 보"(「모든 것을 볼 수 있었다」)이는 세계이며 "바깥을 상상할 수 없"(「셰이프

**5**  조르주 디디-위베르만, 같은 책, p. 16.

시프터')게 한다. 시집의 마지막 시편 「유형지에서」까지 현실은 '유형지'로서 "모든 게 흰빛으로 망각되는 해변"(「유형지에서」)이다. 그런 점에서 「녹음된 천사」의 빛 이미지는 구체적 대상을 직접 지시하고 상징적 의미에 도달하는 재현 이미지가 아니라 추상적 관념을 매개하는 언어 형식이며 그 시적 의미를 개념화하지 않는 이미지 사유로서 송승언의 시가 구축한 언어의 특이성이 발현된 감각이다. 그리하여 「녹음된 천사」는 기술복제시대가 몰고 온 삶의 파국이 현실의 모든 영역을 지배하고 있다는 것을 암시하는 알레고리적 이미지로 읽힌다.

발터 벤야민의 '역사의 천사'와 대비되는 '녹음된 천사'가 살아가는 빛의 세계에서 시인은 그 세계의 바깥으로 나아갈 수 없다는 비극적 세계 인식을 드러낸다. 그러나 그에게 실재하는 삶과 실재하는 세계로부터 기원하는 '참된' 빛에 대한 꿈이 전혀 없는 것은 아니다. 잔존하는 반딧불이의 미광처럼 실재하는 삶과 세계로부터 기원하는 빛의 이미지는 '숲'과 '불'의 이미지와 결합하여 순간 출현한다.

> 빛은 영원하다는 듯이 장작을 태울 수 있고
> 장작은 열 개비가 적당하고 그 불이면 영원도 밝힐 수 있고
>
> 아이들은 영원을 지나가고 있고 별들이 치찰음을 내고 있고
> 밤과 낮은 서로에게 이기지도 지지도 못하고 있고
>
> 불 앞에서 나무꾼들은 수십 개의 그림자를 벗으며 농담을 하
> 고 있고

인간의 맛에 대해 이야기하고 있다

불그림자가 불의 주변을 배회하며 불그림자를 만들고 있고
새들은 여전히 침묵을 부리에 물고 있고


나무 위에서 열쇠들이 쏟아지고 있다
나부라진 옷가지들이 발자국을 가리고 있고
나무꾼들은 횃불을 나눠 들고 더 어두운 곳으로 움직이고 있고

－「철과 오크」 부분


「녹음된 천사」와 달리 「철과 오크」의 세계는 평화롭고 따뜻하다. 「녹음된 천사」의 세계가 인공의 빛 속에 있다면 「철과 오크」의 세계는 자연의 빛, 숲속의 불빛에 있다. 「철과 오크」는 숲속에서 "열 개비" 장작이면 "영원도 밝힐 수 있"는 "불"로 세계를 밝힌다. 새들과 나무꾼과 아이들을 살리는 생명의 나무, 오크(Oak)로부터 타오르는 '불'은 '영원'을 밝히고 아이들이 영원도 지나갈 수 있게 한다. 영원은 자연의 숲이며 실재하는 빛의 기원을 암시하는 것과 다르지 않은 알레고리적 이미지이다.

그 '영원–나무'로부터 발원한 장작불은 인공의 복제된 빛과 달리 직접 경험(Erfahrung)할 수 있고 그 실재의 빛을 직접 응시할 수 있다. 그 불은 그림자를 만들며 인공의 복제된 빛을 차단한다. 그 불은 나무꾼들의 "수십 개의 그림자를 벗"길 만큼 인공의 복제된 빛을 씻어내는 정화의 불이며 스스로를 태우면서 아이들과 함께 숲으로 돌아가는 나무의 영원에 이르는 길이기도 하다. 「철과 오크」는 그 불

빛을 감싸고 있는 숲의 밤하늘에 떠오른 별들의 "치찰음"을 들을 수 있을 만큼 고요하고 영원한 어둠의 세계를 그린다. "나무 위에서 열쇠들이 쏟아지"는 이미지는 '별'의 이미지와 결합하면서 '철'의 소리를 내고 영원한 어둠의 세계, 그 문이 열리는 순간에 대한 알레고리적 이미지이다. 영원한 어둠의 세계와 합일하는 그 순간은, 시집 『철과 오크』를 가로지르는 한 번의 섬광처럼 다른 삶과 다른 세계가 '지금─여기'에 도래하여 개시되는 시적 순간이다. 소멸되었다고 선언한 어둠 속에서 잔존하던 반딧불이의 불빛들이 일제히 출현하는 순간이다. 그 시공간에는 보들레르의 시 「상응Correspondances」처럼 만물이 조응하고 우주와의 일체감을 경험하면서 숲속의 밤 풍경을 바라보는 시적 주체의 교감 흔적이 배어 있다. 물론 그 별이 빛나는 밤하늘과의 상응은 금세 깨지고 반딧불이의 미광은 곧 사라진다. "아침에는 숲이 벌목되"(「기원」)었고 현실에서 "나는 오래 살고 오래 착취"(「나타샤」)당했기 때문이다. 그러나 빛이 파괴된 세계에서 시인은 "밤과 낮은 서로에게 이기지도 지지도 못하고 있"는 현실을 직시한다. 영원에 대한 낙관도 포기도 하지 않는다. 「철과 오크」에서 목도한 다른 삶과 다른 세계의 가능성과 그 시적 순간의 현현을 망각하지 않으면서 소멸하지 않고 끝까지 잔존하는 주체의 삶을 견지한다. 그것은 숲속의 "더 어두운 곳"으로 들어가서 빛이 발하기를 준비하는 반딧불이의 이미지이다. 어둠 속에서 사람들은 소멸하지 않고 잔존하고 있다.

제2부 바깥

# 전체의 바깥과 오늘의 감각
### - 이원의 시 「불가능한 종이의 역사」

> 나는 내가 알고 있는 것—내가 할 수 있는
> 것을 경멸한다[1]
>
> - 폴 발레리

전체를 바라볼 수 있는가.

전체의 내부에서 시작할 것인가. 전체의 바깥에서 시작할 것인가. 가능한 것에서 시작할 것인가. 불가능한 것에서 시작할 것인가. 시의 전체, 그 안에서 시작할 것인가. 시의 전체, 그 바깥에서 시작할 것인가.

가능한 시의 전체, 그 안에서 시를 시작한다는 것은 시적인 것의 문법과 그 자명성을 전제한다. 그것은 '이것이 시이다'라는 한정 긍정문의 시학 속에서 시적인 것의 범주와 규칙, 운율과 수사학 등의 시적 전통을 존중하고 그 시적 전통의 문법에 근거한 시의 미학을 실천한다는 것을 함의한다. 그러나 보들레르를 출발점으로 삼고 있는 현대시는 '이것만이 시는 아니다'라는 무한 부정문의 시학 속에서

---

1 Paul Valéry, *Monsieur Teste*, Gallimard, 1946, p. 130. 번역은 필자.

시적인 것을 발명하고 가능한 시의 전체를 부정함으로써 시의 전체 영역을 지속적으로 확장시켜 왔다.

끊임없이 시를 배반하면서 미학적 갱신을 지속한 시인은 스스로에게 묻는다. 전체에 대한 통찰을. 시인에게 전체는 지금까지 살아낸 시의 모든 것이다. 그것은 최초의 시에서 지금까지 써 온 시의 궤적과 범주, 성공과 실패를 엄밀하게 분석하고 객관적으로 직시할 줄 아는 시인의 정신이다. 시인의 정신이 지닌 최고의 능력이다. 더 나아가 그 정신에만 의지하지 않고 감각으로 세계를 지각하고 사물의 본질을 관통하는 직관의 예각을 점검할 줄 아는 육체의 능력이다. 그것은 예민한 감각으로 사태의 한 국면을 뚫고 들어갈 수 있는 최대한의 힘이다.

최고의 정신과 최대한의 육체로 전체에 대한 통찰을 수행할 때 시인은 시와 삶의 전체를 바라볼 수 있다. 시인은 지금까지 써 온 시의 영역과 경계를 극단적으로 파악한다. 전체의 내부에 자리 잡고 있는 빈 곳 또한 전체의 바깥이다. 시인은 전체의 내부와 바깥을 가로지르는 경계마다 빗금을 긋는다. 정신과 육체의 극단으로 밀고 나가서 시에서 가능했던 모든 것과 불가능했던 모든 것의 구획을 짓는다. 그것은 언어로 가능한 것과 불가능한 것 사이에 분명한 선을 긋는 일이다. 또한 시인으로서 성공과 실패의 삶을 적시하는 일이다. 시인은 전체를 바라보며 자신의 소유지를 둘러본다. 그리고 다시 묻는다. 가능한 것에서 시작할 것인가. 불가능한 것에서 시작할 것인가.

전체의 내부를 돌아보며 가능한 것에서 시작할 때 시인은 어제의 시와 안주하는 삶으로 회귀한다. 그러나 전체의 바깥을 바라보고 불가능한 것에서 시작하려 할 때 시인은 자신이 알고 있는 시와 자신이 살아갈 수 있는 삶을 경멸한다. 자신의 시와 가능한 삶의 방식을 모두 도려내고 불가능한 것에서 시작하려 할 때 시인은 죽음과 무(無)를 바라보고 있다. 시인은 전체의 바깥을 바라보며 경계에 서 있다. 삶과 죽음의 경계. 어제와 오늘의 경계. 오늘과 내일의 경계. '지금-여기'와 '미지-거기'의 경계. 이쪽 절벽과 저쪽 절벽의 경계. 시인은 자신이 소유한 시의 영토를 뒤로하고 경계 너머로 저쪽 절벽을 향해 내딛는다. 이쪽 절벽 끝에서 저쪽 절벽 끝을 향해 눈을 감고 허공 속으로 내딛는 한 발. 미약한 언어에 실존을 걸고 온몸을 던지는 시적 도약의 순간.

어제는 참을 수 없어. 들킨 것은 빈 곳을 골라 파고들던 발. 신발이 시킨 일. 발자국은 정렬되고 싶었을 뿐.

어제는 참을 수 없어. 엉킨 몸으로라도 걸었는데. 줄이 늘어났어. 엉킨 몸은 줄어들지 않았는데.

몸은 오늘의 소문. 너는 거기서 태어났다. 태어났으므로 입을 벌려라.

너는 노래하는 사람. 2분 22초. 리듬이 멈추면 뒤로 사라지는 사람. 뒤에서 더 뒤로 걸어 나가는 사람. 당장 터져 나오는 말이 있어요. 리듬은 어디에서 가져 오나요. 메아리를 버려라.

흰 접시에는 소 혓바닥 요리. 다만 너는 오늘의 가수. 두 팔쯤

은 자를 수도 있다


　너는 가지를 자르는 사람. 뻗고 있는 길을 보란 듯이 잘라내는
사람. 좁은 숨통을 골라내 끊어내는 사람. 내일을 잘라 오늘을 보
는 사람.


　다만 나는 오늘의 정원사. 한때 인간이 되고자 했던 것은
태양 속에 설 수 있게 될지도 모른다는 생각 때문.
태양 아래 서게 되었을 때 내내 꼼짝할 수 없던 것은
불빛처럼 햇빛도 구부러지지 않았기 때문.


　오래 아팠다고.


　잘라버린 가지는 나의 두 팔이었던 것.


　끝내 잃어버렸다고 생각한
끊어진 두 팔을 뚫고 이제야 나오는 손. 징그러운 새순.
허공은 햇빛에게 그토록 오래 칼을 쥐어주고 있었던 것.


　어쩌자고 길부터 건너놓고 보니 가져가야 할 것들은 모두 맞
은편에 있다.


　발목쯤은 자를 수도 있다

그토록 믿을 수 없는 것은 명백한 것. 우세한 것. 정렬된 것.
발이 그토록 오래 묻고 있었던 것

다시 태어난다면 가수나 정원사가 될 거야
설마 인간으로 다시 태어나고 싶니 하겠지만

흙 속에 파묻혔던 것들만이 안다. 새순이 올라오는 일.
고독을 품고 토마토가 다시 거리로 나오는 일.

퍼드덕거리는 새를 펴면 종이가 된다
새 속에는 아무것도 써 있지 않다
덜 펴진 곳은 뼈의 흔적

왼쪽에서 오른쪽으로 써나가는 사람. 방금 전을 지우는 사람.
두 팔이 없는 사람. 두 발이 없는 사람.
없는 두 다리로 줄밖으로 걸어 나가는 사람

첫 페이지는 비워둔다
언젠가 결핍이 필요하리라

　　　　　　　　　　　　　　　　　　　　– 이원, 「불가능한 종이의 역사」 전문[2]


등단 20년. 이원은 네 번째 시집 『불가능한 종이의 역사』(문학과

2　이원, 『불가능한 종이의 역사』, 문학과지성사, 2014, p. 34.

지성사, 2012) 뒤표지 산문을 이렇게 쓴다. "매달릴 곳이 간절했다. 다만 적어도 닿는 곳은 있어야 했다. 절벽을 세울 수밖에 없었다. 경계가 보여야 했다. 그렇지 않다면 삶도 죽음도 나타나지 않기 때문이다. /경계. 나누어지는 곳이 아니라 닿는 곳으로서의 지점. 넘어가지 못한다 해도 너머가 보이지 않는다 해도, 넘어가지 못하는 그곳에는 보이지 않는 너머에는, 닿아야 했다. /경계는 스미는 것이 아니다. 다름을 다름으로 잡고 있는 힘. 그래서 그곳에서 떠나지 않는 힘. 비껴 서지 않는 힘. /죽음이 들이닥쳤다고 해서 삶이 없어지는 것이 아니듯 죽었다고 해서 그것이 사라지는 것도 아니다. 둘은 다만 닿고 있다. 둘은 적어도 닿고 있다"고 쓴 '이/원'. 그녀는 자신이 소유한 전체를 통찰하고 전체의 내부와 바깥의 경계를 분명히 긋고 그 경계에 서서 경계 너머로 나아가기 위해 절벽 끝에 서 있다.

「불가능한 종이의 역사」에서 이원은 나무에 시인의 전체를 투사한다. 나무는 어떻게 생장하는가. 나무는 어떻게 종이가 되는가. 나무는 뿌리에서 가지 끝까지 자신의 육체로 실존한다. 생장의 "리듬이 멈추면 뒤로 사라지"고 "뒤에서 더 뒤로 걸어 나가는" 나무가 된다. 반대로 온몸으로 밀어내는 줄기와 가지는 허공에 길을 낸다. 나무에게 육체는 실존의 가능성이자 불가능성이다. 뿌리로 뻗어가지 못한 "빈 곳"과 줄기로 나아가지 못한 "빈 곳" 모두 육체의 불가능성이다. 육체는 실존할 수 있는 가능성의 극단과 실존할 수 없는 불가능성의 극단이 맞닿은 경계다. 나무의 가지 끝에 맞닿은 허공이라는 무(無). 그것 자체가 육체의 한계이자 새로운 줄기가 뻗어갈 수 있는 가능성이다.

나무가 새로운 생장을 하기 위해서는 오늘을 기준으로 어제까지 생장한 가지와 줄기를 잘라내야 한다. 팔과 다리를 스스로 잘라낼 수 없다면 정원사의 손을 빌려서라도. 잘라낼 때 나무는 "끊어진 두 팔을 뚫고" "새순"을 틔우고 "토마토"를 맺는다. 나무에게 지금 "명백한 것. 우세한 것. 정렬된 것"은 어제의 육체이고 새로운 생장을 위해 잘라내야 할 육체다. 내일의 육체는 어제의 육체를 잘라내는 오늘의 감각에 있다. 오늘의 감각으로 어제까지 육체가 뻗어나간 전체를 무시하고 부정할 때 나무의 새로운 육체는 저 허공의 무(無)를 향해 나아갈 수 있다. 나무에게 오늘의 감각은 전부이고 그 감각은 모든 것을 떠받치고 전체를 평가한다. 그런 의미에서 정원사. "내일을 잘라 오늘을 보는 사람"은 자신의 전체를 객관적으로 통찰하는 나무와 같다. 정원사는 타자의 시선으로 스스로를 바라보는 주체. 곧 나무다.

나무가 정원사가 되어 전체를 통찰하고 주체가 타자의 시선으로 자신을 바라볼 때 그 주체는 "방금 전을 지우는 사람"이 되고 "없는 두 다리로 줄밖으로 걸어 나가는 사람"이 된다. 지금까지 주체를 확립한 삶의 인식과 체험으로 파악할 수 없는 타자의 세계로 넘어간다. "두 팔이 없"고 "두 발이 없"으면서도 무(無)에서 새순이 돋는 경이(驚異)를 체험한다. 나무가 종이가 될 때에도 동일하다. 나무가 나무이기를 멈출 때 나무는 종이가 된다. 오늘의 감각으로 이전의 시를 모두 부정할 때 시인은 새로운 시를 쓰기 직전이 된다. 매번 오늘의 감각으로 전체를 통찰하고 가능한 전체를 무시하고 불가능한 것에 온몸을 내맡길 때, 주체가 타자의 시선으로 스스로를 모두 부정할 때, 시인에게 불가능한 것은 가능한 것의 첫 페이지가 된다. 이것은 이원이 오늘의 감각으로 가능한 것과 불가능한 것의 경계에 서서 불가능한 언어의 첫 페이지를 쓰려는 시론(詩論)이다. 시인이 매번 지우면서 써 왔던, 그 불가능한 종이의 역사다.

# 이야기의 틈과 바깥의 언어
### - 성기완의 시세계

## 미적 전위의 탄생

현대시의 역사는 시적인 것과 비시적인 것의 경계를 지우고 시적인 것의 영역에서 비시적인 것의 영역으로 부단히 이동해 왔다. 가능한 시의 전체, 그 바깥에서 시를 실험하고 시작(詩作/始作)한 시 쓰기는 당대의 자명한 미학으로 승인된 시적 전통을 회의하고 부정함으로써 현대시의 영토를 개척해 왔다. 가령, 보들레르의 산문시 「마드므아젤 비스투리Mademoiselle Bistouri」(『파리의 우울』)는 도시의 밤, 변두리에서 우연히 만난 매춘부의 기괴한 성적 취향과 기괴한 이야기를 사실적이면서도 몽상적인 회상으로 재현하는데, 그것은 이야기의 압축과 비약을 통한 도시의 환상과 알레고리를 빚어내는 현대시의 새로운 미학을 제시한 바 있다.

보들레르는 제2제정시대(1852~1870)의 파리에서 시적인 것의 미적 범주로부터 벗어나 오늘날 통용되는 시적인 것의 미적 기준을 확립한다. 그는 정형시에서 산문시로 나아간 현대시의 역사에서 스스로 미적 전위임을 드러내고 그 탄생을 예고한다. 제2제정시대의 파리에서 보들레르는 '시적인 것'을 시인의 의식과 내면에서 소스라치듯 솟구치는 상태로 규정함으로써 대도시에서 출현하는 현대시의 '시적인 것'은 정형(定形)으로 자리 잡아온 기존의 시적 형식에 있는 것이 아니라 '시적인 것'이 발현되는 무형(無形)의 시적 상태에 있음을 선언한 것이다.

보들레르가 산문 시집 『파리의 우울』(1869)을 쓰던 제2제정시대의 파리는, 오스망(G. E. Haussmann) 시장(市長)이 파리 시가지의 대규모 철거와 재건축을 단행하고 1852년 세계 최초의 현대적 백화점 '르 봉 마르셰(Le Bon Marché)'가 개점하고 1855년 물신성과 상품화가 만연한 대도시의 삶을 전시한 만국박람회가 개최되고 신문 판매 부수의 증가에 따른 문학의 상품화와 대중화가 발생된 시공간으로서 세계의 도시로 현대 소비사회의 출발을 알리고 전파한 진원지의 역할을 수행하였다. 아울러 제2제정시대의 파리는 1848년 혁명으로 성취한 제2공화정이 4년 만에 실패하고 다시 제정시대로 회귀한 시공간이 되었는데, 그 시공간은 전망 없는 현실에 대한 냉소와 정치적 좌절감의 팽배 속에서 '아름다움은 무용한 것이다'를 선언한 테오필 고티에(Théophile Gautier) 중심의 고답파(Le Parnasse)와 그 후예 보들레르와 말라르메, 베를렌과 랭보 등의 상징주의 시인들이 언어의 인공 미학과 전위적 모험을 감행한 언어 실험의 무대였다.

그 언어 실험의 무대는 비동시성의 동시성의 미적 현대성을 드러내면서 세계의 현대 시사에 미적 전위 운동을 촉발시켰다. 1987년 선거의 실패와 1991년 소련 붕괴 이후 다른 삶의 가능성이 봉쇄되어 제2제정시대의 파리를 연상시키는 1993년에서 2008년에 이르는 서울의 시공간에서 그 전위의 언어는 재점화되었다. 김언, 이준규, 이민하, 신영배, 황병승 등의 2000년대 젊은 시인들이 일으킨 언어의 폭발은 다양하게 분산된 시인들의 독립적인 언어 운동이었는데, 그들의 전사(前史)로서 1990년대의 함성호, 박상순, 함기석, 이원, 이수명, 성기완 등의 시인들은 2000년대 젊은 시인들의 탄생을 잉태시킨 미적 전위의 진지였다. 1930년대 식민지의 경성과 1950년대 전후(戰後)의 서울과 달리 성숙한 자본주의의 물적 토대가 축적된 1990년대 서울은 본격적인 소비사회와 디지털 문화로 전환되는 시공간이었다. 1990년대 PC 통신과 인터넷 보급, 일본 문화의 개방과 홍대 인디 문화의 출현, 시네마테크 운동과 휴대폰의 보급 등은 디지털 시대의 글쓰기와 다양한 소수 문화에 대한 논의를 촉발시켰다. 그중에서 성기완은 인디 뮤지션의 역할과 함께 그 소수 문화와 디지털 시대의 시쓰기를 적극적으로 살아내면서 '위기에 처한 서정시를 어떻게 새로운 언어로 확립할 것인가'라는 보들레르의 성찰을 재사유하고 시적인 것의 바깥에서 서사의 구축과 의미의 공백을 매번 동시에 수행하는 전위의 언어를 전개해 왔다. 그것이 시집 『쇼핑 갔다 오십니까?』(1998), 『유리이야기』(2003), 『당신의 텍스트』(2008), 그리고 『ㄹ』(2012)이다.


## 이야기의 틈과 마디

틈과 마디를 다오

138

빛이 옹이지게 해다오

봄볕 아지랑이처럼

춤추는 그림자를 다오

땅바닥 위로 일렁이는

돋아난 마디를 다오

틈서리 비집고 크는 비밀을

문틈으로 들여다본 어둠 속에서 찰랑이는

너를

내게 다오

ㅡ「서시ㅡ틈과 마디」<sup>1</sup> 전문(1:9)

　1994년 등단한 성기완의 첫 시집 『쇼핑 갔다 오십니까?』의 「서시ㅡ틈과 마디」는 그가 나아간 시적 행로의 기원을 호명할 수 있는 출발점을 제시한다. 2월, 이른 봄부터 그해 겨울까지 계절의 순환에 따라 4부로 완결된 첫 시집은, 서사의 구축과 의미의 공백을 매번 동시에 실천해 온 성기완 시의 고유성을 처음으로 드러낸다. 그의 시는 한 권의 시집을 통해 구현되는 서사의 구축을 매번 시도하지만 그것은 완결된 서사의 상징적 의미에 도달하지 않고 매번 파편적 서사의 알레고리적 의미에 머문다. 4부에 걸쳐 고루 편재된 5편의 연작시 「내리실 문은 없습니다」는 무엇보다 성기완의 현실에 대한 시적 인식을 보여주는 골격 시편들이다. "오늘도 추도 행렬이 줄을 잇

---

1　이 글에서 논의되는 성기완의 시집은 1. 『쇼핑 갔다 오십니까?』(문학과지성사, 1998) 2. 『유리 이야기』(문학과지성사, 2003) 3. 『당신의 텍스트』(문학과지성사, 2008) 4. 『ㄹ』(민음사, 2012)이다. 이하 인용되는 책과 쪽수는 (1:9)의 형식으로 표기하기로 한다.

습니다/발인 시간은 오전 9:00입니다"(1:28), "문을 열고 들어가 서류 봉투를 받는 것이/인생의 원리?"(1:56), "단속반원들은 구원이라 씌어진 완장을 차고 아줌마들을 성전에서 내몬다"(1:78), "그렇게 사소한 것으로 일관할 수가"(1:87)에 나타나듯 다른 삶의 가능성이 폐쇄된 자본주의의 일상이 개인의 삶에 깊게 침윤된 1990년대 서울의 삶에 대한 시적 인식을 보여준다.

계절마다 삽입된 또 다른 4편의 연작 산문시 「볼 만한 티브이 프로」는 보들레르의 운문시 「지나가는 여인에게」(『악의 꽃』)를 연상시키는데, 영화 감독 지망생 영규가 쓸모없는 무비 카메라를 팔러 나갔다가 우연히 아랍 여인의 아름다움에 매혹되지만 여인은 사라지고 영규는 그 여인의 얼굴이 그려진 레코드판을 우연히 구입한 후 계속 "음악을 들으면서 꿈속"(1:123)을 헤매는 파편적 서사를 구현한다. 「내리실 문은 없습니다」 연작이 출구 없는 현실 세계를 풍자하고 그 일상이 매일 펼쳐지는 현실 서사의 허위적 의미를 암시한다면 「볼 만한 티브이 프로」 연작은 '볼 만한 티브이 프로'도 없이 '그냥' '쇼핑 갔다 오'는 세계에서 구원될 수 있는 유일한 방법은 우연히 마주친 이국 여성의 아름다움, 그것을 매개하는 음악의 몽환임을 암시한다. 그것은 국가와 민족의 대서사가 될 수 없는 현대적 삶의 파편적 서사의 틈에서 솟아오른 꿈의 음악이며 시적 순간의 진실한 체험과 다르지 않다. 그런 점에서 「서시―틈과 마디」에는 현대적 삶에 깃든 일상 서사의 허위적 의미에 '틈'을 내고 붙잡을 수 없는 "빛이 옹이"져서 '마디'를 이룬다. 성기완 시의 시작(始作/詩作), 그 「서시―틈과 마디」는 현실 너머의 다른 삶을 꿈꾸게 하는 "춤추는 그림자"를 갈망하고 '지금―여기'의 시공간에 "틈서리 비집고" 맺히는

140

다른 삶의 "비밀"을 희망한다. 그리하여 성기완의 시집에서 구현되는 서사의 구축은 역설적으로 일상 서사의 비완결성과 의미의 공백을 드러내는 시적 방법론으로서 파편적 서사의 환상과 알레고리가 빚어내는 음악의 꿈, 시적 순간을 그 이야기의 틈과 마디에 움트게 한다.

> 전갈은 별자리이므로 별의 무리다 별들은 밤하늘에 그어진 그
> 선들을 붙들고 있는 압정이다 그러나 누가 검은 융단에 선을 그
> 어놓았는가 선은 없다 별들은 다시 흩어진 금모래알들이고 전갈
> 은 거기 없다 맹독을 품은 전갈은 하늘에서 오지 않는다 전갈은
> 왔는가
>
> ─「전갈」 전문(1:86)

「전갈」은 그 이야기의 틈과 마디에 맺힌 시적 순간을 포착한 작품이다. 전갈은 '전갈좌'를 가리키는 별자리 이름인데, 전승되어온 그 이름의 명명자는 정확히 누구인지 모른다. 성기완은 명명자의 이름을 알지 못하면서 호명하는 전통, 별과 별 사이를 잇는 보이지 않는 선은 없다고 단언한다. 전갈은 거기 없다고 선언한다. 오히려 "맹독을 품은 전갈"은 하늘이 아닌 곳에서 온다는 것을 암시한다. 그리고 되묻는다. 전갈로 비유되는 현실의 맹독은 왔느냐고. 「전갈」은 전갈좌에 얽힌 신화적 이야기를 전복하고 전갈좌의 명명과 호명에 깃든 전통과 단절하려는 '마디'의 자리에 시인의 시적 입장을 새겨놓고 있다. '마디' 자체가 단절과 매듭을 의미하는 바와 같이 성기완은 "나의 집"(「여름, 장마」)과 "삶의 거울과 아버지 지옥"(「幻生, 혹은 죽음에

이르는 병」)(1:58)과 단절하고 모든 삶은 "複製를 눈앞에 둔 주형틀
이라 다들 의미를 찾지 못"(1:58)하는 것임을 선언하면서도 그 단절
과 선언으로 인해 발생할 의미의 공백과 삶의 무의미를 의식한다.

> 아으 의미없음이여
> 그러나 아으 느낌의 폭포여
>
> 그러나 빈 중심이여
> 그러나 아으 소용돌이여
>
> 아으 닿을 길 없는 부름이여
> 그러나 아으 어느 이름이여
>
> ─「불러내기」 부분(1:83)

「불러내기」는 첫 시집 『쇼핑 갔다 오십니까?』에서 시인이 직면한
시적 상황이자 향후 시적 행로의 전환점이다. 현대적 삶의 "의미없
음"에서 시적 순간이 폭발하는 "느낌의 폭포"로, 시적인 것의 "빈 중
심"에서 비시적인 것의 "소용돌이"로, 가능한 시의 언어로는 "닿을
길 없는 부름"을 불가능한 시의 "어느 이름"으로 불러내기 위한 시인
의 파편적 서사가 마디지어 있다. 그 파편적 서사의 '마디'는 두 번째
시집 『유리 이야기』에 굵게 맺혀 있다.
　시집 『유리 이야기』는 그 불가능한 시의 '어느 이름'을 불러내기
위한 글쓰기에 대한 이야기이다. 시인의 말에서 밝히고 있듯이 "유
리와 나, 초록의 고무 괴물, 이렇게 셋이서 서로를 쓴다. 그 셋은 모

두 내 마음이고 내 바깥"의 이야기로서 분열된 주체의 글쓰기 과정을 보여준다. 그것은 의미 있는 것처럼 보이는 글쓰기의 의미 없는 이야기를 지우기 위해 이야기하는 시집으로서 시에 대한 메타시(Metapoetry)이다. 일련 번호로만 편집된 48편의 시, 그 속편까지 포함한 63편의 이야기는 시인이 의도한 순서에 의해 구성되어 있다. 그 이야기는 파편적 서사의 환상과 알레고리의 특성을 드러낸다. 그 파편적 서사는 의도적인 비완결성과 비유기적 구성으로 인해 하나의 서사로 집약할 수 없는 이야기의 압축과 비약을 발생시키는데, 처음과 중간과 끝의 시편들 배치를 통해 그 이야기를 단순 구성하면 다음과 같다.

> (자막이 지나가는 동안) 초록의 고무 괴물이 시나리오를 가져
> 왔어…중략…그는 어느 틈에 그 자리에 놓여 있어 나와 자기 그
> 리고 유리가 등장한다고 했어 액션물은 아니지만 치정살인극이
> 래…중략…서로가 서로에게 이야기를 겨누고 있는 내용이라고
> 했어 자기는 아버지이자 연인이라고 했어 하긴 유리의 첫 남자는
> 틀림없이 그였어 비 오는 거리 위로 자막이 지나가 초록의 고무
> 괴물은 시인이야 나는 질투를 느껴
>
> ―「1」 부분(2:9)

> 유리가 학교를 다녀와서 흰 양말을 벗고 있어 아주 태연한 얼
> 굴, 창백하고 드라이한 그 얼굴엔 그러나 눈물자국이 있었어 '아
> 이를 죽였어' 초록의 고무 괴물이 '나의 아들, 나의 아들' 너는 엄
> 마였구나 '약을 모조리 갖다 변기에 처넣어' 알아보지 못했다 어

지러워 '그렇게 쓰지 마' 나는 말했/어

-「35」부분(2:64)

    (자막이 올라가는 동안)…중략…하얀 침대 위에 하얗게 탈색된 유리의 시체가 놓여 있어 바람이 부드럽게 커튼을 춤추게 하고 유리의 머리칼을 쓰다듬어 유리는 바람을 느껴 오해였어 왜 그렇게 받아들이지 '컷!'

    마지막 신이 끝났어 그래도 유리는 일어나지 않아 아무도 움직이지 않고 자막이 올라가 이제 유리의 일기장에는 한 글자도 남아 있지 않아 사랑하는 유리 나는 당신의 지우개

-「48」부분(2:84)

『유리 이야기』는 시인의 분열된 주체 중의 한 명인 초록의 고무 괴물이 쓰는 시나리오로부터 시작한다. 시나리오는 현실로부터 가공한 사건들의 개연성 있는 이야기라는 점에서 있음직한 현실의 이야기이지만 그것은 근본적으로 영화적 진실을 품은 환상이다. 그 '환상'은 시인의 또 다른 분열된 주체를 지시하는 '유리'라는 이름과 다르지 않다. 초록의 고무 괴물은 유리의 첫 남자이자 '유리-환상'을 사랑하는 연인이며 '유리-환상'을 쓴 아버지로서 "시인"이다. 유리는 초록의 고무 괴물의 단골 사창가(「6」)에서 만나서 초록의 고무 괴물의 성적 환상을 충족시켜주고 그의 아이를 임신하고 아이를 낳는 주체라는 점에서 초록의 고무 괴물이 쓴 '이야기-시'를 암시하는데, 그 이름 '유리(遊離/琉璃)' 자체가 함의하는 바와 같이 그 '이야기-시'는 현실과 거리를 두고 현실을 반사하거나 현실을 투영시킬 수 있

을 뿐인 환영이다.

'나'는 시인의 또 다른 분열된 주체로서 초록의 고무 괴물에게 질투를 느낀다. 그 이유는 두 가지이다. 하나는 내가 실재(實在)의 기록인 일기는 쓸 수 있지만 초록의 고무 괴물처럼 영화 자막의 환상을 만들어내는 시나리오, 즉 시를 쓸 수 없다는 이유이고 다른 하나는 초록의 고무 괴물의 연인, '유리-환상'과 사랑을 나눌 수 없다는 이유이다. 나의 질투는 '유리-환상', 시적인 것이라고 가정되는 시나리오를 쓸 수 없는 글쓰기 능력의 부재와 그 시적인 것을 쓰고 싶다는 욕망에서 기원하는데, 그것은 나의 이야기가 초록의 고무 괴물의 이야기를, 초록의 고무 괴물의 이야기가 유리의 이야기를, 유리의 이야기가 나의 이야기를 서로 겨누고 죽이는 "치정살인극"의 원인이 된다. "유리는 오늘도 여느 때처럼 (나의) 일기를 지"(「3」)우고 "유리의 일기장은 차근차근 (내가) 지"(「43」)우고 "초록의 고무 괴물이 자수했어, 라고 나는"(「41 유리의 변사체」) 쓴다. 나의 일기는 실재를, 초록의 고무 괴물의 시나리오는 환상을, 유리의 이야기는 그 환상에서 탄생한 시를 각각 지시하는 알레고리로서 실재는 환상을, 환상은 시를, 시는 실재를 비추고 지우고 죽이면서도 서로 사랑하는 애증 관계이므로 '치정살인극'은 발생한다. 초록 고무 괴물은 유리와의 관계에서 아이를 낳지만 그 아이는 죽고 유리 또한 죽는다. 유리와 아이의 죽음은 환상의 죽음이므로 그 환상의 이야기를 쓴 초록 고무 괴물과 실재의 나는 "작별"(「47 작별」)한다. "그 무엇도 가지기가 싫은 나는 빈 손"(「46 빈 손」)이 된다. 나는 환상을 만들어내는 이야기, 그 글쓰기와 작별함으로써 실재 자체로 남는다. 그것은 환상이 없는 시이며 환상의 이야기를 만들어낸 시적인 것이 소멸한 비시적인 것, 오직 실재만 남은 시이다. "사랑하는 유리 나는 당신의 지우개"(「48」)로서 나에게는 그 '유리−환상'을 지운 흔적, 지우개 가루만이 남는다.

> 문득, 내가 지금 그 '무엇'이 태어나기를 바라고 있다는 사실을 깨달았을지도 모른다. 그건 시인도 마찬가지이다. 시 안에서 그 무엇이 다시 태어나기를 바란다. 그러나 그런 바람은 환상이다. 예술 작품 안에 진짜로 그 무엇이 들어 있지를 않은 것이다. 그 무엇들의 흔적이 겨우 있을뚱 말똥이다. 흔적은 그 '무엇'의 그림자일 뿐이다…중략…무엇을 지우고 나면 빛의 흔적만이 남는다.
>
> − 「42 자술서」 부분(2:73~74)

> 현실의 정확한 지점은 늘 지시되지 않는다. 거기서는 지도를 버리고 잡초들 틈을 손으로 뒤져야 한다. 손이 풀에 씻긴다. 그 지점을 찾기 위해 암중모색하는 손은 긴장과 흥분 속에 약간 떨리기까지 한다. 이건 어쩌면 사랑일지도 모른다. 마지막 지점에 도달하는 방법은 사랑밖에는 없다.
>
> − 「42 자술서」 부분(2:76)

「42 자술서」에서 내가 진술하는 바와 같이 시적인 그 '무엇'이 태어나기를 바라는 것은 시인의 환상이다. 시에는 그 무엇이 들어 있지 않다. 그 무엇마저 지우고 나면 "빛의 흔적"만이 남는다. 빛의 흔적은 시적인 것의 언어로 명명하고 호명할 수 있는 환상을 지우고 남은 실재의 흔적이다. 그것은 시적인 것의 전체 바깥의 흔적이자 의미의 공백이 발생하는 세계이며 가능한 시의 언어로는 "닿을 길 없는 부름"이고 불가능한 시의 "어느 이름"이다. 그것은 아직 비시적인 것으로 실재하는 무의미가 소용돌이치는 세계이다. 그런 점에서 시집 『유리 이야기』는 이야기가 만들어내는 환상과 시적인 것의 '의미 없음'을 드러내기 위해 역설적으로 파편적 서사를 구축함으로써 그 모든 이야기를 지우는 무의미의 시이다. 성기완은 완결된 서사의 시적 진실의 환상과 시적인 것의 전체를 부정하고 '유리 이야기' 바깥의 시쓰기, 비시적인 것의 무의미한 실재의 세계로 나아간다. 이야기가 지워지는 틈에서 펼쳐지는 그 실재의 세계, 그 "현실의 정확한 지점"은 "지도"로 지시할 수 없는 언어 이전의 '느낌'의 세계이다. "그 지점을 찾기 위해 암중모색하는 손"은 실재하는 "풀"과 직접 닿는 "사랑"의 감각이다. 성기완은 시적인 것의 바깥에서 그 실재와의 사랑을 육체의 감각으로 받아쓰는 시쓰기를 실천한다. 그것이 세 번째 시집 『당신의 텍스트』이다.

시집 『당신의 텍스트』는 시적인 것의 바깥에서 '당신'이라고 호명되는 실재와의 만남과 사랑과 이별 이야기를 음악적인 구성으로 펼친다. 이제 성기완에게 있어서 시의 전체 바깥에서 시를 쓴다는 것은 시적 대상에 대한 의미 부여를 통한 명명과 호명에 그치는 시적인 것과 완전히 결별하고 '당신' 이외의 다른 이름으로는 호명할 수 없는 실재와 만나는 순간을 포착하는 파편적 글쓰기이다. 성기완은 그 파편적 글쓰기를 '스파팅(spotting)'으로 정의한다. "스파팅이란, 글을 쓴 시각, 공간의 정황을 글 속에 기입하고/그 글의 느낌을 그 정황과 연결시키는" 글쓰기로서 "일상적인 것들을 가지 치지 않고/있는 그대로 놔두는 글쓰기"(「당신의 텍스트 4」)이다. 즉 어떤 이름으로도 명명할 수 없는 실재와 만나는 순간과 장소를 포착하는 글쓰기를 의미하는데, 그 글쓰기는 실재와 만나는 육체의 감각이 느끼는 사랑의 흥분과 함께 필연적으로 실패할 수밖에 없는 실재와의 사랑의 기록을 남긴다. 그것이 다름 아닌 「당신의 텍스트」 연작이다.

당신의 텍스트는 나의 텍스트

나의 텍스트는 당신의 텍스트

당신의 텍스트는 텍스트의 나

나의 당신의 텍스트는 텍스트

나의 텍스트는 텍스트의 당신

텍스트의 당신은 텍스트의 나

당신의 나는 텍스트의 텍스트

텍스트의 나는 텍스트의 당신

당신의 나의 텍스트는 텍스트

나의 당신은 텍스트의 텍스트

– 「당신의 텍스트 1– 사랑하는 당신께」 전문(3:9)

「당신의 텍스트 1」은 읽을수록 '당신의 텍스트'에 근접할 수 없도록 만드는 음악적 효과와 의미의 소음과 혼동을 일으키고 음성 자체의 텍스트를 창조한다. '실재'라는 당신은 나의 글쓰기 대상의 텍스트이자 독해 대상의 텍스트인데, '나' 또한 어떤 이름으로 명명할 수 없는 실재라는 점에서 당신의 텍스트이다. 나와 당신은 서로 감각할 수는 있지만 어떤 언어로도 이해할 수 없다. 그런 이유로 나의 당신에 대한 사랑은 필연적으로 실패한다. 나와 당신의 사랑은 실패하고 그 의미의 소음과 흔적은 남는다. "당신은 대답이 없"(「당신을 생각하는 시간 오후 1시 50분」)고 당신은 "불러도 소용없는 그 이름"(「나의 새벽이 넘겨야 할 또 한 장의 페이지라면」)이며 "이 시가 자라기를 그칠 때쯤 당신은 잊혀"(「자라나는 시」)질 것이다. 그 사랑의 흥분과 사랑의 실패가 반복될 때마다 시집 『당신의 텍스트』의 간주에는 어떤 의미로도 환원되지 않는 후렴구 "아릐 리마레 어무릴니fa"(「미셸은 우주의 라디오」)가 반복된다. 후렴구에는 사랑의 흥분과 함께 실패로 끝난 사랑의 어떤 느낌이 묻어 있다. 그것은 가능한 시의 전체, 그 바깥에서 서사의 구축과 의미의 공백을 매번 실천해 온 성기완의 시, 그 이야기의 틈과 마디에 맺힌 빛의 옹이이며 『당신의 텍스트』에서 도달한 무의미, 그 느낌의 돌림노래이다.


## 리듬, 바깥의 언어

시집 『ㄹ』은 성기완의 시가 도달한 무의미의 최전선이다. 이제 그는 시적인 것의 전체, 시적인 것의 의미와 문법을 전혀 의식하지 않는다. 그는 지금까지 매번 실천해 온 서사의 구축과 의미 지우기를 하지 않는다. 더 이상 어떤 시적 포즈를 취하거나 새로운 시적 의미를 추구하지 않는다. 그는 가능한 시의 전체, 그 바깥의 최전선에 서 있는 무의미의 전위이다. 그는 무의미를 리듬으로 실천한다. 그 리듬은 시적인 것의 의미로부터 자유롭고 뜻을 버림으로써 획득한 '소리 다발'이다. 그 리듬은 "시라는 발성기관"(「自序」)에서 흘러넘친다. 그는 시라는 발성기관을 통해 세계의 모든 소리를 발화한다. 거기에 뜻은 없다. 뜻은 사라지고 그 소리들의 발화와 공명이 빚어내는 '느낌의 폭포'만이 있다. 그것이 리듬이고 성기완의 시가 도달하려는 무의미이다. 성기완의 시가 리듬을 통해 도달하려는 무의미는 현실 너머의 "죽음의바다"(「생명의주된관심사」)이다. 유한한 생명이 그 유한성을 극복하기 위해 부여한 것이 언어의 의미이므로 성기완은 그 의미의 감옥로부터 벗어나 진정한 자유에 도달하고자 한다. "모든 순수는 자기 자신을/죽이는 것으로 끝을 맺"(「8월의 화형식」)기 때문이다. 그 무의미의 리듬, 무의미의 "반복과 후렴을 지배하는 음소"[2]는 'ㄹ'이다. ㄹ의 떨림이 무한히 반복되고 후렴될 때 성기완 시의 리듬, 그 바깥의 언어는 혀끝에서 시작된다.

> 어강됴리 비취오시라
> 다롱디리 드리오리다
> 동동다리 뿌리오리다
>
> 시리잇고 욜세라
> 아래꽃섬 녀러신
> 흘리오리다
> 꼭그렇진않
> 얄라리얄라
> 어름우희댓닙자리
> 구름나라로맨티카
>
> ―「ㄹ」부분(4:17~18)

---

2    성기완, 「ㄹ」 『모듈』 문학과지성사, 2012, p. 221.

# 육체의 형식과 시의 형식
### – 이수명의 시 「체조하는 사람」

끌로드 드뷔시의 「목신의 오후 전주곡」을 듣는다. 무엇보다 몽환적인 플루트 소리가 귓속을 파고든다. 주선율을 이끄는 플루트에서 흘러나오는 음악은 매우 회화적이고 다채로운 색채와 깊이와 긴장을 지녔다. 10여 분 안팎의 음악은 플루트 소리의 등장과 함께 시작하고 플루트 소리의 소멸과 함께 사라진다. 그리고 침묵.

저 플루트가 길어 올리는 음악은 어디에서 오는가. 음악은 어디로 사라지는가. 음악은 침묵 속에서 솟아올랐다 침묵 속으로 사라진다. 음악은 침묵을 찢고 나왔다가 침묵 속으로 돌아간다. 음악을 들으면 들을수록 음악이 사라진 뒤에 떠오르는 침묵이 더 큰 울림으로 다가온다. 침묵은 음악을 되새기게 하고 침묵 속의 음악을 바라보게 한다. 침묵은 음악의 기원이고 사라져가는 음악의 미지(未知)이다. 그런 점에서 침묵은 '소리−존재'의 생성을 준비하고 귀환의 자리를 마련하는 무(無)이다. 무(無)는 없음 자체가 아니라 존재의 생성과 귀환 운동을 무한히 발생시키는 없음이다.

바다는 무(無)의 운동 형식과 존재 양식을 잘 보여준다. 바다의 수평선은 하나의 거대한 물방울 표면이 정지한 것처럼 보이지만 사실은 끝없이 파도를 일으키고 있다. 파도는 서로 다른 크기로 일어나서 해변까지 치닫고 부서진다. 해변에 부서진 파도는 다시 바다로 돌아간다. 수없이 많은 파도와 해변에 부서지는 파도 소리는 바다에서 생성된 각각의 존재이자 각각의 존재가 빚어낸 음악이다. 모두 다시 바다로 돌아가는 존재의 파동이다. 파도는 서로 다른 크기로 일어나서 서로 다른 크기로 부서지고 소리를 낸다는 점에서 바다의 솟아오름과 사라짐의 현존을 보여주는 무(無)의 음악이다. 하나의 바다와 수없이 많은 파도의 음악.

「목신의 오후 전주곡」에서 플루트는 하나의 파도에 해당한다. 플루트가 아니라 클라리넷이라면, 오보에라면, 「목신의 오후 전주곡」은 전혀 다른 소리의 빛깔로 태어났다가 사라질 것이다. 플루트라는 악기를 통해 음악은 플루트의 선율로 솟아오르고 플루트가 지닌 고유한 음색으로 육체성을 얻는다. 침묵과 무(無)에서 솟아오르는 음악이 하나의 육체성을 얻는다는 것은 플루트로 가능한 음악의 고유성과 플루트로 불가능한 음악을 동시에 지닌다는 뜻이다. 곧 플루트는 플루트를 통해 실현할 수 있는 음악의 가능성과 불가능성의 경계를 긋는다. 침묵이 플루트를 통해 얻는 음악의 육체성과 그 육체에 구축되는 음악의 형식. 시가 시인의 언어를 통해 확립되는 하나의 시세계.

나에게 체조가 있다. 나를 외우는 체조가 있다. 나는 체조와 와야만 한다.

땅을 파고 체조가 서 있다. 마른 풀을 헤치고 다른 풀을 따라 웃는다. 사투리가 한꺼번에 쏟아져 나온다. 대기의 층과 층 사이에 체조가 서 있다.

누가 체조를 잡아당기고 있는 것일까.
나는 구령이 터져 나온다.
수목에 다름없는 수목을 잃는다.

체조는 심심하다. 체조가 나에게 휘어져 들어올 때 나는 체조를 이긴다. 체조는 나를 이긴다.

아래층과 위층이 동시에 떨어져 나간다. 나는 참 시끄럽다. 나는 체조를 감추든가 체조가 나를 영 감추든가 하였다.

그렇게 한 번에 화석화된 광학이 있다. 거기, 체조하는 사람은 등장하지 않는다.

나는 오늘 물끄러미 아침을 퍼 담는다. 체조는 나에게 없는 대가를 가리켜 보인다.

무너지느라고 체조가 서 있다.
　　　　　　　　　－ 이수명의 「체조하는 사람」 전문(『현대문학』, 2011년 5월)[1]

---

1　이수명, 『마치』 문학과지성사, 2014, p. 16.

이수명의 「체조하는 사람」은 내가 육체를 통해 구축하려는 체조와 내가 무너뜨려야 할 육체의 체조 사이의 갈등을 보여준다. 체조는 주어진 형식이 있는 것이 아니라 내가 일정한 순서로 움직이는 몸의 동작을 반복하고 외우면서 확립하는 육체의 형식이다. "나에게 체조가 있다"는 것은 내가 의식적으로 몸의 동작을 반복하고 외우면서 확립한 육체의 형식이 있다는 것을 의미한다. "나를 외우는 체조가 있다"는 것은 일정한 육체의 형식으로 확립된 체조가 육체에 새겨져서 내 의지보다 먼저 육체의 동작을 기억하고 불러오는 것을 의미한다. 의식적으로 추구하는 체조의 형식과 내 의지와 무관하게 육체가 관성적으로 불러오는 체조의 형식. 시인이 확립하려는 시세계와 이미 확립된 시세계에서 관성적으로 씌어지는 시.

하나의 형식으로 완성된 체조는 육체의 특정 부위를 강화시키는 효과와 익숙함이 있지만 육체의 모든 부위를 강화시켜주지 않는다. 그 체조의 형식은 내가 확립한 것이므로 언제나 수행해야 할 의무가 없고 완전한 형식도 아니다. 체조는 본래 무정형의 형식이므로 체조의 형식은 없다. 체조의 형식은 그 '없음'에서 발생한다. 음악이 침묵 속에서 솟아올라 플루트를 통해 고유한 음색으로 현현하고 침묵 속으로 사라지는 것처럼 무정형의 체조는 내 육체를 통해 하나의 형식을 드러내고 동작의 멈춤과 함께 사라진다. 무(無)의 체조와 내 육체의 체조와 수없이 많은 체조의 형식.

시인에게 하나의 시세계 확립은 의미 있는 작업이지만 절대적이지 않다. 시가 시인의 언어를 통해 하나의 형식으로 현현하고 고유한 시세계로 확립되는 것은 의미 있는 작업이지만 확립된 시의 형식으로 고착되어 관성적으로 씌어지는 시쓰기가 될 때 그 시세계는 무너뜨리고 무너져야 한다. 시인이 의식적으로 추구하는 시세계는 구축과 해체가 동시에 수행되어야 한다. "나는 체조와 와야만" 한다. 체조의 구축만이 있을 때 "한 번에 화석화된 광학이 있"고 "거기, 체조하는 사람은 등장하지 않"는다. 시의 구축만이 있을 때 화석화된 시의 형식만 있고 시인은 등장하지 않는다. 그러므로 모든 체조는 "무너지느라고" 서 있고 지금까지 씌어진 모든 시는 무너지느라고 씌어져 왔다. 지금 쓰는 시는 모두 무너뜨리고 다시 써야 할 시이다. 한 편의 시와 하나의 시세계는 시인의 언어라는 육체를 통해 구축한 시의 한 형식일 뿐이다. "체조는 나에게 없는 대기를 가리켜 보"이듯이 시는 시인에게 투명한 무(無)의 형식으로 있는 시를 가리켜 보인다.

# 바깥의 욕망과 미지의 푸가
## - 함성호 시집 『키르티무카』

인간은 무엇을 할 수 있는가. 지금까지 함성호의 시는 이렇게 질문해 왔다. 그의 네 번째 시집 『키르티무카』(문학과지성사, 2011)는 다시 묻는다. 인간은 무엇을 할 수 있는가. 가능한 것과 불가능한 것. 유한과 무한. 있음과 없음. 함성호는 그 경계를 기하학적 언어로 분석하고 '지금—여기'의 한계를 드러내면서 그 너머를 욕망한다. 그는 '지금—여기'라는 '현대—도시'를 분석하고 그 너머를 욕망하는 까닭에 '현대—도시'에서 연원한 언어를 자명하다고 믿지 않으며 그 언어의 원리로 구축된 시를 수용하지 않는다.

인간이 토지측량을 위한 도형 연구에서 기원한 기하학을 바탕으로 '현대—도시'의 시공간을 구축했으므로 시인은 현대의 시공간 바깥을 구축할 수 있다는 가능성과 불가능성을 시적 원리로 삼는다. 그는 사물을 재현하는 언어가 아니라 사물을 재현하는 언어의 한계를 드러내고 재구축함으로써 언어의 한계를 넘어서는 시쓰기를 목표로 삼는다. '현대-도시' 바깥에 대한 욕망과 언어의 한계에 대한 극복 의지는 그의 시적 원리이다. 그는 사물을 그려내는 것이 아니라 사물이 발산하는 효과를 그려내려는 의도를 지성적 작업으로 수행한다. 그가 수행하는 지적 언어의 극한과 한계는 스스로 부여한 시인의 윤리이며 '지금-여기' 바깥의 시공간과 시적 형식을 탐구하는 시인의 창조 정신을 보여준다.

『키르티무카』에서 그의 지성적 작업은 8개의 독립된 악장과 프롤로그를 포함한 7개의 루바토(Rubato)로 구성된 푸가(Fuga, 遁走曲)로 구현된다. 『키르티무카』는 주제 전개부로 시작해서 주제 전개부로 끝나는 일반적 형식이 아니라 간주부로 시작해서 간주부로 끝나는 전도된 형식의 푸가이다. 푸가의 간주부는 규정된 템포의 틀에서 벗어나 거침없이 자유롭게 감정을 표현할 수 있는데, 함성호는 『키르티무카』의 간주부를 상징적인 짧은 인유와 그 변주의 루바토로 제시함으로써 주제 제시부와 간주부를 전복하고 주제 제시부가 된 루바토에 주제를 담아낸다.

루바토는 1)프롤로그: 고려 국왕의 등가(登歌) 2)수재(水災)와 한재(旱災)에 관한 조선왕조실록 변형 3)새들의 왕 시뮈르그 4)제6대 달라이라마 장양 캄초 5)조선시대의 부스럼 먹는 유옹(劉邕) 6)상왕(商王) 무을(武乙)과 과대망상의 유학자 왕간(王艮) 7)에필로그: 미주(尾註)로 구성되어 있다. 모두 현대의 시공간 바깥의 서사와 신화를 인유하고 변용한 루바토는 '어부왕 전설'과 '마른 늪에서 누가 저 물고기를 구할 것인가'라는 화두를 연상시킨다. ① 국가의 질서체계 확인과 강화를 위해 국왕이 친히 제사지낼 때의 음악 ② 나라의 기근과 재난 ③ 시뮈르그 성의 빈 새장 ④ 시와 술과 여자에 빠진 달라이 라마 ⑤ 환자의 부스럼까지 먹는 삶의 허기 ⑥ 광인(狂人) 무을(武乙)과 왕간(王艮) ⑦ 더 많은 설명이 필요한 미주로 구성된 루바토는 어부왕 전설의 서사에 다름 아니다. 늙고 병든 성불구로 그려지는 어부왕은 죽어야만 부활할 수 있는 상징적 존재로서 그의 신체 결함 조건은 나라와 세계를 황무지로 만든다.

늙고 병든 성불구 어부왕이 자신의 상처를 치유할 수 있는 성배를 찾아 젊은 청년들을 외부로 떠나보내는 것은 자신의 삶을 위해 타자의 생명을 죽음으로 몰아넣는 행위로서 키르티무카(Kirtimukha)의 욕망과 동일하다. '영광의 얼굴'이라는 뜻의 키르티무카는 타자의 생명을 먹고 사는 생명일 뿐만 아니라 자신의 얼굴을 제외하고 자신의 모든 신체마저 먹어치우는 삶의 허기이며 '영원히 닫히지 않는 욕망의 원인'을 가리킨다. 키르티무카는 늙고 병든 성불구 어부왕처럼 영원히 채워지지 않는 삶의 허기에 붙들린 '현대-도시'의 욕망을 상징한다. 어부왕의 상처는 성배를 찾기 전까지 치유되지 않고 키르티무카의 허기는 살아 있는 한 채워지지 않으며 유옹(劉邕)처럼 살고 있는 현대의 삶은 자본 증식의 욕망이 사라지지 않는 한 병들어 있다. 살아 있는 모든 생명이 꿈틀거리는 욕망의 본성과 한계를 암시한다.

그렇다면 어부왕의 상처와 키르티무카의 욕망과 현대적 삶의 병듦은 어떻게 치유할 수 있는가. 도착한 시뮈르그 성의 새장은 비어 있고 성당에 성배는 없다. 욕망은 비어 있는 것이다. 빈 새장과 성배 없는 성당은 또 다른 욕망과 삶의 모험을 부추긴다. 삶의 욕망은 거의 죽은 것이나 다름없는 생명을 치욕스럽게 연장시킨다. 이 욕망으로부터 벗어날 수 있는 방법은 다시 성배를 찾아나서는 것이 아니

다. 어부왕 자신의 상처 치유 방법은 외부에서 찾을 수 없다. 성배는
어딘가에 존재하는 물질적인 실체가 아니라 어부왕이 성배의 '없음
[無]' 자체를 깨닫고 육체의 '죽음[無]'을 긍정하면서 자연의 일부로
회귀하는 깨달음이다. 그 정신의 나눔을 통한 모든 생명의 육체적
고통의 치유이다. 육체의 죽음과 정신의 재생이라는 깨달음은 어부
왕이 자신에게 돌아가 자신의 내면에 자리 잡고 있던 순수한 바보-
장양 캄초와 무을과 왕간-시인의 물음에서 기원한다. 성배는 누구
를 위해 존재하는가. 삶의 진정한 의미는 무엇인가.

시인은 루바토의 숨겨진 비의를 전제로 말한다. 현대는 "우리가
스스로를 폐기할 시간"(1. 검은 말씀)이며 현대의 시공간 "바깥은 나
를 있게"(2. 어부림의 청중들) 한다. "문명의 바깥에 자연이 있다면/
내 바깥에는 네가 있을 것"(3. 봄밤 강화)이다. "나는 끝까지 감각의
거울에 비친 너를 안고 이 움직일 수 없는 영원의 반대편으로 건너
갈 것"(4. 감각의 입체)이다. "무한 속에서는 모든 것이/명멸의 빛으
로"(5. 키르티무카-살아 있어야 하는 것들의 그늘) 숭배한다. 우리
는 "스스로를 운명의 그늘에 가두어두었"고 우리의 "죽음은 경험 불
가능하지만 우리가 정의할 수 있는 유일한 미지"(6. 사상의 지평선)
이다. 그 "미지/는 얼마나 아름다운가?"(7. 사랑, -불가능한). 나는
"바깥에서 사랑을 얻기 위해 노래"(8. 얼음 호수 쪽으로)한다.

그런 의미에서 시인은 세계 내부에 전복한 형식의 푸가를 구축하
고 노래함으로써 늙고 병든 현대 세계의 불가능한 구원과 신비의 가
능성을 실험한다. 함성호 시집 『키르티무카』는 '키르티무카-시인' 스
스로 결행하는 단식(斷食)이며 현대의 시공간 바깥을 욕망하는 미
지의 푸가이다.

# 강요된 침묵과 언어의 파열
## - 김경후의 시세계

무(無)를 직시하는 인간은 유한(有限)의 인식을 전제한다. 인간 스스로 육체의 한계와 정신의 결함을 절감할 때 유한에 대한 자각은 매우 통렬하다. 갑작스러운 질병과 급격한 노환은 육체가 얼마나 유약한 것인지를 보여주며 죽음은 삶과 함께 항상 공존해 왔음을 환기시킨다. 한편 정신은 사유와 성찰을 수행함으로써 세계에 대한 이해와 인간 자신에 대한 탐구를 증진시킬 수 있지만 개인이 다다를 수 있는 최고의 사유와 삶의 깊이는 주체의 거듭된 반성과 저 육체의 한계를 통해 유한성을 다시 깨닫게 한다. 그런 점에서 개인이 육체와 정신을 극단으로 밀고 나가면서 느끼는 임계점은 목숨을 건 도약의 출발점이다. 그것은 삶에서 죽음으로, 있음에서 없음으로, 의미에서 무의미로, 가능한 것에서 불가능한 것으로의 경계다. 주체가 그 경계 너머로 나아갈 때 주체는 전혀 다른 주체로 태어나게 된다. 그것은 주체가 현실 바깥의 세계로 나갈 때 타자가 되는 지점이다. 그 타자의 얼굴은 죽음이며 무(無)이고 무의미다. 죽음과 무(無)는 생명을 지니고 있지 않아서 영원하고 언어 없이 존재하기에 의미가 없다. 죽음과 무(無)는 의미 없는 비존재로서 영원하다.

역설은 이곳에서 발생한다. 인간이 자신의 유한성을 포기하고 단한 번만 죽는다면 영원한 존재가 될 수 있다. 절세 미인은 아름다움의 순간을 포기하고 죽는다면 저 다이아몬드의 광채와 함께 영원할수 있다. 육체의 감각과 아름다움을 포기하고 광물의 영원성을 추구한 스테판 말라르메의 '에로디아드(Hérodiade)'와 극단의 인공미와탐미를 추구한 조리스-카를 위스망스 『거꾸로 A Reboours』의 '데제쌩트(des Esseintes)'와 같은 시적 주체는 육체의 한계와 현실의유한성을 초극하려는 시의 윤리를 보여준다. 그들의 시적 윤리는 현실에 대한 절대적인 절망의 체험 후에 갖게 된 냉소를 통해 현실 너머로 초극하려는 삶의 윤리와 맞닿아 있다.

그러나 김경후의 시적 주체는 현실 세계의 참혹한 폭력을 참아내는 삶의 윤리를 표명한다. 그녀의 시적 주체는 에로디아드와 데 제쌩트의 냉소가 아니라 아직은 현실에 대한 삶의 의미를 모색하고 있기 때문이다. 그녀의 첫 시집 『그날 말이 돌아오지 않는다』(민음사, 2001)는 거짓 화해의 언어 대신 처참한 삶의 폐부를 끝까지 보여주는 언어로 폭력적인 현실과 타협하지 않는 시의 윤리를 보여준 바있다. 그녀의 시는 현실의 폭력을 온몸으로 받아내면서도 보다 나은삶과 또 다른 현실을 모색하는 주체의 윤리를 제시하였다.

혼자라도 집에 들어가려 하지만

너무 찌그러진 열쇠

문을 열지 못한다


이 열쇠가 맞는 곳이 있을지도 몰라

텅 빈 마을을 돌아다니는 사이

공장 벽에 금이 가고

콘크리트 덩어리가 굴러 떨어지고

더 이상 열어볼 문이 없다


다시 붉은 문 앞에 아이

열쇠를 삼키고 온몸에

붉은 칠을 하고 있다

– 「열쇠」, 『그날 말이 돌아오지 않는다』(민음사, 2001) 부분


　'열쇠'는 그녀의 시적 주체가 폭력적인 현실 세계로부터 벗어날 수 있는 유일한 수단이지만 그 열쇠에 들어맞는 문은 현실에 없다. 그러나 저 아이는 "온몸에 붉은 칠을 하"며 열쇠에 맞는 문 찾기를 포기하지 않는다. 아이가 현실 세계로 진입하지 못하고 세계로부터 소외받고 무참한 폭력을 당할수록 현실은 아이조차 살 만한 곳이 아니라는 추문(醜聞)의 알레고리를 발생시킨다. 아이는 세계에 살고 있다는 이유만으로 폭력적인 일상에 처해 있다. 아이는 스스로의 의지와 무관하게 태어난 세계에서 폭력적인 일상에 무력하다. 아이는 폭력과 추문이 가득한 세계에서 삶의 의미를 발견할 수 없기에 말을 잃고 침묵을 강요당한다. 아이가 친구에게 말을 하더라도 그 "말이

돌아오지 않"고 대화는 성립하지 않는다. 그녀의 시적 주체에게 언어는 현실 세계에서 의미를 생성시킬 수 있는 최후의 희망이지만 그 언어는 세계의 내부에서 관계를 맺지 못한 채 "머리 없이 끊, 어, 진, 단음절"(「그날 말이 돌아오지 않는다」)로 떠돈다.

김경후의 두 번째 시집 『열두 겹의 자정』(문학동네, 2012)은 폭력적인 세계에서 말할 기회조차 주어지지 않은 주체의 강요된 침묵에서 흘러나오는 신음(呻吟)을 기록한다. 그 침묵과 신음은 세계의 폭력을 참아내면서도 현실의 진입 가능성을 포기하지 않던 시적 주체가 그 가능성의 실천력을 상실한 이후에 나타난 것이다. 이는 주체가 아이에서 성년으로 성장함에 따라 세계의 폭력이 더욱 가중되었음을 암시한다.

> 계단과 계단 사이엔 열쇠가
> 없다 오르기와 내려가기 사이엔 자물쇠가
> 없다 이것은 비유다, 천둥이다, 죽음이다, 허무다, 기타 등등
> 여러 학설이 오갔지만 아무도 열쇠가 없다는 걸
> 믿지 않는다
>
> — 「열쇠」, 『열두 겹의 자정』(문학동네, 2012) 부분

이제 아무도 현실 세계로 진입하거나 또 다른 세계로 나아갈 수 있는 '열쇠'조차 없다는 시적 주체의 말을 믿지 않는다. 김경후의 시적 주체는 세계의 폭력을 참아내야 할 뿐만 아니라 아무도 자신을 믿지 않기에 고통스러운 신음조차 참으면서 침묵해야 한다. "박제당한 채 태어나 울음을 받아내며 울음을 참는 자"(「바다코끼리 머리

뼈,)로서 그녀가 말로 호소한다고 해도 세계는 들어주지 않고 그녀의 존재 자체를 불신한다. "나를 싣지 않은 기차는 또다시/나를 싣지 않고 달"(「슬픈 톱니바퀴─정오부터 자정까지」)리면서 그 기차는 주체를 항상 배제한다. 그 기차가 곧 세계다. 세계의 폭력과 배제와 불신 앞에서 그녀가 할 수 있는 것은 침묵뿐이다.

> 입을 다문다
> 말들의 십팔방위로 짜인 살갗이 찢어지는 소리를
> 단 한 번 내기 위해
>
> ─ 「모래의 악보」 부분

그러나 그것은 세계의 오랜 폭력을 참아내는 자의 침묵이다. 침묵 속에는 단 한 번 터져나오기 위해 응어리진 절규의 외침이 도사리고 있다. 온몸의 살갗을 뚫고 터져나올 그 절규는 세계의 폭력을 참아냄으로써 세계에 참여하고 있다고 발화하는 그녀의 신음이다. 우리는 그녀의 시적 주체가 참혹한 세계의 폭력을 그토록 참아내는 침묵을 주목해야 한다. 그 침묵은 그녀의 시적 윤리와 삶의 윤리가 동시에 발현되는 기원이기 때문이다.

> 울음을 참는 자의 성대는 커다랗다
> 똬리 튼 뱀만큼 커다랗다
> 찌그러져 일렁대는
> 목 그늘을 보지 못하는 그만이
> 울지 않았다고 웃음을 띠고 있다

울음을 참는 자의 성대는 커다랗다
똬리를 틀고 겨울잠 자는 뱀만큼 커다랗다
이대로 커진다면
곧 성대 위에 이오니아식 기둥을
세울 수도 있으리라

그는 자신에게 '안녕?'
인사도 참고 있는 게 틀림없다
미소와 웃음의 종류가 그의 인생의 메뉴

울음을 참는자의 성대는 커다랗다
오래 참는 것이
크게 울어버린 것이라고
말을 건넬 수 있을까 그건
갈라진 뱀의 혀를 깁는 것보다 위험한 일
무엇을 그는 버려야
그를 견디지 않을 수 있을까

울음을 참는 자의 성대는 커다랗다
꼬챙이에 찔려 죽은 줄도 모르고
겨울잠 자는 뱀의 꿈처럼 커다랗다
그뿐이다
울음을 참지 않았다고 외치는

울음을 참는 자의 성대는 커다랄 뿐이다

– 「코르크」 전문

　서두에서 언급한 에로디아드와 데 제쌩트가 현실에 대한 절대적인 절망의 체험 속에서 얻은 냉소를 통해 현실 너머로 초극하고 무의미한 비존재의 영원성을 추구했다면 김경후의 시적 주체는 끝없는 세계의 폭력 속에서도 현실 너머로 초극하려 하지 않고 그 폭력을 참아내면서 자신의 존재 자체로 세계의 폭력성을 고발하고 세계에 참여하는 존재의 순간성을 포기하지 않는다. 그녀의 시적 주체는 강요된 침묵에서 흘러나오는 신음을 통해 세계의 폭력성을 드러내고 의미 있는 언어의 발화를 위해 울음을 참는다. 코르크는 그 울음의 커다란 응집체이며 세계의 폭력을 참아내는 시적 주체의 성대로서 곧 폭발할 언어의 디오니소스를 응축하고 있다. 그런 까닭에 에로디아드와 데 제쌩트가 선택한 삶의 윤리보다 김경후의 시적 주체의 윤리가 어렵지 않다고 말할 수 없다. 그녀의 시적 주체는 세계의 폭력을 모두 참아내면서도 삶의 의미를 끝까지 포기하지 않는 삶의 윤리를 보여주기 때문이다.

　그녀의 시적 주체는 "하지 않는 편을 택하겠다(I would prefer not to.)"고 말하면서 현실에 대해 소극적으로 저항하는 허먼 멜빌의 『필경사 바틀비Bartleby The Scrivener』의 '바틀비'보다 더욱 극소로 저항하는 주체다. 그 주체는 "내가 있어도 나는 빈 방/없어도 나는 나의 빈 방"(「잘 듣는 약」)처럼 실재하면서 부재하는 주체다. 세계에 존재하고 있는 주체지만 세계는 그 주체를 지각할 수 없기 때문에 "내가 살아 있다는 것은 나만의 비밀"(「타인의 타액으로 만든 나의 풍경」)이다. 에로디아드와 데 제쌩트처럼 인간의 유한성을 넘어 영원한 무(無)가 될 수 없는 그 주체는 "아무것도 아닐 수 없는/나일 수 없는/마지막 눈"(「첫눈」)과 같다. 그 마지막 눈은 첫눈이지만 아무것도 아니면서 아무것도 아닐 수 없는 주체로서 끝나지 않는다. 눈의 흰빛은 실재하면서 부재하는 김경후의 시적 주체의 특성을 보여주는데, 그것은 시집의 후반부로 갈수록 파열되는 언어의 형태와 함께 안개로 구체화된다. 안개처럼 아무것도 아니면서 아무것도 아닐 수 없는 주체의 상태가 지속될 때 주체는 공황 상태의 언어를 내보인다.

> 벙어리 늑대가 안개를 물어뜯으며 울부짖는다
>
> 　　　　　　안개 속이거나 아니거나
>
> 어차피 안개라고 부른다
>
> 　　　　시와 피가 하나였을 때처럼
>
> 다른 이름으로 부를 수 없다 이제
>
> 　　　잃어버린 그것이 안개
>
> 　　　　　　　　　　　－「안개 공황」 부분

공황은 타자와의 직접적인 관계에서 발생하는 것이 아니라 주체의 심리 자체에서 발생한다. 「안개 공황」와 「회전문을 위한 회문(回文)」 등의 상형시(calligramme)는 실재하면서 부재하는 주체의 상처 입은 정신과 언어의 파열을 공황 상태의 시각적 심리로 보여준다. "안개에도 물들 수 없는,/그러나 이미 스스로 안개인"(「안개 무대」) 주체가 강요된 침묵 속에서 토해 내는 신음은 분절되고 단절된 형태일 수밖에 없다. 부재하는 실재로서 폭력을 참아내면서 토해 내는 언어는 그녀의 시적 주체가 세계의 폭력에 대해 극소로 저항하며 세계에 참여하고 있음을 증명한다. 세계는 그 신음조차 의미 있는 언어로 정립될 수 없도록 파괴하고 무(無)로 환원하려 하지만 그녀는 극소로 저항하며 실존을 걸고 파열된 언어로 말한다. 그녀의 시적 주체는 거의 무(無)에 가깝지만 그 무화(無化)에 저항하며 끝까지 포기하지 않고 파열된 언어로 말한다. 그것이 김경후 시의 윤리와 삶의 윤리가 동시에 발현되는 언어다. 그것이 의미 있는 삶과 시의 언어로 전개되기 위해서는 "껍질 벗겨진 안개의 탯줄을 목에 감고 오래오래 살아 있"(「안개 무대」)어야 한다.

신작시 「아귀」 외 4편은 여전히 '어둠'과 '죽음'의 그늘에 침윤되어 있으면서도 폭력적인 세계에 대해 실존의 시쓰기로 저항하려는 그녀의 의지를 내보인다. "뭘 써도/아무것도 쓰지 않은/텅 빈 밤"(「아귀」)이 되는 세계에 대해 극소의 몸짓을 가장한 극대의 저항으로서 실존의 시쓰기를 멈추지 않고 있다. 그녀는 "늘 증발해 버리는 시, 그 시를 주술처럼 중얼"거리면서 '불새처럼' 죽어도 거듭 되살아나는 시를 쓰고자 한다. "실에 감전되는 손가락 끝/의 놀람"(「순간경(經)」)을 안겨주는 그녀의 시가 세계의 재발견과 경이(驚異)의 시적 순간으로 출현하기를 기다린다.

# 사태의 명명과 윤리의 출현
## - 황인찬의 시

  검은 나뭇가지 사이로 눈이 내린다. 나뭇가지 사이로 눈발이 흩날린다. 새 떠난 나뭇가지 사이 바람이 지나간다. 나무가 흔들린다. 풍광의 계절은 겨울이 아니라 봄이고 12월이 아니라 4월이다. 이 풍경을 어떤 이름으로 명명할 것인가. 풍경 너머 보이지 않는 것은 무엇인가. 이것이 인간에게 주는 의미는 무엇인가.

  시인은 보이는 것 너머의 보이지 않는 것을 투시하는 자이면서 동시에 보이지 않는 것을 모국어로 번역하고 명명하는 자이다. 시인이 바라본 것을 언어로 명명하지 않을 때 세계는 인간의 언어 바깥의 세계로 남아 있고 의미 이전의 사태로 현존한다. 시인이 그 사태를 가장 적확하고 최적의 언어로 명명하고자 고심할 때 이미 주어진 언어는 고려의 대상이 아니다. 이미 주어진 언어는 저 풍경의 사태를 최초로 명명한 순간의 순수성을 상실하고 죽은 언어이다. 명명한 언어가 곧 사태 자체인 순간의 물질성을 상실하고 지시적 기능에 충실

한 언어로 전락했기 때문이다.

시인이 직면한 사태를 명명하려는 언어는 이미 주어진 언어의 바깥에 있다. 시인은 기성 언어의 내부가 아니라 그 언어의 바깥에서 사태를 가장 적확하게 제시할 언어를 찾아 나선다. 그것은 기성 언어에 대한 부정(否定)이자 언어의 바깥으로 나아가는 모험이다. 시인으로서는 당면한 사태에 대해 말하고 싶지만 말할 수 없는 상태에 놓인 실존의 모험이다. 그 모험은 사태를 응시하면서 언어의 바깥에서 명명할 언어를 탐색하는 시인을 침묵 속으로 침잠하게 한다. 시인은 침묵 속에서 사태를 응시하고 아직 도래하지 않은 바깥의 언어를 향해 나아가고 발화되기를 기다린다.

돌연 예기치 않은 순간에 바깥의 언어는 시인의 입을 통해 내뱉어진다. 바깥의 언어는 시인의 입을 통해 발화되지만 시인에게조차도 익숙하지 않은 언어인 까닭에 낯설다. 그런데 바깥의 언어는 매우 낯설면서도 사태를 가장 적확하고 가장 신선하게 표현한 신생(新生) 언어의 성격을 지녀서 사태를 재인식하고 사태가 지닌 의미와 본질에 대해 다시 성찰하도록 유도한다. 바깥의 언어는 사태를 최초로 명명한 순간의 순수성과 물질성을 지닌 시의 언어인 것이다. 시인이 바깥의 언어를 발화할 수 있는 것은 시인이 언어의 바깥으로 모험을 떠나 시인이 직면한 사태를 직접 살아냈기에 가능하다. 시인이 살아낸 사태는 타자의 삶과 그 시간의 깊이를 살아낸 것과 다르지 않다. 사태를 명명하는 바깥의 언어는 시인이 사태를 응시하고 침묵 속에서 주체의 삶 대신 타자의 삶을 살아냄으로써 발화하는 타자의 언어이다. 곧 시의 언어이다.

아침마다 쥐가 죽던 시절이었다 할머니는 밤새 놓은 쥐덫을 양동이에 빠뜨렸다 그것이 죽을 때까지, 할머니는 흔들리는 물을 가만히 바라보았다

죄를 지으면 저곳으로 가야 한다고, 언덕 위의 법원을 가리키며 할머니가 말할 때마다
그게 대체 뭐냐고 묻고 싶었는데

이제 할머니는 안 계시고, 어느새 죽은 것이 물 밖으로 꺼내지곤 하였다
저 차갑고 축축한 것을 어떻게 해야 하나,
할머니는 대체 저걸 어떻게 하셨나

망연해져서 그 차갑고 축축한 것을 자꾸 만지작거렸다

대문 밖에 나와서 앉아 있는데 하얀색 경찰차가 유령처럼 눈앞을 지나갔다

– 황인찬의 「법원」 전문(『현대문학』 2012년 3월)[1]

첫 시집이 기다려지는 젊은 시인 황인찬은 동세대 신인들의 시가 보여주는 장황하고 화려한 산문체 언술 방식과 거리를 두고 최소의 언어와 간결한 형식으로 시적 주체의 실존과 기원을 응시하는 시를

---

1  황인찬, 『구관조 씻기기』, 민음사, 2012, p. 84.

써 왔다. 황인찬의 시 「법원」은 사태에 대한 명명이 언어의 내부가 아니라 언어의 바깥에서 발화된 것임을 예증한다. 할머니는 덫에 걸려 바동거리는 쥐를 양동이에 빠뜨리고 쥐가 죽을 때까지 바라본다. 쥐가 살기 위해 몸을 뒤틀 때마다 양동이의 물은 흔들린다. "흔들리는 물"은 쥐라는 생명이 살기 위해 몸부림치는 사태의 현장이자 삶이 곧 죽음으로 전환되고 있는 장소이다. 할머니는 "흔들리는 물"을 가리키며 "죄를 지으면 저곳으로 가야 한다"고 말한다. 할머니가 말하는 '죄'가 무엇인지는 분명하지 않다. 쥐가 인간의 곡식을 탐한 까닭에 짓는 죄를 가리킬 수도 있고 할머니가 살아 있는 쥐를 죽이는 까닭에 짓는 죄일 수도 있다. 죄의 의미 파악을 잠시 미루고 "흔들리는 물"을 명명하는 시인의 언어에 주목하자. 시인이 "흔들리는 물"의 사태를 돌연, 그러면서도 담담하게 "언덕 위의 법원"이라고 명명하자마자 사태의 국면은 돌변한다.

　쥐가 죽으면서 "흔들리는 물"의 사태를 새롭게 명명한 "언덕 위의 법원"은 시의 흐름에서 매우 낯선 바깥의 언어이다. 그것은 시인의 언어이기도 하지만 시인이 목격한 할머니의 언행을 되살아냄으로써 시인이 받아 쓴 할머니의 언어, 타자의 언어이다. 그리하여 "언덕 위의 법원"은 일상적이고 표면적인 사태, "흔들리는 물"을 재인식할 수 있는 계기를 마련하고 일상 언어의 내부에 틈입하여 일상 너머의 볼 수 없었던 세계를 드러내 보인다. 저 사태의 내부에 침잠하고 있는 삶과 죽음과 죄의 근본적인 문제를 제기한다. 그것은 언어의 내부에 갇힌 일상 세계의 깊이 없는 삶과 그것을 통찰하지 못하고 사는 삶의 한계를 노출시킨다. 삶은 보이는 것과 일상 언어의 표면적 의미로만 구성되지 않음을 각성시킨다.

"흔들리는 물"이 "언덕 위의 법원"으로 명명되자마자 일상과 현실 세계의 장막이 사라지고 삶 이후의 세계가 도래한다. 삶이 죽음에 이르렀을 때 죄의 유무를 판단하는 "법원"이 출현한다. 이때 삶과 죽음의 경계는 사라지고 죽음은 삶의 연속선상에 놓인다. "법원"은 현실 세계의 범법을 판단하는 장소가 아니라 삶의 세계에서 저지른 죄를 심판하는 죽음의 장소가 된다. "법원"은 지금까지 살아온 삶의 죄를 판단한다는 점에서 주체의 죄를 심판하는 타자의 윤리를 전제한다. 그 타자의 윤리가 발생하는 "법원"은 할머니의 전언에 의하면 "흔들리는 물"에 있다. 타자의 윤리는 삶이 죽음으로 전환되는 장소에 현존하고 주체의 삶에 보이지 않게 관여한다. 타자의 윤리는 죽음의 세계에서 주체가 살고 있는 삶의 세계로 출현하여 주체의 죄를 판단하는 심급으로 작동한다. 타자의 윤리는 주체로 하여금 삶의 윤리에 대해 성찰하도록 한다. 시인이 "망연해져서 그 차갑고 축축한 것을 자꾸 만지작거"리게 한다. 그런 점에서 할머니가 말한 "죄"는 현실 세계의 성문법에 속하는 것이 아니라 죽음의 세계에서 망자(亡子)의 죄를 선고하는 일종의 율법에 속한다.

죽은 쥐. "언덕 위의 법원"에 상정되고 죄의 유무가 심판된 존재이다. "저 차갑고 축축한 것"은 분명히 살아 있던 존재의 죽음 자체이며 시인에게 도래할 미래의 삶이다. 쥐는 돌아가신 할머니도 상기시킨다. 쥐와 할머니는 모두 시인의 삶과 연계되어 있다. 삶에는 죽음과 죄의 심판이 내재되어 있으며 보이지 않는 세계와도 연계되어 있다. 쥐의 사체는 보이지 않는 죽음의 세계와 법원의 현존을 드러낸다. 시인은 운구차를 연상시키는 "하얀색 경찰차"를 바라보며 삶과 죽음과 죄에 대해 성찰한다. 시인은 돌아가신 할머니의 삶과 자신에게 도래할 미래의 삶을 현재 시간에 모두 함께 산다. 그 순간은 시인이 바깥의 언어를 통해 사태를 새롭게 명명함으로써 획득한 말과 시간의 깊이다. 그것은 주체의 삶이 죽음과 타자의 삶과 연계되어 있으며 타자의 윤리와 함께 구성된다는 깨달음을 준다.

제3부 집중

# 집중의 기술과 비평의 윤리
## – 황현산 비평집 『잘 표현된 불행』

    황현산의 비평집 『잘 표현된 불행』(문예중앙, 2012)은 무엇보다 시의 편에 서 있다. 그의 비평은 최초로 시가 촉발되는 순간에 발생한 언어의 감각과 시인의 시적 상태에 최대한 밀접하게 다가간다. 그의 비평은 시의 기저에서 숨쉬고 있는 사물과 사태를 응시하고 그 사물과 사태를 향해 시인이 목숨을 걸고 도약한 지점을 헤아리면서 시인이 도달한 사물의 이면과 미지(未知)의 사태 발견에 동참한다. 황현산의 비평은 시인의 언어가 발생한 기원과 내력의 심층을 탐사하고 현실의 층위에 자리 잡도록 시적 논리를 부여함으로써 한 편의 시가 지니는 위상과 우리가 현실에서 겪고 있는 삶의 문제를 환기시킨다. 그의 비평은 관성의 앎과 주체의 질서 속으로 시를 편입시키기를 거부하고 언제나 타자와 미지로 향한다. "타자를 영접하는 주체만이 오직 그 미래에 들어간다. 타자가 되는 주체만이 미래로 쏟아지는 특별한 현재를 경험한다. 형태 없는 미래와 연결되어 있기에 끝나지 않는 이 현재를 우리는 시적 시간"(p.134)이라고 부를 때, 시적 시간을 체험한 비평가의 성찰이 주는 울림은 크다.

비평가로서 그가 체험한 '시적 시간'은 "주체를 자기 안에 있으면서 자기 밖에 있는 낯선 자로─동일자이면서 타자로─ 만"(p.23)드는 시간이며 비평가이면서 시의 편에 서서 시인의 언어가 발화되는 순간을 목격한 시간이다. 그것은 랭보가 '투시자의 편지'에서 말한 바 있는 "모든 감각의 길고 엄청나고 이치에 맞는 착란"을 체험하고 "구리가 나팔이 되어 깨어"나듯 주체의 무화된 상태를 타자가 된 주체로서 자각하는 순간과 다르지 않다. 황현산의 비평은 주체를 비움으로써 타자와 접촉하게 되는 순간에 확장되는 주체의 세계 인식과 육체의 한계를 깨닫는 주체의 반성을 적시한다.

그가 비평집의 서문에서 "시는 말 저편에 있는 말을 지금 이 시간의 말 속으로 끌어당기는 계기"(p.6)라고 말했을 때, 이는 시적 시간을 가리키는 또 다른 말이며 지금 이 시간의 말에서 저편에 있는 말로 도약한 순간을 내포한다. '지금─여기'에서 '미지─거기'로 도약하는 순간은 집중의 기술을 필요로 한다. 집중의 기술은 주체와 타자를 가로막고 있는 막(膜)을 찢으면서 주체가 비워지고 타자가 되는 시간을 간직하고 있다. "집중이 신비로운 힘을 얻어준다기보다 집중할 수 있는 계기 자체가 신비에 속한다. 시는 모순되는 것들의 경계를 뚫는 집중의 기술이다(p.182)". 집중의 기술은 주체와 타자, 과거와 현재, 현재와 미래, 자연과 인공, 한국어와 외국어, 표준어와 토속적 방언 등의 모든 대립과 모순되는 것들의 경계를 뚫는다.

그 집중의 기술은 그의 비평에서 김춘수의 무의미시가 지닌 의도와 성취를 말라르메의 비인칭 개념과 겹쳐서 읽을 때, 그리고 자주 한국의 시와 프랑스의 시를 비교하며 읽을 때, 어느 쪽에도 우위를 두지 않고 두 시인이 맞닥뜨린 시적 운명의 경계를 가로질러 시인의 운명과 시적인 것의 사유를 불러일으킬 때 발휘된다. 아울러 소월의 '자연'과 한용운의 '님'을 불러올 때, 문학사에서 자명한 것으로 자리매김된 시적 의미로 귀착하지 않고 시의 언어가 지닌 숨결의 맥락을 되짚는 읽기를 통해 실현된다. 그 독해를 통해 소월의 자연은 "민요적 자연이 아니"(p. 252)며 "저 거룩한 님 앞에서 만해의 이별은 '어느 것들'의 조건이 다 파악되지 않는 자리에서 그리운 '어떤 것'을 말하고 내다보는 알레고리"(p. 241)로 파악된다. 국문학자와 국문학을 전공한 비평가들이 수많은 이론과 오식(誤植)에 근거해서 이상(李箱)을 읽어 낼 때, 비평가이자 불문학자 황현산은 그 오식을 바로잡고 최초의 발표지면에 근거한 텍스트 자체를 읽어 냄으로써 식민지 청년으로서 "폐허에서 이룰 수 없는 어떤 것을 예술이라고 이름 붙이고 그 안에 웅크려들었"(p. 283)던 이상의 지조를 눈앞에 내어 보인다.

그의 비평이 집중의 기술을 통해 한국어와 프랑스어의 경계와 언어적 한계를 뚫고 순수 언어에 도달하려는 모험으로 나타날 때, 그것은 보들레르와 베를렌, 아폴리네르와 말라르메의 시를 한국어로 옮긴 그의 '번역'과도 상통한다. 아폴리네르의 『알코올』과 말라르메의 『시집』 그중에서도 특히, 말라르메의 『시집』을 한국어로 번역하면서 그가 한국어와 프랑스어가 맺는 정식 계약이 아니라 이면 계약의 행간에 숨어 있는 순수 언어에 도달하려 한 것은 어렵지 않게 예견할 수 있다. 말라르메는 언어가 지닌 한계를 인식하고 프랑스어의 일상적 의미를 극단적으로 배제하면서 극시 「에로디아드」에서 에로디아드와 유모의 대화, 독백의 모든 시행의 각운들을 2행씩 맞추고 장문(長文)의 한 문장들로 이어지는 시를 썼다. 그것은 인간에게 주어진 육체의 조건과 언어의 한계를 인지하고 실패가 분명함에도 불구하고 인간의 지성으로 도전할 수 있는 바를 끝까지 감행한 시인의 윤리이며 최초로 비행기를 만들고 이륙하는 순간의 아름다운 장경을 연출하는 발명가가 기하학적 엄밀성으로 비행기를 조종하는 기술과 동일하다.

황현산의 비평은 언어의 모든 한계와 여전히 불완전한 한국어의 문법 조건 속에서 말라르메가 견지한 시인의 윤리를 똑같이 요구받고 프랑스어 낱말과 한국어 낱말의 경계를 가로지르는 순수 언어로 도약하는 집중의 기술과 기하학적 엄밀함을 체득한 번역 과정에서 비평의 개념과 비평의 윤리를 심화한 것이다. 그러므로 그가 다시 서문에서 "시는 포기하지 않음의 윤리이며 그 기술"(p. 7)이라고 말할 때, 그 말은 말라르메의 시를 번역함으로써 심화된 황현산 비평의 윤리에 되돌려주어도 무방하다. 보들레르를 "한 인간으로서 자신의 제한된 정신적·물질적 조건들을 한계에까지 밀어붙여 자신의 운명을 스스로 설계하고 책임지며, 하늘을 비롯한 삼라만상과 정신적 유대가 심각하게 의혹을 받는 "지옥"의 삶을 자신의 창조적 공간으로 받아들임으로써 인간의 긍지를 확보하려는 반항인"(p. 111)이라고 평가할 때, 이는 그가 견지하는 비평의 윤리와 겹쳐진다.

그가 집중의 기술과 번역을 통해 말 저편에 있는 말을 지금 이 시간의 말 속으로 끌어당기는 계기를 마련할 때, 그 시적 시간은 과거와 기억 속에서 망각되고 있는 역사적 사건과 시적 의미를 현전화하고 '지금-여기'의 역사적 현실 속에 그 사건의 의미를 재구성함으로써 보이지 않는 미래의 전망을 현재의 지평에서 가늠할 수 있게 한다. 그것은 '현대 도시에서 위기에 처한 서정시를 어떻게 새로운 언어로 확립할 것인가'라는 보들레르의 문제의식을 공유하고 "현실 속에서 또 하나의 현실에 닿기 위해 어떤 길도 가로막지 않은 언어"(pp. 74~75)를 탐색하도록 한다. 황현산의 비평이 한국의 젊은 시인들과 전위적인 시에 적극적인 관심과 지지를 표명하는 것은 그가 불문학자로서 지닌 취향에서 비롯된 것이 아니라 이처럼 현대적 삶의 일상적인 파국과 극단적인 것들의 상존을 항상 직시하면서 전망 없는 현실을 확인하고 현실 너머로 초극하려는 그의 비평의 윤리에서 비롯된 것이다. 그런 까닭에 그의 비평은 현대 도시라는 시공간의 역사적 현실을 무시하고 무시간적인 자연과 반성이 필요 없는 주체의 말로 귀향하는 시뿐만 아니라 거짓 위안에 자신을 내맡기면서 근거 없는 삶의 낙관과 종교의 신비로 귀의하는 시에 대해서도 비판적이다.

　"현상과 본질 간의 직접적이고 내적이고 모순 없는 관계가 드러나는"(p. 88) 상징을 통해 그 자체가 완전무결한 순수미를 구현하는 시의 편이 아니라 "두 대상 사이에는 직접적인 관계도 내적인 관계도 없"(p. 88)는 알레고리의 파편들이 상존하는 현대시의 편에 서서 상징으로 구축되는 시의 신비와 삶의 환상을 비판한다는 점에서 그는 알레고리적 비평가다. 그가 "시는 현실에 내재하는 현실 아닌 것의 알레고리다. 그 점에서 시는 진보주의자"(p. 86)라고 말할 때, 그것은 정치적이다. 현대적 삶의 한쪽에서는 매 순간 파국과 난관이 몰려와서 삶의 포기를 초래하고 다른 한쪽에서는 신기루처럼 진보의 환영이 피어올라 근거 없는 삶의 환상을 심어줄 때, "알레고리적 비평가는 역사적 환상의 연쇄가 끊어지는 예외적인 순간에 과거의 마술환등을 변증법적 이미지로 바"(p. 92)꾼다. 황현산의 비평이 여전히 현재형으로서 한국시가 씌어지는 현장과 현실에 개입할 수 있는 것은 그가 알레고리적 비평가로서 일상적인 파국과 충격의 연속인 역사적 현실의 현재를 직시하고 집중의 기술을 내장한 시적 시간을 통해 현실을 초극하기를 끝까지 포기하지 않는 비평의 윤리를 견지하고 있기 때문이다. 그는 긍지의 현실주의자이다.

# 시적인 것과 언어의 형식
## - 김언과 이제니의 시

## 1. 사운드의 공습: 이해하기 위하여 상상하라

2015년 이후 한국시의 새로운 시적 흐름을 성찰할 수 있는 영화 한 편이 있다. 헝가리 출신 라슬로 네메시(László Nemes, 1977~) 감독의 첫 장편 영화 〈사울의 아들Saul fia〉(2015)은 1944년 아우슈비츠-비르케나우(Auschwitz-Birkenau)[1]의 살육 현장을 담고 있다. 조르주 디디-위베르만은 〈사울의 아들〉에 대해 라슬로 네메시가 "2001년 저널 『쇼아[2]의

---

1  폴란드 비르케나우에 독일 제3제국이 세운 최대 규모의 강제수용소가 있다. 수용소의 요새화된 벽, 철조망, 발사대, 막사, 교수대, 가스실, 소각장 등은 이곳에서 벌어졌던 대량 학살의 현장을 온전히 보여준다. 역사적인 연구에 따르면, 대다수가 유대인이었던 1,500,000명의 수용자가 이곳에서 체계적으로 굶주림과 고문을 당한 뒤 살해되었다. 유네스코한국위원회 http://heritage. unesco. or. kr 참고.
2  Shoah. '파국', '절멸'을 뜻하는 히브리어로서 독일 나치의 유대인 대학살을 가리킨다.

역사』가 발간한 특집호 「재에 묻힌 목소리」[3]에 담긴 어마어마한 비밀 수고들을 발견"했으며 〈사울의 아들〉에서 "자료와 증언에 근거하지 않은 숏, 이 기록에 기초하지 않은 숏은 영화 속에 하나도 없"[4]다고 밝힌다.

영화는 첫 자막에 기술하는 '존더코만도(Sonderkommando)'에 대한 설명으로부터 시작한다. '존더코만도'는 '특수팀'이라는 독일어 뜻과 함께 '비밀을 지닌 자(Geheimnisträger)' 또는 '비밀 운반자'로도 불리는데, 유대인 특수 조직을 가리킨다. 그들은 나치 친위대의 명령과 감독 아래 남녀노소를 가리지 않고 발가벗기고 가스실로 입소시키는 한편, 사람들이 남긴 옷에서 금품을 수집하고 나치에게 상납하는 임무를 맡았다. 존더코만도는 사람들이 가스실에서 죽으면 소각장으로 시신더미를 운반하고 타다 남은 재와 함께 매장하였다. 바닥에 흘린 피를 닦는 청소와 소독도, 사람들을 강제로 구덩이로 밀어넣고 생매장하는 것도 그들의 임무였다. 존더코만도는 다른 수용자들과 분리되어 생활하였으며 보통 몇 달 동안의 노역 후에 기밀 유지를 위해 다른 유대인들처럼 가스실에서 처형당했다.

영화의 주인공 헝가리인 아우슬렌더 사울(Ausländer Saul)은 존더코만도이다. 사울과 동료들은 존더코만도로서 지금까지 4개월여 동안 일을 해 왔다. 그들은 앞서 처형된 존더코만도들처럼 곧 처형될 것이라는 소문을 듣는다. 작업반장 격의 존더코만도는 나치 장교로부터 70명의 존더코만도 동료들 명단을 작성하라는 명령을 받는

---

**3** *Revue d'histoire de la Shoah*, n° 171, 2001("Des voix sous la cendre. Manuscrits des Sonderkommandos d'Auschuwitz-Birkenau"). 조르주 디디-위베르만, 『어둠에서 벗어나기*Sortir du noir*, Les Éditions de Minuit(2015)』, 이나라 옮김, 만일, 2016, p. 11 재인용.

**4** 조르주 디디-위베르만, 위의 책, p. 11.

다. 이에 그들 일부는 처형되기 전에 수용소 내부로 화약을 몰래 들여와서 봉기를 일으키고 탈출할 계획을 세운다. 그들은 나치의 삼엄한 감시 속에서도 수용소의 학살을 기록으로 남긴 문서와 소각장을 은밀히 촬영한 카메라를 흙속에 파묻는다.[5] 1944년 10월 7일. 역사적 기록으로 남은 바와 같이 그들은 봉기를 일으켜서 소각장을 불태우고 탈출을 시도한다. 그러나 그들 모두는 신속히 전원 진압되고 탈출한 소수마저도 나치의 추적 끝에 살해된다.

이상은 아우슈비츠─비르케나우의 역사적 기록으로 남은 문서와 사진에 근거한 존더코만도의 봉기와 실패, 그들의 임무와 역할에 대한 기록이며 라슬로 네메시의 영화 〈사울의 아들〉 주요 내용이기도 하다. 그럼에도 불구하고 영화 〈사울의 아들〉은 다큐멘터리가 아니라 픽션이다. 사울은 가스실에서 극적으로 살아남아서 점점 죽어가는 소년을 목격한다. 그 순간부터 사울은 이름도 알 수 없는 소년을 자신의 아들이라고 말한다. "너는 아들이 없어"라고 말하는 동료에게 "내 아들을 묻어줘야 해"라고 응수한다. 그는 소년의 장례를 치러주기 위한 모든 행동을 감행한다. "죽은 자 때문에 산 자가 죽게 되었다"고 말하는 다른 동료에게 사울은 "우린 예전에 죽었다"고 답한다. 사울은 부검의에게 소년의 시신을 대체할 다른 시신을 부탁하고 시신의 재를 삽으로 퍼서 내다버리는 강가에서도 안식의 기도를

---

5  조르주 디디─위베르만은 라슬로 네메시가 언급한 "1944년 비르케나우 5호 소각장의 존더코만도 멤버들이 찍은 네 장의 사진"을 재언급한다. 조르주 디디─위베르만은 존더코만도가 남긴 '네 장의 사진'을 분석한 자신의 저서 『모든 것을 무릅쓴 이미지들Images malgré tout, Les Éditions de Minuit(2003)』 출간 이후에 희소한 쇼아의 생존자들이 사진을 찍은 이의 신분에 대한 개연성 있는 증언을 제공했다고 기록한다. 조르주 디디─위베르만, 같은 책, pp. 15~17 참고.

올려줄 랍비를 찾는다. 그는 수용소의 학살을 기록으로 남긴 문서를 나치에게 알리겠다는 협박까지 해가면서 동료에게 랍비를 요청한다. 이것은 모두 나치에게 발각되면 즉결 처분을 받을 일들이다. 마침내 랍비와 함께 탈출에 성공하여 소년의 시신을 땅속에 묻어주고자 흙을 급히 파내지만 흙은 시신을 묻을 수 없을 만큼 딱딱하다. 더욱이 랍비는 기도조차 할 줄 모르는 가짜였다. 사울은 나치의 추격 속에서 시신을 묻어주지 못한 채 시신과 함께 강물 속으로 뛰어든다. 그러나 그는 강에서 시신을 놓쳐버리고 만다. 그는 강을 건넌 동료들과 함께 숲속 창고에 도착한다. 사울은 숲속 창고에 환영처럼 나타난 낯선 소년에게 영화에서의 처음이자 마지막 미소를 보낸다. 소년은 나치에게 존더코만도의 위치를 알려주고 도망간다. 곧이어 총성과 개 짖는 소리가 들리면서 서사는 끝난다.

이와 같은 서사 전개로 인해 〈사울의 아들〉은 다큐멘터리[6]가 아니라 픽션이다. 〈사울의 아들〉은 전적으로 역사적 기록에 근거한 영화이지만 그 역사적 기록의 재현에 그치지 않고 아우슈비츠-비르케나우의 살육 현장에서 죽음을 무릅쓰고 소년의 장례를 치러주려는 '사울'이라는 인물의 허구적 서사, 그 불가능에 가까운 서사가 전면에 배치되어 있기 때문이다. 〈사울의 아들〉은 소년의 친자 여부와 관계없이 죽음에서 살아 돌아온 자, 눈앞에서 죽어가는 소년에 대한 인

---

**6** 끌로드 란쯔만(Claude Lanzmann)의 영화 〈쇼아*Shoah*〉(1985)가 대표적인 다큐멘터리이다. 총 350시간에 이르는 촬영 필름을 556분으로 편집한 대장편이다. 아우슈비츠 등의 수용소에서 기적적으로 살아남아 전 세계에 흩어져 있는 유태인들의 증언만으로 만든 인터뷰, 그 자체의 영화이다. 끌로드 란쯔만은 다른 어떤 필름도 사용하지 않고 유태인들의 증언만을 담아낸 필름으로 유태인 학살을 재현한다.

간의 윤리를 죽음을 무릅쓰고 실천하는 인물, '사울'을 창조해 내고 있기 때문이다.

사울은 크레온의 포고령을 위반하면서까지 적군의 편에 섰던 오빠 폴뤼네이케스의 장례를 치러주는 소녀 '안티고네'와 다르지 않다. 소포클레스의 안티고네가 하계의 불문율에 근거하여 국왕 크레온의 실정법을 위반하면서까지 오빠의 장례를 치르는 행위는 크레온이 금령으로 삼은 법의 효력을 중지시키고 '인간의 죽음 앞에서 인간은 어떻게 해야 하는가'라는 물음을 제기한다. 안티고네의 장례 행위는 법을 위반하면서 정치적인 것과 시적인 것을 동시에 출현시킨다. 안티고네의 장례 행위가 '지금—여기'를 지배하는 법의 효력을 무력화하고 '인간다움'을 되물으면서 "진정한 시는 법들의 바깥에 있"[7]음을 환기시켰던 것처럼 사울의 장례 행위는 나치의 법과 그 명령에 협력한 조력자들의 암묵적 동조를 위반하는 정치성, 그 정치적인 것의 시적인 것[8], 그 시적 진실과 울림을 전한다. 그런 점에서 시적인 것의 정치성과 그 '리얼리즘'은 '아우슈비츠'로 지칭되는 역사적 기록과 사태를 증언[9]한 자료의 재현에 절대성이 있는 것이 아니다.

---

7 조르주 바타유, 『불가능 L'Impossible(1962)』, 성귀수 옮김, 워크룸프레스, 2014, p. 186. 번역은 수정.

8 여기서 시적인 것이란 삶과 예술 전반에서 자명한 것처럼 보이는 법의 효력, 문화적 관습, 제도의 권한, 언어의 문법, 주체의 권력이 과연 자명한 것인가를 되묻는 물음을 통해 법'들'의 효력과 주체의 권력을 중지시키고 무력화하면서 출현하는 타자와 소수자의 목소리, 미시적이고 흐릿한 존재들의 현존이다. 시적인 것은 자명한 법과 윤리, 관습과 질서에 균열을 일으키고 다른 삶과 다른 존재의 현존과 그 가능성을 암시하는 것이다.

9 아우슈비츠의 생존자 프리모 레비의 말은 증언에 대한 성찰을 유도한다. "반복하지만 진짜 증인들은 우리 생존자들이 아니다. 이것은 불편한 개념인데, 다른 사람들의 회고록을 읽고 여러 해가 지난 뒤 내 글들을 다시 읽으면서 차츰차츰 인식하게 된 것이다. 우리 생존자들은 근소함을 넘어서 이례적인 소수

시는 살육의 현장에 없다. 시는 사태의 징후, 또는 사태의 사후로서 도래한다. 시는 사태의 현장에서 그 긴박한 사태를 체험한 자의 죽음으로 인해 당장 표현될 수 없다. 시는 사태의 발발을 예고하는 사건의 징후에서 현현하고 사태의 사후에 살아남은 자[10]의 증언이 촉발시킨 재현의 불가능성과 그 실패의 기록 속에서 도래한다. 역사적 기록과 증언은 사태의 완전한 형태를 복원한 것이 아니라 살아남은 자의 불완전한 기억에 의존하며 매번 발굴될 때마다 새롭게 구성된다. 시는 그 사태의 파편적 재현뿐만 아니라 언어로 온전히 재현할 수 없다는 불가능성의 체감 속에서 그 증언과 기록에도 남아 있지 않은 사람들의 이야기, 비록 허구적 인물의 서사라고 할지라도 그 '픽션'의 미지와 시적 진실까지 상상할 때, 불현듯 출현한다. 이것이 '증언과 기록'을 초과하는 말할 수 없음의 불가능성까지 껴안는 시의 '리얼리즘'이며, '있지 않은 존재의 함께 있음'까지 암시하는 리얼리즘, 그 시적인 것의 정치성을 발생시키는 시이다. "기억하기 위해 상상해야" 하고 "이해하기 위해 '스스로 상상'해야"[11] 하는 언어가 곧 시다.

〈사울의 아들〉은 '증언과 기록'을 초과하는 말할 수 없음의 불가능

이고, 권력 남용이나 수완이나 행운 덕분에 바닥을 치지 않은 사람들이다. 바닥을 친 사람들, 고르곤(메두사)을 본 사람들은 증언하러 돌아오지 못했고, 아니면 벙어리로 돌아왔다. 그러나 그들이 바로 '무슬림들', 가라앉은 자들, 완전한 증인들이고, 자신들의 증언이 일반적인 의미를 지녔을 사람들이다. 그들이 원칙이고 우리는 예외이다." 프리모 레비, 『가라앉은 자와 구조된 자』, 이소영 옮김, 돌베개, 2014, pp. 98~99.

10 "살아남은 사람들은 모두 의사, 재봉사, 구두 수선공, 음악가, 매력적인 젊은 동성애자, 수용소 권력자의 친구이거나 동향 사람이었다." 프리모 레비, 『이것이 인간인가』, 이현경 옮김, 돌베개, 2007, p. 125.

11 조르주 디디-위베르만, 『모든 것을 무릅쓴 이미지들』, 오윤성 옮김, 레베카, 2017, p. 51., p. 246. 번역은 수정.

성까지 표현한다. 〈사울의 아들〉은 「안티고네」처럼 애도의 문제를 다루고 있으면서도 「안티고네」와 다른 현대의 시적인 표현 형식을 제시한다. 라슬로 네메시는 "앞서 각인된 표현가치들의 형식 세계와 씨름해야 한다는 압박"[12]을 이겨내고 새로운 표현 형식을 창안한다. 〈사울의 아들〉에서 압도적인 것은 영화의 기본 문법인 이미지의 영사(映寫)가 아니라 사운드의 공습이다. 〈사울의 아들〉 첫 장면은 존 더코만도에 관한 자막인데, 그 자막이 끝나면 암전 속에서 새소리가 들리고 '사울과 동료들'의 죽음을 암시하는 총성의 마지막 장면이 끝나면 암전 속에서 빗소리가 들린다. 영화가 어둠 속의 새소리로 시작하여 어둠 속의 빗소리로 끝나는 것인데, 그 사운드는 새소리에 깃든 어떤 평화를 기대하는 관객의 심리를 온갖 폭력과 살인이 자행되는 빛의 영사 속에서 전복하고 어둠 속에서 애도하는 눈물을 빗소리와 함께 조용히 흐르게 한다.

영화는 어둠과 어둠 사이에 빛이 쏟아지는 이미지의 잔상과 그 연속 운동이다. 그러나 〈사울의 아들〉, 그 이미지들은 처음부터 끝까지 클로즈업된 사울의 흔들리는 얼굴과 소년의 시신이 선명한 것과 달리 어둠 속 다수의 유태인들은 대부분 흐릿하다. "그들은 끊임없이 교체되면서도 늘 똑같은, 침묵 속에 행진하고 힘들게 노동하는 익명의 군중·인간들"[13]이다. 그들은 안식의 기도도 없이, 편안히 묻힐 한 줌 흙도 없이, 이름도 없이 죽어간 사람들이다. 그런 이유로 가시적인 프레임 안에서 그들은 보이지 않거나 흐릿하게 잔존하는 이미지

12 아비 바르부르크, 「"므네모시네" 머리말」, 신동화 옮김, 『인문예술잡지F』, 문지문화원 사이, 2013. 4., p. 70.
13 프리모 레비, 『이것이 인간인가』, 앞의 책, p. 125.

의 존재들이다. 역설적으로 그들의 선명한 현존은 가시적인 프레임 바깥에서 끊임없이 들려오는 사운드 속에 있다. 그들은 프레임 바깥에서 끊임없이 프레임 안으로 공습하는 사운드의 폭력 속에 놓여 있다. 프레임 바깥에서 끊임없이 들려오는 소리들, 그 사운드는 나치의 딱딱한 독일어 발음으로 명령하는 소리, 시체가 바닥에 끌리는 소리, 피 묻은 바닥을 닦는 거친 솔질 소리, 시체를 태우는 불길 소리, 시체를 태우고 남은 재를 삽으로 퍼서 강으로 내다버리는 소리, 연이은 총성과 절규, 매질 소리, 또 사람들을 태우고 도착하는 기차 소리를 비롯해 분별할 수 없는 익명의 소리들로서 상영시간 내내 끝없이 이어진다.

이 모든 사운드의 공습은 프레임 안에 머물면서 재현하는 시각적 이미지의 한계를 넘어서서 프레임 바깥에서 끝없이 자행되는 나치의 폭력과 학살을 상상하도록 신체에 각인시키는 감응을 낳는다. 사운드의 공습은 말로 표현할 수 없고 재현할 수 없는 학살의 체감을 청각적으로 직접 전달함으로써 영화가 끝난 이후에도 그 사운드가 촉발하는 절규의 환청[14]까지 들리게 한다. 가시적인 프레임 안의 이

---

14 프랑스 화가 장 포트리에(Jean Fautrier, 1897~1964)는 제2차 세계대전 시기에 레지스탕스로 활동하다가 파리의 교외 남쪽 샤트네-말라브리(Châtenay-Malabry)의 어느 병원에 은신하고 있었다. 그는 병원 옆의 숲에서 독일군이 연일 인질을 사살하는 총성에 시달리면서 '인질'을 주제로 작업하였는데, 그 「인질Otage」 연작을 사실적인 처형과 고문의 재현이 아니라 처형당한 인질의 찢기고 뭉개진 상흔을 암시하는 재료의 두터운 질감으로 표현하였다. 이는 재현이 불가능한 비가시적인 소리의 공포를 단순한 슬픔과 두려움의 감정으로 환원하는 것이 아니라 확정적으로 표현할 수 없는 그 신체의 감응을 새로운 매체와 새로운 표현 형식으로 구현함으로써 말로 표현할 수 없는 고통의 다채로운 양상과 그 고통으로부터 승화된 정신을 미학적으로 형상화한 것이다. 장 포트리에의 '인질' 연작은 제2차 세계대전 이후 앵포르멜(Informel) 즉, 비정형 추상회화의 한 기원이 되었다.

미지에 고정된 감각을 뒤흔들고 비가시적인 프레임 바깥의 사운드가 촉발하는 감각을 되살려냄으로써 신체를 지배하는 감각의 재배치를 일으키는 시적인 것과 정치적 감응을 발생시킨다. 저 영화 속 빛의 폭력, 나치의 학살에 비춰진 죽음뿐만 아니라 어둠 속에서 구조되지 못하고 이름도 없이 자신의 존재를 증언하지 못하고 죽어간 사람들을 기억하고 상상하도록 한다. 그런 점에서 라슬로 네메시의 〈사울의 아들〉은 '아우슈비츠'로 지칭되는 역사적 사태에 대하여 즉각적인 고발과 분노, 증언과 기록의 재현 언어가 아니라 '사운드의 공습'이라는 감각적인 것의 재배치와 새로운 표현 형식을 통해 시적인 것과 정치적인 것의 감응을 어떻게 구현할 것인가에 대한 물음을 제기한다. 만약, 문학이, 그리고 시가 증언에만 멈춘다면, 사태의 (불)가능한 사실적 재현에만 멈춰야 한다면, 끔찍한 홀로코스트의 사태를 증언하는 언어만을 절대화한다면, 시의 언어는 사태의 현장에 부재했다는 사실에서 연원하는 부채감과 죄의식 탓에 침묵해야 하거나 온전히 표현할 수 없다는 무력함, 그 무(無)의 언어가 되어야 하거나 역사가에 의해 수집된 수많은 사료 중의 하나가 될 것이다.[15]

라슬로 네메시가 '사운드의 공습'을 통해 아우슈비츠, 그 역사적 사태에 대응하는 영화의 시적인 것과 시적인 언어의 새로운 형식을 제시하였다면 2015년 이후 한국시, 그중에서도 첫 시집의 새로운 언어 형식은 안희연과 황유원, 송승언과 김복희 등의 소수 언어가 제시하였다. 그 외의 첫 시집들에서는 장기적 불황과 자본의 예속에서 삶의 생존을 더욱 민감하게 고려하고 반응하는 알레고리 시의 '염

---

15 졸고, 「재현의 정치성에서 상상의 정치성으로」, 『쓺』, 2017. 9., p. 121.

려'하는 주체[16]들이 빈번히 등장하였다. 그들의 시에서 염려, 즉 쿠라(Cura, 라틴어)는 '지금-여기'의 삶에서 다른 시간의 도래를 희망하지만 다른 삶의 어떤 가능성도 품지 못하는 주체의 불안을 드러내는 심리적 특성을 함의한다. 염려는 '지금-여기' 한국의 시간과 장소에서 "시들지 않는 꽃들을 심어 세계를 뒤덮"[17]는 상상력과 다른 삶에 대한 '동경(憧憬)'을 가로막는다. 다른 삶을 향해 도전하고 고통과 마주하고 싸우면서 '절대'에 도달하려는 의지를 약화시킨다. 그런 점에서 2015년 이후 한국시의 첫 시집에서 필요했던 것은 새로운 언어의 형식과 상상력이다. 새로운 언어의 형식 없이 새로운 세계는 없다.


## 2. 시적인 것과 언어의 형식

지금, 무엇보다, 언어의 사태, 그 자체로 돌아가서, 있는 그대로, 김언과 이제니의 시를, 다시, 읽는 것이 필요하다. 시적인 것과 새로운 언어의 형식을 위하여. 두 편의 시로 이 글의 끝을 대신하기로 한다.

지금 말하라. 나중에 말하면 달라진다. 예전에 말하던 것도 달라진다. 지금 말하라. 지금 무엇을 말하는지. 어떻게 말하고 왜 말하는지. 이유도 경위도 없는 지금을 말하라. 지금은 기준이다.

---

**16** 졸고, 「염려하는 주체와 언어의 형식」, 『문학들』, 문학들, 2018. 8., p. 26. 이하 '염려하는 주체'에 관한 논의는 같은 글에서 인용한 것이다.
**17** 노발리스, 「밤의 찬가」, 『밤의 찬가/철학 파편집』, 박술 옮김, 인다, 2018, p. 18.

지금이 변하고 있다. 변하기 전에 말하라. 변하면서 말하고 변한 다음에도 말하라. 지금을 말하라. 지금이 아니면 지금이라도 말하라. 지나가기 전에 말하라. 한순간이라도 말하라. 지금은 변한다. 지금이 절대적이다. 그것을 말하라. 지금이 되어버린 지금이. 지금이 될 수 없는 지금을 말하라. 지금이 그 순간이다. 지금은 이 순간이다. 그것을 말하라. 지금 말하라.

– 김언, 「지금」 전문, 『한 문장』, 문학과지성사, 2018.

　지금 우리가 언어로 말하는 여러 가지 이야기들. 새롭게 태어납니다. 이제 다시 시작이다. 기대하지 않았던 빛을 통해 낯선 것의 모습을 드러내고 있다. 과거의 이야기들이 미래에도 보이는 세상입니다. 익숙한 것들이 놓여있는 방이 나옵니다. 지금 이곳을 살아가는 사람들. 자신보다 더 큰 것을 남겼던 사람들에 대해 알고 있다. 시간은 오래 지속된다. 바라보고 있는 사람은 들어간 곳에서 나온 사람이다. 들어갔는가를 알기 위해 다시 나갈 필요는 없다. 우리는 어떻게 우리에게 되돌아올 수 있는가. 많은 것들에 뒤덮여 살아왔다. 당신의 얼굴을 하고 있는 수많은 기억 때문인지도 모르겠습니다. 그곳은 두 개의 방이 있는 구조이다. 공간과 공간 사이의 빛 속에서 흩날리는 먼지 같은 것들에 대해 쓰고 있다. 눈을 감은 채로 회랑과 복도를 더듬고 있다. 찾아보아도 보이지 않는 것들이 있다. 미래의 방은 어둑한 불빛 아래에서 당신을 드러내 보여줍니다. 이후의 구조를 다룰 준비가 되어 있다. 그것은 무척 어지러운 그림자의 그물이다. 흘러가는 비행운을 통해 구름의 과거를 본다. 하얀 눈 위에 검은 잉크를 떨어뜨리며 누군가의 미래를 점칠 수도 있다. 옛날은 어디에 있는 것인가. 옛날로 거슬러 가는 것은 불가능한 일인가. 우리가 생각하는 지속적인 무대가 있다. 그것에 대한 정확한 위치는 알 수 없습니다. 남아 있는 것은 어두운 생각뿐이다. 무엇인가를 밝혀내기 위해 이 문장들을 쓰고 있다. 그러나 분명 태양은 흑점을 품고 있다. 꾸며낸 이야기가 가본 적 없는 거리의 풍경을 불러들인다. 한곳으로 모이기 위해서라도 우리의 항해는 계속될 것이다. 구름에서 태양을 향한 항해는 지속될 것이다. 이 모든 목소리를 듣는 입장이라면 너는 이미 이 세계에 존재하지 않는 사람이다. 왜냐하면 지금까지의 문장은 예측 불가능한 것이기 때문이다. 과거를 가지고 있으며 미래 또한 가지고 있었다. 구석진 사각의 방을 통해 우리는 단순한 소음을 듣기도 했다. 새로운 세계를 위해서는 꾸미지 않는 목소리가 필요하다. 오래된 목소리를 상기시키기 위해서는 새로운 배열이 필요하다. 그는 덧붙이는 세계를 가지고 있다. 낱말 연습을 하고 난 뒤에는 기억의 기록을 요구하지 않는다. 아무것도 없으니까 막힌 부분을 골라냅니다. 나날이 새로워질 사건과 물건들을 가지런히 늘어놓습니다. 새로운 세기에 살고 있는 새로운 이야기를 바탕으로 너를 한 문장 이전으로 옮겨둔다. 정확히 나를 전달하려고 노력하는 과정 속에 있기 때문이다. 냉담한 목소리가 흘러들어도 너는 계속될 것이기 때문이다. 지구는 구형이고 너는 지금 이 순간에도 살아 있기 때문이다. 낱말 상자에서 낱말 종이를 꺼낸다. 일정한 간격을 유지하고 청색 갈색 문장을 수집한다. 연극은 행복한 결말로 끝을 맺는다. 이제 우리는 주변에서도 그것을 볼 수 있다. 아무도 모르는 사건들 속에서도. 대팻밥과 나무 먼지 사이에서도. 어울리지 않는 낱말과 문장 사이에서도. 소수의 의견으로 선택된 산책로와 선언문 사이에서도. 이제 드디어 준비가 끝난 것이다. 모두 모여들 수 있도록 나아갈 때 흰색으로 다시 태어납니다. 끝날 때까지 음지의 양치식물을 기르기로 한다. 그것을 제대로 보고 싶지만 다시 살고 있는 것과 마찬가지입니다. 역할 바꾸기 놀이를 합니다. 함축을 위한 문장을 버렸을 때 다시 들려옵니다. 그것은 미래의 방이라고 합니다. 그것은 과거의 그림자라고 합니다. 당신은 이 세계에 대해 당신의 문장으로 무엇을 왜곡시켰습니까. 너는 순간의 풍경을 순간의 그림으로 남겼다. 순간의 그림은 그림자 저편에서 흐르고 있다. 네가 느꼈던 순간의 느낌을 네가 느꼈던 순간의 느낌 그대로 받아들일 수 있기를 바란다. 지금 우리가 언어로 말하는 여러 가지 이야기들. 새롭게 태어납니다. 이제 다시 시작이다. 기대하지 않았던 빛을 통해 낯선 것의 모습을 드러내고 있다.

– 이제니, 「지금 우리가 언어로 말하는 여러 가지 이야기들」 전문, 『그리하여 흘려 쓴 것들』, 문학과지성사, 2019.

# 실패 없는 실패
## - 황병승 시집 『육체쇼와 전집』

　패배와 실패는 다르다. 패배는 오직 승자와 패자만이 있는 싸움에서 이기지 못한 것을 뜻하고 싸움에 져서 도주하는 패주와도 같은 말이다. 이와 달리 실패는 일을 잘못해서 뜻한 대로 이루지 못하거나 일을 그르친 것을 뜻한다. 패배의 반대어는 승리인데 실패의 반대어는 성공이다. 시는 싸움에서 오직 승자와 패자만 있는 글쓰기가 아니고 승자가 되기 위한 글쓰기도 아니다. 시는 시인이 언어를 통해 삶과 세계의 사태를 포착하고 '지금-여기'의 삶과 세계를 형상화하고 성찰함으로써 '지금-여기'의 결핍과 난관과 고통을 극복할 수 있는 '미지-거기'의 세계와 다른 삶의 가능성을 모색하는 글쓰기이다. 그러나 언어는 실재의 삶과 세계와는 자의적 관계이고 그 실재의 삶과 세계를 완벽하게 재현할 수 없다는 한계를 지닌다. 시는 실재가 부재하는 언어로 '지금-여기'의 삶과 세계를 완벽하게 그려냄과 동시에 '미지-거기'의 세계와 다른 삶의 가능성을 탐색해야 하는데, 그것은

196

그 자체로 실패가 예견되어 있고 완전한 삶과 미(美)의 이상은 실패할 수밖에 없다. 시는 실패의 글쓰기이고 실패담의 기록이다.

황병승의 세 번째 시집 『육체쇼와 전집』(문학과지성사, 2013)은 무엇보다 그 실패의 글쓰기와 실패한 삶의 기록을 끝까지 보여준다. 첫 시집 『여장남자 시코쿠』(2005)와 두 번째 시집 『트랙과 들판의 별』(2007)을 거친 세 번째 시집 『육체쇼와 전집』은 다양한 주체들을 통해 발언하던 전작들과 달리 무엇보다 적극적인 1인칭의 고백이 두드러진다. 그의 고백은 첫 시집과 두 번째 시집에서 찾아볼 수 없었던 변화의 지점인데, 그것은 여전한 황병승의 언어 리듬과 서사의 긴장을 유지하면서 끝까지 실패하는 시인의 삶과 시의 알레고리로 구현된다.

그의 시 「Cul de Sac」은 로만 폴란스키가 제작한 동명의 영화 「Cul de Sac」(1966)과 다른 상황에 있지만 '자루 밑바닥'을 뜻하는 프랑스어 "Cul de Sac"이 의미하는 바와 같이 결국은 비슷한 궁지에 몰린다는 점에서 현재 시인이 처한 실존적 상황과 그의 시가 직면한 곤궁에 대한 알레고리를 보여준다. 그 알레고리는 고딕체의 파편적 문장으로 서술되는 서사와 명조체의 고백적 진술이 교차하면서 구현되는데, 고딕체 문장의 서사는 반복과 변주를 통해 객관적 사건의 음악적 환기 효과를 낳고 명조체 문장의 진술은 주체의 고백을 주체의 내부뿐만 아니라 주체의 바깥인 독자에게까지 질문으로 확장시킴으로써 어설픈 감정의 과잉과 직설의 함정을 간단히 넘어서게 하고 주체의 고백을 깊이 있는 성찰의 목소리로 심화시키는 효과를 낳는다. 이것은 시집 『육체쇼와 전집』에서 두드러지는 형식과 내용의 특질로서 전작들보다 일관된 주체의 목소리와 171페이지에 이르는 시집의 통일성을 부여해주는 역할을 한다.

「Cul de Sac」의 내용은 제목 그대로 '막다른 골목'이다. 술에 취해 집으로 돌아가던 한 남자가 깊은 진흙 구덩이에 빠져 있다가 이틀 만에 눈을 떠서 심한 고통을 느끼지만 구조되지 못하고 끝내 죽고 만다는 파편적 서사가 시의 얼개를 이룬다. 그 파편적 서사와 서사 사이에 삽입된 주체의 목소리는 구덩이에 빠진 남자와 시인의 목소리가 동시에 겹치고 또한 어긋나면서 서사와 진술 사이에 여백과 물음을 만든다. 그것은 독자로 하여금 그 여백과 물음의 의미에 답하면서 참여하도록 유도한다.

> 굶주린 사자가 우리 주변을 어슬렁거리고 있습니다 우리는 그것이 우리의 독실한 마음가짐에 따라 점차 멀어지고 하고 반대로 우리의 침대 곁으로 슬그머니 다가오기도 한다고 믿고 있습니다 그것은 과연 그렇습니까

> 그러면 선생은 누구의 형제입니까 지금 이곳에서 우리가 느끼는 슬픔과 분노와 공포는 누구의 목소리입니까 새가 날아와 앉으면 나뭇가지는 흔들리지요 작은 소리를 내며 부러지기도 합니다 그러나 새가 떨어지는 것을 본 적이 있습니까 대화를 원한다면 다가가서 대화를 하세요 큰 의미는 없습니다 시계가 멈추면 우리는 어떻게 합니까, 걸어가서 시계 밥을 줍니다

> — 「Cul de Sac」 부분

지금 이곳에서 우리가 느끼는 "슬픔과 분노와 공포"는 언제나 전

망 없는 현재의 현실로부터 발생한다. 그것들은 "굶주린 사자"처럼 "우리 주변을 어슬렁거리고" 있다. 시인의 육성이 드리워진 저 목소리는 묻는다. "굶주린 사자"는 우리의 마음가짐에 달린 것인지 묻는다. 우리는 누구의 형제인지 묻는다. "굶주린 사자"는 누구로부터 기원한 것인지를 묻고 "통찰해" 보자고 제안한다. 우리는 그 물음에 쉽게 답할 수 없다. 시계가 멈추면 태엽을 감아서 다시 시계를 돌아가게 할 수는 있지만 우리는 존재의 근원적 고통의 기원과 존재의 원리에 대하여 답할 수도 없고 마음가짐만으로 "굶주린 사자"를 물러나게 할 수도 없다. "나에게는 창문이 없었다/그 어떤 세계도 동경하지 않았고/나와 만나기를 두려워"(「자수정」) 하지만 나는 다만 존재한다는 이유로 "이곳을 벗어날 수 없다는 두려움"(「모터와 사이클」)을 겪고 언제나 궁지에 처해 있는 현재의 현실을 직면해야 한다. 시인은 존재의 근원적 고통을 소거하지 못하고 존재의 원리를 깨닫지 못한 실패한 삶이지만 완전히 실패한 것은 아니다. 그는 '출구 없는 장소'와 '막다른 골목'까지 나아가서 "굶주린 사자"와 거짓 화해하지 않고 실재하는 존재의 고통을 부인하지 않는 성찰을 통해 "오로지─불과하다는 결론에 도달하기 위해/오로지─불과하다는 처음에 도달하기 위해" 삶은 실재하고 "큰 의미는 없"다는 것을 처참히 깨달았기 때문이다. 이것은 시인이 찰나적인 시적 순간의 체현을 위해 자신의 모든 실존을 내걸고 실제적인 삶의 모든 고통과 실패를 감내하면서 인식한 삶의 성찰인 까닭에 그 중심에는 삶의 윤리와 미적 윤리가 자리 잡고 있다. 그것은 전망 없는 현재의 현실 속에서 궁지에 몰린 시와 삶 모두를 동시에 갱신하면서 돌파하기 위해 자신의 전부를 내거는 삶의 윤리와 시의 윤리이다. 그것은 시와 삶 모두 아무것도 아닌 것과 아무것도 없다는 것, 즉 무(無)를 직면한다. "진창에서 태어나 진창으로 사라지는 날까지"(「신Scene과 함께 여기까지 왔다」) 시와 삶의 결론과 처음은 무(無)라는 성찰. 그리하여 시인은 "나는 이름이 없"(「솜브레로의 잠벌레」)다고 선언한다.

> 저는 생각이 없어요 전집이 없습니다 누구의 자식인지 모를
> 골방의 아이들은
> 뒤죽박죽 서로를 배신하기로 협약을 맺었고
> 어두워진 창가를 서성이는 검은 육체의 그림자와
> 누구의 부모인지 모를 백 년 전의 시선이 엇갈리고 있습니다
>
> ─ 「육체쇼와 전집」 부분

"악착같이 꿈꾸면서 악착같이 전진하면 악착같은 현실"(「육체쇼와 전집」)이 기다리는 현재의 나는, 이름도 없고 생각도 없고 보여줄 육체도 없고 전집도 없다. 그러나 나는 있다. 나는 "검은 육체의 그림자"로 있다. 나는 그 모든 '없음'의 형식, 즉 '무(無)'로 있다. 무(無)는 시인이 삶을 희생하고 실패하면서까지 도달한 실재이다. 무(無)의 제전에서 시인은 시적 순간을 체험할 때마다 죽었다가 다시 태어나는 경험을 하고 세계를 최초로 바라보는 시선을 얻는다. 최초의 시선으로 시인은 시와 삶을 바라보고 "쓰고 버리는 일을 반복"(「Cul de Sac」)하지만 그것은 결국, 실패한 것이고 아무것도 아닌 것, 무(無)라는 것에 다시 다다른다. 무(無)는 죽음에 다름 아니다. 시인이 체현하는 시적 순간은 죽음을 체험하고 죽음에 다다르면서 실패하는 시쓰기이다.

그런 맥락에서 마지막 시편으로 수록된 「내일은 프로」는 2003년 등단 이후 그가 10년 동안 무엇을 시도하고 어떻게 실패했는지를 보여주는 실패의 실제 기록이자 그의 자화상이다. 「내일은 프로」 역시 고딕체의 서사와 명조체의 진술로 구성되어 있다. 파편적으로 흩어진 고딕체의 소제목들을 하나의 문장으로 만들면 다음과 같다. "침묵하거나 침묵하지 않으면서" "이렇게 '영원'이 되고 말겠지" "세탁기하곤 말이 안 통하니까" "차와 간식이 없는 세상에서" "그러나 나는 아무것도 두렵지 않다" "쿵쾅 쿵쾅 쿵쾅 쿵쾅" "앞으로의 인생은 둘째 치고" "벙어리는 침묵과 절름발이는 목발과"라는 소제목들은 시인으로서 직면한 시와 삶의 파국 속에서도 끝까지 시를 포기하지 않겠다는 시인의 윤리를 드러낸다. 파편적인 문장은 시인으로서 시를 쓰거나 쓰지 않으면서 맞이한 고독과 죽음 앞에서 삶의 파국을 체감하지만 아무것도 두렵지 않다는 시인의 육성이 내포된 알레고리다.

파편적인 문장의 알레고리는 균열되지 않은 시의 서사를 유추하고 깨진 항아리 조각처럼 깨지기 전의 항아리 원형을 상상하도록 유도한다. 깨지기 전의 항아리 원형이 시를 쓰기 전의 삶과 완전한 시의 이상이라면 깨진 항아리 조각은 시를 쓰자마자 실패한 시와 삶이다. 항아리는 깨졌기 때문에 돌이킬 수 없다. 깨져서 튀어나간 항아리 조각은 모두 긁어모을 수 없을 뿐더러 그 모든 조각을 이어붙인다고 해도 상처 없는 본래의 항아리가 될 수는 없다. 그렇다면 깨진 항아리 조각을 그대로 둘 것인가. 깨지기 전의 항아리 원형을 기억해 내고 유추하면서 깨진 항아리 조각을 아예 산산이 부수어 새로운 항아리로 다시 빚을 것인가. 황병승은 후자를 선택한다. 그는 실패한 시를 그대로 방치하는 실패자가 아니다. 그는 죽음도 두려워하지 않고 현재의 삶을 더욱 죽음에 이르게 한다. 그는 시로 인해 실패한 삶을 더욱 산산이 부수어 최초의 항아리, 최초의 시를 복원하고자 한다. 그것은 자신의 삶과 생명을 담보로 내기하는 것이다. 그것은 죽음을 통해 새로운 시와 삶을 창조하려는 것이다. 그러나 그는 깨진 항아리 조각을 산산이 부수는 것처럼 미완의 시 앞에서 지금 당장 자신의 삶을 스스로 저버릴 수도 없다. 여기서 죽고 싶지만 지금 죽을 수도 없는 시인의 실존적 비극과 비애가 발원한다.

더 나아가 그가 죽음을 결심하고 죽음을 결행한다고 하더라도 최초의 항아리 복원은 불가능하다. 삶의 완전한 복원은 불가능하다. 깨진 항아리를 산산이 부수고 다시 빚은 항아리는 최초의 항아리와 유사한 것이지 동일한 것이 아니다. 실패한 시를 폐기하고 다시 쓴 시는 최초의 시와 유사할 뿐이지 최초의 시가 아니다. 시는 부서져서 시편들이 된다. 황병승이 "소설"이라 호명하는 시는 그 시편들 중의 하나로서 본래의 시와 삶을 모두 복원하지 못하고 황병승의 방식으로 실패하면서 쓴 시편이다. 그리하여 그가 지금 할 수 있는 것은 자신이 실패한 시와 삶의 지점을 복기하는 일이다.

소제목에 따른 파편적 서사에서 그는 "다양한 각도에서의 실패"를 복기한다. 시쓰기의 실패, 시가 실패한 지점을 독자에게 보여주지 못한 실패, 죽음에 근접한 고독의 체험, "간절한 살구가 열매 맺지 못"한 사랑의 실패, 부모님과의 단절, 여자와의 이별 후에 찾아온 "아름답고 근사한 것"에 대한 회의. 모두 미완의 시와 그 시의 실패로 점철된 삶의 실패담이다. 그러나 그는 실패의 복기를 통해 과거보다 덜 실패할 수 있는 내일의 가능성을 현재의 시점에서 확신하고 다시 시쓰기를 시도하기에 실패한 것이 아니다. "소가 쓰러질 때까지 투우가 계속"되듯 "살아 있는 동안 아름답고 근사한 것"을 만들기 위해 실패한 삶의 전부를 내걸고 끝까지 시쓰기를 감행하기에 그의 실패는 실패 없는 실패다. "지금은 아무것도 보이지 않"지만 실패의 경험을 통해 보다 덜 실패할 수 있는 방법을 터득하고 '미지-거기'로 나아갈 수 있는 가능성을 엿보기 때문이다. 황병승은 실패담을 통해 최초의 시와 완전한 삶을 기억해 내고 그 원형을 유추하면서 '지금-여기'의 실패한 시와 다른 시의 미래가 현재의 삶 속에 자리 잡도록 복기한다. 이제 황병승의 실패담의 전모를 직접 읽을 차례다.

# 비대상과 초현실
## - 이승훈 시론과 정재학의 시

## 1. 비대상: 객체의 소멸과 환상을 통한 초월

이승훈의 비대상(非對象) 시론은 그의 첫 시집 『사물 A』(삼애사, 1969) 이후부터 전개된다. 그는 1960년대 '내면성'이라는 말을 먼저 사용하다가 1970년대초부터 연작시 「모발의 전개」, 「지옥의 올훼」 등을 쓰면서 비대상이란 말을 적극 사용한다. 그는 비대상 개념을 보다 명확하게 정의하는 「비대상」(1981)에서 "그것은 실존의 투사였고, 외부세계의 無化였고, 언어 자체의 도취였으며, 폴록의 경우처럼 이지러짐의 세계, 무형의 형태를 지향"[1]한다고 밝힌다. 그는 비대상의 원형을 이상의 시와 김춘수의 무의미시론에서 발견하고 개념화한다.

---

1 이승훈, 『非對象』 민족문화사, 1983, p. 35. 이하 이 책의 인용은 쪽수만 밝힌다.

대상이 없다는 것은 이 시(李箱의 「絕壁」)에서처럼 일단 시인의 내면세계만이 형상화된 것이라고 할 수 있지만, 이 시에서 그러한 내면세계는 일종의 실존의식과 결합된다. 실존의식이란 대상과 시인의 대립이 동기가 되지만, 그것은 마침내 대상의 근거가 말짱 허구였다는 인식론적 각성과 더불어 대상의 세계를 제로로 만들면서 출발한다…(중략)…無의 세계로 가려는 노력은 물론 좌절된다. 그러나 우리는 그러한 세계를 끊임없이 지향한다. 한마디로 비대상의 세계는 無의 세계이며, 無의 세계는 실존적 각성이 환기하는 의식의 운동이라고 할 수 있다. 시대적 상황과도 관련되는 것이지만, 이러한 세계의 발견은 또한 존재론적 자각과도 관련된다. 불안이라는 분명치 않은 기분 속에서 그것은 자신의 진정한 삶을 증명하려는 노력에 의하여 지탱된다. (32)

李箱에게서 읽을 수 없었던 방법론적 성찰을 나는 김춘수에게서 읽을 수 있었다. 김춘수의 경우 비대상을 노래한다는 것은 수사학적 차원에서 서술적 이미지를 추구하는 행위가 된다. 서술적 이미지란 어떤 관념의 수단이 아니라는 점에서 비유적 이미지와 다르다. 관념의 수단이 아닌 이미지는 소위 이미지를 위한 이미지, 관념의 수단이 아닌 이미지는 소위 이미지를 위한 이미지, 곧 시의 순수한 상태를 지향한다. 그것은 주문적인 태도이기도 하다. 씨가 그러한 사생의 극한에서 추구한 것은 그러나 대상의 소멸이 아니라 대상의 재구성이었다. 대상의 재구성이란 대상을 전제로 詩作이 출발함을 의미한다. 이러한 태도는 이상의 시편에서 읽었던 것같은 비대상의 세계와는 다르다. 李箱에게선

비대상, 無, 혹은 부재가 시작의 모티브임에 반하여 씨에게선 대

상, 유, 혹은 실재가 시작의 모티브가 된다. (33~34)


한 편의 시가 언어를 매개로 〈주체-언어-대상〉이라는 삼각형의
역학관계로 구축된다고 할 때, 이상의 시 「絶壁」²은 실재하는 대상
을 언어로 재현하지 않고 주체의 내면 심리를 언어로 표현한다는 점
에서 '비(非)-대상'시라고 할 수 있다. 이승훈은 이상의 「절벽」으로
부터 현실 세계에 실재하는 대상을 재현하지 않고 시인의 내면 심리
를 표현하는 비대상 시론의 개념을 발견한다. 그는 대상이 완전히
소멸한 '무(無)-대상'의 세계에서 오직 주체의 내면 세계에서 발생
한 주체의 불안과 실존의식을 자각하고 표현하는 시를 '비대상'으로
명명한다. 그는 대상을 재현할 수 있다는 소박한 믿음의 사실주의
를 거부하고 언어의 자명성에 대한 회의를 전제한 뒤 비대상을 전개
한다. 그는 언어의 자의성을 바탕으로 명명된 이름의 허구성과 대상
을 재현하는 언어의 불완전성을 자각한다. 그는 대상을 언어로 명명
하거나 재현할 때 대상은 언어에 부재하고 이미 죽어 있음을 인식한
다. 그는 대상이 죽거나 부재한 언어를 가리켜서 '비대상'으로 명명
한다.

언어의 한계에 대한 이승훈의 시적 인식은 여전히 언어의 자명

---

2  "꽃이보이지않는다. 꽃이향기롭다. 향기가만개한다. 나는거기묘혈을판다. 묘
  혈도보이지않는다. 보이지않는묘혈속에나는들어앉는다. 나는눕는다. 또꽃이
  향기롭다. 꽃은보이지않는다. 향기가만개한다. 나는잊어버리고재처거기묘혈
  을판다. 묘혈은보이지않는다. 보이지않는묘혈로나는꽃을깜박잊어버리고들어
  간다. 나는정말눕는다. 아아, 꽃이또향기롭다. 보이지도않는꽃이-보이지도않
  는꽃이." 이상의 「절벽」 전문(『이상 전집 1 시』 권영민 편, 뿔, 2009, p. 137.).

성과 재현의 불가능성을 회의하지 않는 한국시의 전통적 흐름에 대한 비판을 내재하고 있다. 그는 자연 세계와 사회 현상을 주로 시적 대상으로 삼아 온 한국시의 전통적 흐름과 사실주의적 태도와 거리를 두고 언어를 매개로 주체의 내면 세계를 탐구한다는 점에서 현대주의의 미적 입장을 취한다. 이는 역사주의와 자연주의 계열의 시가 주류를 이루던 1960년대와 1970년대의 한국시에서 1930년대와 1950년대의 현대주의 시와 시론의 전통을 오규원과 함께 계승했다는 의의가 있다.

이승훈의 비대상은 객관적 세계를 대상으로 삼지 않고 시인의 내면 세계를 대상으로 삼는다는 점에서 관념적이고 추상적인 특성이 있다. 이승훈은 다른 글 「무의미시」(1981)에서 "대상을 노래하지 않는다는 말은 애매한 정서나 충동의 세계를 노래한다는 뜻이 되고, 그것은 일종의 표현주의적 태도를 암시한다. 표현(expresssion)이란 말 자체가 내면적인 억압(press)이 밖(ex)으로 투사됨을 의미"(51쪽)한다고 말한다. 비대상은 시인의 내면 세계에서 발생하는 의식과 무의식, 에로스와 타나토스 등의 심리적 양상과 충동을 언어로 표출하는 시세계다. 이승훈은 또 다른 글 「무의식과의 싸움」(1977)에서 "객체들이 소멸한 그러한 공간은 어지러웠다. 나는 그 어지러움을 실존의 투사라고 불렀다. 실존은 주관적 진리의 세계였으며, 그것은 어떤 과학적 인식으로도 해명할 수 없는 세계"(84쪽)라고 고백한다. 비대상은 객관적 세계를 완전히 지우고 시인의 내면 세계에 침잠하여 그 심리 양상을 집중적으로 그려내는 언어의 세계를 가리킨다.

그가 비대상의 공간을 노래하면서 발견한 것은 "어두운 충동의 세계들이었"고. "어둡다는 것은 무의식적으로 죽음을 지향"("비대상」36쪽)한다는 점이었다. 그의 비대상은 무의식과 타나토스를 의식의 산물인 언어로 표현해 내려 한다. 말할 수 없는 것을 말하려 하고 침묵을 발화로 전환하려 한다. 그는 침묵으로 가득한 비대상 세계의 중심에서 불안과 고독을 느낀다. 객관적 세계와 타자가 소거된 주관적 세계의 존재로서 시인은 무(無)의 세계에 단독으로 현존한다는 실존적 자각과 고독을 체감한다. "고독에 의미를 부여하는 것은 고독을 이기는, 변형시키는 작업이었고, 또한 은밀히 타인들과의 교통을 지향하는 작업이었다. 그러한 작업속에서 내가 깨달은 것은 그러나 자기증명의 아이러니였다. 나는 타인들과 함께 나를 증명할 수 없지만, 그러나 그들 없이도 나를 증명할 수 없다는 사실, 그것은 언어적인 측면에서도 비슷"("비대상」, 44쪽)하다고 자각한다.

이승훈은 주체가 주체 스스로 현존한다는 것을 증명할 수 없다는 불안에 시달린다. 그가 비대상의 세계를 지향하면서 체험하는 불안과 고독은 주체가 실재의 세계를 소거함으로써 겪는 자기 증명의 아이러니이며 주체의 환상이다. "환상을 통한 일종의 초월을 나는 꿈꾸고 있었다"("비대상」, 38쪽)라는 고백 속에 그가 추구한 비대상의 한 면모를 볼 수 있다.

주체는 주체 스스로 육체를 포기하거나 육체적 삶이 끝난 후 무(無)가 될 수 있지만 자신의 육체 안에 거주하고 있는 한 객관적 세계를 무(無)로 만들 수 없다. 주체는 객관적 세계로부터 기원한 것이지 객관적 세계가 주체로부터 기원한 것은 아니다. 객관적 세계에서 사물은 주체가 대상으로 삼기 이전에 이미 실재하고 있을 뿐만 아니라 그 주체의 탄생 이전에도 실재한다. 그리고 주체가 탄생한 이후 언어를 습득하고 언어로 표현하기 이전에도 사물은 실재한다. 주체가 습득하는 언어는 주체가 학습한 언어권의 자의성에 따라 구성된 의미 체계이며 사물의 이름은 주체가 자의적으로 명명한 기호일 뿐이다. 사물이 주체의 대상이 되어 한 언어의 이름으로 명명되고 호명된다고 하더라도 언어에 사물은 부재하고 사물은 언어와 무관하게 실재한다. 그런 점에서 언어는 주체가 객관적 세계를 대상으로 삼을 때 발생하는 주체의 환상이자 환상의 의미 체계이다. 언어는 대상과 무관하게 문법의 경계와 의미 체계를 넘나들면서 자율적으로 의미를 생성하고 증식하고 소멸시킨다.

주체의 고독과 불안과 환상은 주체의 내면 세계에서 발생한 것이지만 근본적으로 그것의 기원은 객관적 세계이다. 주체가 심리적으로 고독과 불안과 환상을 경험할 때 그것의 기원은 객관적 세계이지만 객관적 세계는 주체의 그 증상들과 무관하게 실재한다. 불안과 고독은 주체가 객관적 세계를 억압의 대상으로 인식하거나 관계의 대상으로 삼지 못할 때 주체의 무의식에서 발생한다. 환상은 억압적 대상인 객관적 세계와 타협하거나 외상을 앓으면서 무의식적으로 극복하려는 순간 발생한다. 주체의 환상은 객관적 세계를 무의식적으로 앓는 주체의 외상이라고 할 수 있다. 이승훈의 "환상을 통한 일종의 초월을 나는 꿈꾸고 있었다"라는 전언은 주체가 객관적 세계를 억압적 대상으로 인식하고 무의식적으로 앓으면서 초극하는 시적 순간의 소망을 암시하는데, 이는 초현실이 발생하는 지점이기도 하다.

이승훈은 "환상을 통한 일종의 초월", 즉 초현실로 나아가지 않는다. 그는 주체의 불안과 고독과 환상의 극단으로 나아가지 않는다. 초현실의 극단과 대상의 무화(無化)를 통해 객관적 세계의 초월로 나아가지 않는다. 그는 비대상 시론의 전개를 중지한다. 주체에 의한 객관적 대상이 완전히 소거된 세계는 불가능하다는 자각과 함께 비대상 시론에 근거한 '자아 탐구' 시의 실패를 깨닫는다. 그는 '비대상에서 대상으로' 전환한다.

이승훈의 비대상 시론의 중지와 대상으로의 전환은 그가 객관적 세계의 실재성을 간과하지 않았음에도 불구하고 자신의 실존적 자각과 고독과 불안을 형상화하는 시작(詩作)에 몰입하는 과정에서 객관적 세계보다 주체의 주관성과 내면 심리에 치중한 결과이다. 또한 그가 말라르메의 '비인칭' 개념에 대한 인식 부재 속에서 정초한 비대상 시론의 불완전함도 그 전환의 한 계기로 작용하고 있다.


## 2. 비인칭: 주체의 죽음을 통한 순수한 무(無)의 실현

이승훈의 비대상에서 대상으로의 전환은 이른바 '자아 탐구'에서 '자아 소멸'로의 전환으로 나타나는데, 그는 한 대담에서 시집 『밝은 방』(1995)이 그 전환점이 되었음을 밝힌다(이재훈의 「비대상에서 禪까지」, 『나는 시인이다』, 2011). 이는 스테판 말라르메(Stéphane Mallarmé)의 '비인칭'과 교차하는 지점이다. "대상의 세계는 언어로 명명될 때 죽거나 이미 부재한다. 블랑쇼가 본 것이 바로 그 점이다. 대상의 세계에 언어가 작동할 때 이미 그것은 비대상의 세계"(「비대상」, p. 45)라고 그는 설명한 바 있는데, 이것은 모리스 블랑쇼의 '비인칭' 개념의 오해이다. 모리스 블랑쇼의 '비인칭'은 주지하다시피 말라르메의 '비인칭'으로부터 기원한다.

말라르메의 '비인칭'은 그가 「에로디아드(Hérodiade)」를 창작하는 과정에서 획득한 개념이다. 에로디아드가 "인간적인 것은 아무것도 원치 않으며, 조각상이 되어,/낙원에 시선을 파묻고 있는 내 모습"[3]을 갈망하고 "태고의 빛을 간직한 채, 알려지지 않은 황금들"(80쪽)이 되고자 하는 태도에 비인칭 개념은 이미 자리 잡고 있다. 말라르메는 1867년 5월 14일 앙리 카잘리스에게 보낸 편지에서 비인칭에 대해 말한다.

> 나는 이제 막 끔찍한 한 해를 벗어났습니다. 내 **생각**은 생각되었으며, **순수 개념**에 도달했지요. 그 반대급부로 이 긴 단말마의 고통 속에서 내가 겪어야 했던 모든 것은 필설로 다할 수 없을 지경이지만, 다행스럽게도, 나는 완전히 죽었으며, 내 **정신**이 모험을 할 수 있는 곳이라면 가장 불결한 지역도 **영원**입니다. 내 **영혼**은 그 자신의 순수에 습관이 된 고독자이며, 시간의 반영마저도 그것을 더 이상 어둡게는 못합니다. (……) 이제 나는 비인칭이며, 이미 형이 알고 있던 스테판이 아니라, -과거의 나였던 것을 통하여 정신적인 **우주**가 스스로를 보고 스스로를 전개해간다는 하나의 (대응)능력이라는 것입니다.[4]

에로디아드는 인간적인 여성의 아름다움을 거부하고 황금과 같이 아름다운 광물의 영원성과 비생명성을 추구한다. 말라르메의 육성

---

**3** 스테판 말라르메, 『시집』, 황현산 옮김, 문학과지성사, 2005, p. 80. 이하 인용은 쪽수만 밝히기로 한다.
**4** 앞의 책, 33쪽. 황현산의 해설 「말라르메의 언어와 시」에서 재인용.

을 대신하고 있는 그녀가 유한한 생명과 아름다움을 지닌 인간의 육체 대신 광물의 영원성과 아름다움을 추구하는 것은 지금까지 시의 주인으로서 인간이 피할 수 없었던 언어의 우연성을 폐기하고 저 아름다운 별들의 우주적 질서가 지닌 필연성을 언어에 담아내고자 함이다. "이제 나는 비인칭이며, 이미 형이 알고 있던 스테판이 아니다"라는 말은 스스로 선택한 시인과 화자의 죽음을 의미한다. 시인과 화자의 죽음, 즉 주체의 죽음을 통해 언어는 저 하늘에 박힌 별들의 아름다움과 질서처럼 스스로 운행하며 서로를 비추고 간섭하면서 우주의 영원성과 필연성으로 존재하고 빛나기 시작한다. 그런 까닭에 말라르메의 비인칭에서 언어는 사물을 재현하는 수단이 아니라 암시를 통해 순수한 사물을 환기시키는 효과로 파악된다. 사물의 호명은 공기의 파동 속으로 사라지고, 침묵 속에서 지금까지 존재하지 않았던 그 사물의 순수한 실재의 관념이 솟아오르는 언어의 필연성을 말라르메의 비인칭은 추구한다. 일상 언어의 우연한 사용법과 효과를 넘어서는 언어의 필연성을 추구하는 까닭에 당연히 주체가 소멸되어 비인칭이 구현되는 시를 추구하는 것이다.

말라르메의 비인칭 개념은 '시인≠화자'이고 육체와 개성을 가진 주체의 죽음을 통해 획득한 비개인으로서 정신적 우주의 한 성질이자 완전무결한 순수시가 전개되는 무(Néant, 無)를 창조한다. 말라르메의 언어가 활용하는 독특한 낱말과 통사법 운용은 여백과 침묵을 생성하고 그 여백과 침묵 속에서 단어 자체가 불러일으키는 인상과 또 다른 단어가 불러일으키는 인상의 상호 침투와 말의 음악적 효과를 발생시키고 의미를 지연시켜서 「주사위 던지기Un coup de dés」처럼 교향악적 악보의 시가 되도록 한다. 말라르메의 언어는 별과 별이 멀리서 서로를 비추면서 천천히 반향하며 성좌를 이루듯이 일상적 의미가 모두 사라지고 단어와 단어가 독립적으로 존재하면서 매우 천천히 그 단어들이 이어지면서 스스로 의미를 생성 중인 상태에 있다. 그리하여 단어들이 우연한 외부의 인상을 받아들이지 않고 서로가 서로를 반영하여 본래 단어의 뜻과 색깔을 지니지 않는 무(無)의 언어, 즉 순수시를 추구한다.

그런 점에서 에로디아드는 데카당스(décadence)의 화신(化身)이다. 데카당스는 육체의 모든 감각을 소멸시키고 죽음을 스스로 맞이함으로써 생명이 없는 광물의 영원한 미(美)를 획득하고 우주의 원리인 무(無)의 영원성과 합일하려는 시인의 진지한 태도이다. 에로디아드는 데카당스의 화신으로서 스스로 육체를 포기함으로써 객관적 세계, 즉 우주와 하나가 되려는 '비인칭' 개념을 잘 보여준다. 이는 비대상 개념을 통해 객관적 세계의 완전한 소멸을 추구하고 주체의 내면 세계에서 발생하는 불안과 고독을 환상으로 초극하면서 객관적 세계의 초월을 꿈꾸는 이승훈의 주체와 대비된다. 어쩌면 이승훈은 비대상에서 대상으로의 전환이 아니라 주체의 극단적인 환상을 통해 객관적 세계를 초월하는 시적 순간을 경험했더라면 더욱 깊고 가깝게 말라르메의 '비인칭'과 조우했을지도 모를 일이다. 이승훈의 비대상 시론은 1970년대와 1980년대 한국 현대시의 주류인 재현의 시학과 다른 실존적 주체의 내면 불안과 고독을 형상화한 환상 시학의 한 지점을 마련하고 오규원의 날이미지시론과 함께 김춘수의 무의미시론의 계보를 구축하면서 한국 현대 시론의 진화를 이뤘다는 의의가 있다.

## 3. 초현실과 정재학의 시

정재학의 시는 자연 세계와 사회 현상을 한국 현대시의 주류인 재현 시학의 시적 대상으로 삼지 않고 시인의 내면 심리와 외상 현상을 주로 시적 대상으로 삼았다는 점에서 '비대상시'의 흐름과 교차한다고 볼 수 있다. 그의 시는 2005년을 전후로 다양하게 분산된 젊은 시인들의 독립적인 언어 운동으로 출현하여 한국 현대시의 독법과 향방을 전환시킨 이른바 '미래파' 시집들이 출간되기 전에 도착한 까닭에 1990년대 함기석과 이수명의 시와 함께 소수의 독자들에게만 향유된 측면이 있다. 이제 정재학의 시는 대상의 재현과 현실의 모사를 통해 상처를 봉합하고 위무하는 한국시의 주류 문법과 독법에서 벗어나 읽을 수 있는 미학적 지평이 마련되어 있다. 그의 시는 시인의 심리적 외상 자체를 보여주는 지점에서 정지하고 초현실의 도약을 마련하는 언어임을 재인식할 때 그의 고유한 시의 자리가 생성되고 돋보인다.

> 어머니가 촛불로 밥을 지으신다 비가 오기 시작하는데 어머니가 촛불로 밥을 지으신다 날도 어두워지기 시작하는데 어머니가 촛불로 밥을 지으신다 하늘이 죽어서 조금씩 가루가 떨어지는데 어머니가 촛불로 밥을 지으신다 나는 아직 내 이름조차 제대로 짓지 못했는데 어머니가 촛불로 밥을 지으신다 피뢰침 위에는 헐렁한 살 껍데기가 걸려 있는데 어머니가 촛불로 밥을 지으신다 암이 목구멍까지 올라왔는데 어머니가 촛불로 밥을 지으신다 맥박이 미친 듯이 뛰는데 어머니가 촛불로 밥을 지으신다 손톱이 빠

지기 시작하는데 어머니가 촛불로 밥을 지으신다 누군가 나의 성
기를 잘라버렸는데 어머니가 촛불로 밥을 지으신다 목에는 칼이
꽂혀서 안 빠지는데 어머니가 촛불로 밥을 지으신다 그 칼이 내
장을 드러냈는데 어머니가 촛불로 밥을 지으신다 펄떡거리는 심
장을 도려냈는데 어머니가 촛불로 밥을 지으신다 담벼락의 비가
마르기 시작하는데 어머니가 촛불로 밥을 지으신다

– 정재학의 「어머니가 촛불로 밥을 지으신다」 전문[5]

정재학의 시는 대상을 재현하지 않고 현실에서 가능하지 않은 사
건과 이미지를 언어로 구현하곤 한다. 시인이 그려내는 사건과 이미
지는 언뜻 기이하고 몽환적이며 비현실적인데, 그것은 현실의 재현
대상을 의도적으로 일그러뜨린 것이 아니다. 그것은 자연 세계와 일
상의 현실이 시인의 내면에 틈입하여 억압 기제로 작용하고 외상을
일으킨 결과가 언어로 표현된 것이다. 시의 사건과 이미지가 불가능
한 현실의 양상과 기괴한 모습으로 형상화될수록 그것은 시인의 무
의식에 발생한 불안과 고통이 매우 심각한 것임을 알아차리고 언어
의 심한 일그러짐으로 표현된 것이라고 읽어야 할 것이다.

시집의 표제이기도 한 「어머니가 촛불로 밥을 지으신다」는 촛불로
밥을 지을 수 없다는 것을 분명히 인지할 수 있음에도 불구하고 표
제의 시구는 처음부터 끝까지 반복된다. 정재학은 "어머니가 촛불로
밥을 지으신다"는 것이 불가능한 것임을 인지하고 있기에 의도적으
로 통상적인 산문시의 문법에서 벗어나서 첫 시구의 들여쓰기를 하

---

5  정재학, 『어머니가 촛불로 밥을 지으신다』, 민음사, 2004, p. 14.

비대상과 초현실  215

지 않는 산문시의 형식을 취한다. 이는 첫 시집 『어머니가 촛불로 밥을 지으신다』(2003)와 두 번째 시집 『광대 소녀의 거꾸로 도는 지구』(2008)의 공통된 특성이기도 하다. "어머니가 촛불로 밥을 지으신다"는 시구의 반복은 우선 시인이 입은 외상의 심각성과 치유의 불가능성을 암시한다. "어머니가 촛불로 밥을 지으신다"는 시구와 시구 사이에는 시인의 치유할 수 없는 외상이 삽입되고 나열된다. 시인은 자신의 정체성을 드러낼 이름조차 짓지 못했고 암에 걸렸으며 목에 칼이 꽂혔고 심장이 도려내어진 성 불구자이다. 물론 실제 시인의 모습이 아니라 시인의 내면과 외상을 그린 것이다. 그러나 "어머니가 촛불로 밥을 지으신다"라는 시구가 반복될수록 저 치유할 수 없는 시인의 외상과 촛불로 밥을 지을 수 없는 현실은 어느 순간 불가능을 가능한 현실로 전환시키는 주술적 환상을 마련하여 초현실로 도약하는 시적 순간을 창조한다. "어머니가 촛불로 밥을 지으신다"는 마지막 시구는 정지되어 끝난 것이 아니라 침묵과 여백 속에서 지속됨으로써 불가능한 현실을 가능한 현실로 전환시키는 어머니의 모성성과 그 힘을 깨닫게 한다. 불가능한 현실을 가능한 현실로 전환시키는 환상과 초현실의 힘을 믿게 한다.

> 지하실에 물개가 거꾸로 걸려 있었다 어머니는 부지런히 진흙을
> 날라 그 아래에 있는 의자에 바르셨다 어머니 물개는 왜 죽었나
> 요 그건 너희들의 머리카락을 삼켰기 때문이란다 어머니가 지하
> 실에 쥐약을 놓는다 나는 죽은 쥐를 가지고 놀았다 그때마다 고
> 양이들이 죽어나갔다 왜 우리 집에서는 동물들이 오래 살지 못
> 하나요 그건 지하실에 있는 사나운 태양 때문이란다 어머니 동네

고양이들한테 소나기 냄새가 나요 그놈들의 숨결이 날 괴롭혀요
아들아 고양이들을 목욕시키거라 그리고 너를 할퀴지 않는 놈을
데려와 태양을 묶어두었던 의자에 올려놓거라 고양이들을 목욕
시키자 내 손톱에 갇힌 죽은 쥐들이 무럭무럭 자라났다 저를 할
퀴지 않는 고양이는 없던걸요 의자 주위에도 모래만 가득하구요
가장 사나운 고양이를 죽여서 목욕시키거라 그리고 네가 본 것은
모래가 아니라 의자에서 떨어진 햇빛이란다 어머니 보세요 고양
이들이 할퀸 자국에서 아가미가 생기고 있어요 제 가슴에서 비린
내가 나요 아이들이 여름비를 기다리며 춤을 추고 있어요

- 정재학의 「감염」 전문(30쪽)

정재학의 시는 자주 외상의 증상을 유년의 시공간으로 제시하고
불가능한 현실과 사건을 형상화하는데, 그 외상의 원인은 분명하게
그려지지 않는다. 다만 그가 외상의 증상을 기이하고 몽환적으로 그
려내는 이유는 그가 "지하실에 있는 사나운 태양"처럼 억압의 강도
가 매우 심한 것이었음을 기억해 내고 "고양이들이 할퀸 자국", 그
외상을 정면으로 응시함으로써 외상을 치유할 수 있는 출발점에 서
있기 위함으로 보인다. 그는 외상의 응시와 치유에서 생긴 "아가미"
로 도래할 "여름비" 속으로 헤엄쳐가길 꿈꾼다. 정재학의 시는 환상
을 통해 불가능한 현실을 가능한 현실로 전환하고 돌파해 내는 초현
실의 시적 순간을 창조한다는 점에서 알레고리적이며 그 점에서 이
승훈의 비대상시와 비켜선다.

고통스러운 과거만 보이고 미래는 보이지 않는 현재의 삶. 대부분
의 시인들이 그려내는 시세계일 터이지만 정재학의 시는 전망 없는

현재의 삶과 그 파국의 심리 양상을 일그러지고 굴절된 언어의 이미지로 그려낸다. 그것은 그가 바라본 삶의 알레고리이다. 그는 현재의 삶을 살기 위해 신산한 저 과거의 삶이 얼마나 억압적이었으며 얼마나 깊게 외상을 입은 삶이었는지를 기억한다. 여기까지가 그가 의식적인 언어로 발화한 지점이지만 그 언어의 무의식에는 외상 입은 삶을 정면으로 응시함으로써 치유할 수 있는 힘을 회복하고 현재의 상처받은 삶과 전망 없는 미래를 응시하려는 의지가 숨어 있다. 깊은 외상을 입은 과거의 삶은 외상을 치유한 현재의 삶이 불가능하고 환상적이며 초현실적으로 보인다. 그러나 그는 지금 과거의 외상을 치유하고 현재의 삶을 살고 있다. 그는 현재의 삶에 도달하기 위해 집중한 시간의 고통과 그 난관을 극복한 순간의 환희를 외상의 기억 속에 간직하고 있다. 그에게 환상은 도래할 실재이며 불가능한 현실을 가능한 현실로 만들어내는 초현실의 힘이자 삶의 믿음이다. 그의 시가 객관적 세계를 재현하지 않고 여전히 초현실의 세계에 머무는 까닭일 것이다.

# 기하학적 언어와 시적 순간
## - 함기석과 김병호의 시

다이달로스의 날개와 이카로스의 비상은 인간의 한계와 실패를 두려워하지 않는 인간의 긍지를 보여준다. 이카로스가 지상의 중력을 거스르며 창공으로 날아오르는 것은 인간에게 주어진 육체적 조건의 한계를 인식하면서도 그 현실의 한계를 초극하려는 긍지의 강렬함을 시사한다. 아버지 다이달로스는 하늘을 날 수 있는 날개를 만들고 이카로스에게 비행법을 가르친다. 다이달로스의 날개와 비행법은 당대의 인간이 도달할 수 있는 기하학적 엄밀성의 최고 수준이자 인간이 지닌 기술력의 한계를 동시에 암시한다. "이카로스, 내 아들아. 내 단단히 일러두거니와 하늘과 땅의 중간을 겨냥하여 반드시 그 사이로만 날아야만 한다. 너무 올라가면 태양의 열기에 깃이 타버릴 것이요, 너무 낮게 날면 바닷물에 젖어 깃이 무거워질 것이기 때문이다. 그러니까 꼭 하늘과 바다 한 중간을 날도록 하여라."(오비디우스, 『변신이야기』 이윤기 옮김, 민음사, 1998)고 일러준다.

다이달로스는 미노스 왕의 미궁을 만든 건축가이자 기술자다. 한 번 들어가면 빠져나올 수 없을 정도로 정교한 미궁을 설계한 다이달로스는 합리적 이성을 소유한 인간의 표상으로서 인간의 한계에 굴복하지 않고 인간의 이성과 기술로 만들 수 있는 인공물을 창조한다. 그것은 바로 다이달로스가 만든 날개다. 새의 깃과 갈대, 실과 밀랍이라는 자연물을 이용해 다이달로스의 손을 거쳐 만들어진 날개는 인간의 합리적 이성에 근거한 기하학적 엄밀함으로 인간의 한계를 초극할 수 있는 계기를 마련한다. 그것은 날개 없는 인간이기에 비상할 수 없다는 섣부른 포기가 아니라 날개가 없으면 만들어내고 그 날개로 실패한다고 하더라도 그 실패를 발판으로 다시 도전한다는 인간의 긍지에서 발현된 것이다.

이카로스는 다이달로스의 비행법을 인지했음에도 불구하고 더 높이 날아오르려는 비상의 열망 때문에 밀랍으로 만든 날개가 녹아버리는 태양의 근처까지 날아가서 바다로 추락한다. 이는 실패가 아니다. 이카로스가 추락한 고도(高度) 지점은 다이달로스의 기하학적 엄밀함으로 만든 날개로 비상할 수 있는 극한 지점을 알려준다는 점에서 실패가 아니다. 다이달로스의 날개는 당대의 인간에게 주어진 조건 속에서 도달할 수 있는 극한 지점과 한계를 일깨우고 그 한계를 극복할 수 있는 방법을 모색하도록 유도했기 때문이다. 다이달로스의 날개를 거쳐 인간은 수많은 실패와 실험을 통해 비행기를 만들고 우주선까지 만들어왔다.

다이달로스의 날개와 이카로스의 비상은 인간에게 주어진 육체적 조건의 한계를 넘어 창공으로 비상할 수 있는 계기를 마련한다는 점에서 시적 순간과 다르지 않다. 다이달로스의 날개는 바람의 저항과 태양의 열기, 바다의 습기와 날개의 재질, 날씨와 조종법 등을 인간의 지성으로 모두 정확히 계산한 인공물이다. 그 날개는 우연을 배제할 수는 없지만 인간의 지성으로 취할 수 있는 엄정한 기하학으로 만든 인공물로서 대지를 박차고 날아오르는 비상의 아름다움과 필연을 창조하는 까닭에 시의 언어와 일치한다. 날개는 주어진 재료와 자연의 조건, 인간의 육체와 기술력의 최고점과 한계를 계산한 인간의 지성으로 비상을 창조하고 시는 모든 언어적 한계와 우연성, 언어의 집중력과 효과를 고려한 시인의 지성으로 시적 순간을 창조한다. 이처럼 시의 언어와 날개는 주어진 현실 조건 속에서 부재하는 것을 상상하고 상상한 것을 구체화한 인간의 지성으로 시적 순간과 비상의 필연을 창조하는데, 그것은 현실적 조건을 가리키는 무(無), 수학적으로는 숫자 0이 상상력이라는 마이너스(−1)를 거쳐 작품이라는 플러스(+1)로 나타나는 것이며 구체적으로는 수학적 계산과 적확함으로 구현된 것이다. 시의 언어와 날개는 모두 감성적 열정과 표현의 욕구가 아니라 시인과 발명가의 엄정한 지성의 활동으로 탄생하고 비상하는 것이다. 함기석과 김병호는 나르시시즘과 감상성이 만연한 한국의 현대시에서 매우 드문 수학적 상상력과 물리학적 상상력으로 시를 써 온 시인들이라는 점에서 그들의 시에 스며 있는 기하학적 언어와 시적 순간을 목도하는 것은 귀한 것이다.

**첫번째** 말은 무색의 신경마취 가스

**해바라기가 두번째** 코로 말을 마신다

*시간은* **이발소에서 세번째** 면도를 하고

*빛 속에서* 어떤 말은 **양산을 쓰고** 말한다

**최초의** 말은　　　*파괴된다!*

　**거울 속으로 마지막** 말은　*증발한다!*

　　**총을 쏜다 나는**　　　*내가*

　　사라지지 않는 세계　**면도 중인 섬**

**나는** 말은　　　앞으로 뒤로 위로 아래로

　**표류하다 실종되는**　동시에 사방으로 걷는다

　　말은 **거울 속의 무인도**

　　　*세계는* **핏빛 미궁의 바다**

**좌초하는 배** 말의 현실은　*나를 잡아먹고*

　　**파란 수염을 기른**　*어둠 속으로*

　　불빛을 던지는 **등대**　*출항하는 배*

– 함기석의 「고딕 계단을 공격하는 말개미들」(『오렌지 기하학』, 문학동네,
2012) 전문

　함기석의 네 번째 시집 『오렌지 기하학』은 수학적 상상력으로 무
한(無限)과 무(無)를 사유한다. 그는 첫 시집 『국어선생은 달팽이』,
두 번째 시집 『착란의 돌』, 세 번째 시집 『뽈랑공원』에 이르기까지 언
어와 사물과의 관계를 주목하고 사물의 새로운 명명, 기표와 기의
사이에 놓인 간극을 뛰어넘기 위한 실존의 모험, 허무에 빠지지 않
는 유쾌한 기표 놀이 등을 줄기차게 실험하고 언어에 대한 전복적
사유를 펼쳐 온 바 있다. 이번 시집에서 「고딕 계단을 공격하는 말개
미들」은 함기석의 엄밀한 기하학적 고려 속에서 언어가 배치되어 있
음을 무엇보다 시각적으로 보여준다.
　「고딕 계단을 공격하는 말개미들」은 단선적인 읽기가 아니라 무한
으로 나아가는 다성적인 읽기를 유도한다. 그는 대문자, 소문자, 밑

줄 그은 문자의 적확한 시행 배치를 통해 첫 행부터 마지막 행까지 순차적인 읽기만이 아니라 대문자, 소문자, 밑줄 그은 문자의 시행들로 진행되는 다성적인 읽기를 창조한다. 대문자 계열의 시행이 세계에서 소멸되는 나에 대한 비유라면 소문자 계열의 시행은 "말은 무색의 신경마취 가스"지만 사라지지 않는 세계로서 언어의 현실은 세계에 불빛을 던진다는 것을 진술한다. 밑줄 그은 문자 계열의 시행에서 나와 시간은 빛 속에서 파괴되고 증발하지만 그 말의 세계는 "나를 잡아먹고 어둠 속으로 출항하는 배"로 묘사된다. 세 가지 계열의 시행을 종합하면 시간과 '나'라는 실재는 사라지고 언어의 현실만이 세계를 구성한다는 시적 의미를 낳는다. 그것은 실재가 지워지고 기표에 해당하는 언어만이 세계에 현존함을 의미한다. 그것은 실재가 아니라 언어가, 기의가 아니라 기표가 세계를 구성하고 있음을 가리킨다. 그 시적 의미는 세 가지 계열의 시행들이 의미를 구성하자마자 의미가 휘발되어 무의미가 되는 과정에 다다른다. 곧 시적 의미를 만들어내기 위한 언어의 배치는 역설적으로 무의미를 창조하기 위한 기하학적 고려에서 계산된 것이다.

세 가지 계열의 시행들의 다성적 읽기를 바탕으로 「고딕 계단을 공격하는 말개미들」의 시행을 첫 행에서 마지막 행까지 순차적으로 읽기 시작하면 제목이 함의하는 바는 더욱 분명하다. 총 15행으로 이뤄진 시행들은 통사적 의미와 무의미의 경계를 오가면서 나와 언어와 세계의 관계를 진술한다. 언어와 실재가 하나였던 최초의 말은 파괴되고 증발한 지 오래되었기에 세계에서 실재와 완전히 일치하는 언어는 없다. 언어에는 실재가 부재하고 언어와 실재 사이에 필연적 관계 또한 부재하기 때문에 나와 언어는 의미를 구성하지 못하고 세계에서 표류하다가 실종될 수밖에 없다. 언어의 현실은 실재하는 나를 잡아먹고 세계는 나와 언어를 모두 흡수하는 "핏빛 미궁의 바다"로서 무의미하게 실재한다. 「고딕 계단을 공격하는 말개미들」의 시행들의 순차적 읽기 또한 무의미에 도달하는 의미의 생성과정인 것이다.

다시 제목이 함의하는 바에 따라 시를 읽기 시작하면 소문자 계열의 시행들은 말개미들에 해당하고 대문자 계열의 시행들은 실재하는 나와 사물로 구축된 고딕 계단에 해당한다. 곧 제목은 실재를 공격하는 언어이며 언어에 의해 무의미해지는 실재를 함의한다. 더 나아가 시행의 들여쓰기를 기준으로 시의 독해를 시도한다면 「고딕 계단을 공격하는 말개미들」의 독해 방법은 더욱 다성적이면서 복잡한 의미를 낳는다. 그러나 그 모든 독해 과정을 통해 획득되는 무한한 의미는 나와 언어의 현실이 소멸하고 무의미해지면서 무(無)로 실재하는 세계에 모두 도달한다. 함기석의 시는 한 편의 시에 무한한 의미를 기하학적인 언어로 배치하면서 의미의 무한이 곧 무의미로 귀결되고 세계가 무(無)로 실재하고 있음을 환기시킨다. 더 나아가 모든 삶의 무한한 의미와 그 삶을 지시하는 언어의 무한한 의미가 무의미해지고 죽음으로 완성되는 무(無)에 도달하는 것임을 환기시킨다. 함기석의 시적 순간은 기하학적 언어로 의미의 무한을 생성하고 그 의미의 무한이 무(無)가 되는 도약을 창조할 때 발생한다.

원이 한 점의 발현인 것처럼 세상은 '하고 싶다'와 '죽고 싶다'라는 두 점의 발현이다** 모든 천체가 타원궤도를 따르는 일도 이 두 긴장관계만으로 세상이 움직인다는 단순한 원칙의 한 예이다 바이러스에게는 죽음 없는 생식만이 있고 오직 죽음만으로 존

재를 완성하는 것은 온전한 죽음 스스로뿐이다

　욕망에서 허망을 빼면 육욕이다 환상에서 꿈을 빼면 잿빛 아
침이다 바닥이다 밤에서 뜨거운 입김을 빼면 순백의 추상이다 꼼
짝 않는 나비이다 관계에서 무한을 빼면 존재이다 한순간의 발화
이자 우리가 사랑이라고 믿는 은유이다

　안에 있는 애인은 살짝 소름 돋은 맨살의 어깨와 휘도는 등허
리, 실핏줄 내비치는 발목의 냄새가 모두 다르다 속옷은 뱀딸기
의 향을 품고 있으며 주름진 긴 치마에서는 바람을 쥐고 흔드는
댓잎의 냄새가 났다 창을 타고 넘는 냄새만으로 애인이 얼마나
벗었는지를 눈치챌 수 있었다 그리고 여기에 심박수에 따라 상승
하는 내 체온의 변화량을 곱해 우리의 작용은 완성된다
　애인이 밖에 있다 두 개의 밤을 지나 춘분점을 향해 걷고 있다
했다 이렇게 흐르기 시작한 애인은 손가락 사이를 빠져나갔지만
문틈에 끼어 떠나지 못하는 그림자를 부여잡고 나는 그 길어지는
암흑에 한 땀 한 땀 눈금을 새겼다 이것이 우리의 작용에 대한 새
로운 해석이자 같은 뿌리에 이르는 반복이었다

　애인의 굴곡이 가리키는 것, 들끓는 두 개의 점이었다는 갑작
스러운 정의(定義)와 맞닥뜨리자 돌아볼 일 없이 욕망은 은유이
고 존재는 바닥이 꾸는 꿈이었다
　　－김병호의 「라그랑지안(Lagrangian)*」(『문학동네』 2012년 여름호) 전문
* 물체의 운동에너지에서 위치에너지를 뺀 값이다. 이는 일반화좌표계 안에서

운동량과 거리의 곱으로 정의되는 작용을 에너지와 시간의 곱이라는 새로운
정의로 변환시킨다
** 타원은 두 점과 거리의 합이 같은 곳에 있는 점들의 집합이다

김병호는 첫 시집 『과속방지턱을 베고 눕다』(랜덤하우스코리아, 2006)를 출간하고 최근 두 번째 시집 『포이톨로기(poetologie)』(문학동네, 2012)를 상자한 바 있다. 김병호는 물리학적 상상력이 충만한 시를 써 왔다. 「라그랑지안(lagrangian)」 또한 물리학적 상상력을 기반으로 삶의 기하학을 응시한다. 타원이 두 점과 거리의 합이 같은 곳에 있는 점들의 집합이라는 점에 착안한 그는 삶 또한 "하고 싶다"와 "죽고 싶다"라는 두 점의 발현임을 발견한다. "하고 싶다"가 살고자 하는 욕망의 에로스(eros)라면 "죽고 싶다"는 죽음의 타나토스(thanatos)다. 삶은 저 에로스와 타나토스가 그려내는 타원이며 저 타원 속에 잠재하는 점들의 이동이 곧 삶의 운동임을 인식한다. 삶은 에로스에서 타나토스로, 타나토스에서 에로스로 살아 있는 한 멈추지 않는 타원의 운동이다. 그 삶의 인식 속에서 타원 운동은 모든 천체로까지 확장된다. 모든 천체의 운동 또한 저 에로스와 타나토스라는 두 개의 극점을 주축으로 타원 궤도를 그려낸다는 사실을 확인한다.

에로스나 타나토스. 그 어떤 하나만으로 존재가 존립될 때 삶은 두 점의 긴장관계와 타원의 운동을 발생시키지 못하고 어느 하나의 점을 중심으로 끝없이 원환(圓環) 운동을 할 뿐이다. 그것은 바이러스가 죽음 없는 생식만으로 끝없이 원(圓)을 그려내고 죽음이 죽음 자체로 끝없이 원(圓)을 그려내는 동일성의 운동 양상으로 나타난다. 그것은 타자와의 만남을 통해 주체의 한계를 자각하고 현재의

주체를 비움으로써 다른 주체로 거듭나지 못하는 주체의 자폐성과 다르지 않다.

김병호의 시는 주체와 타자처럼 대립하는 에로스와 타나토스의 두 개의 극점이 서로 긴장 관계를 맺고 끝없이 생명의 생성과 소멸을 잉태시키는 타원 운동을 그려내는 삶의 기하학을 도출한다. 그것은 '욕망/육욕', '꿈/현실', 삶/죽음' 등의 대립하는 두 개의 극점이 만들어내는 "작용에 대한 새로운 해석이자 같은 뿌리에 이르는 반복"임을 인식하게 한다. 김병호의 시적 순간은 일반 역학 개념인 라그랑지안(lagrangian)을 통해 타원 운동이라는 순수 추상을 대립되는 두 대상의 관계와 작용에 대한 성찰로 수행할 때 발생한다. 함기석과 김병호의 시에 배치된 기하학적 언어는 언어의 우연한 효과와 감성적 표현의 열정에 의지하는 시에 대한 성찰을 불러일으킨다. 시는 지성의 엄밀한 고려에 의해 발생하는 언어의 효과이다.

# 제4부 실재

# 사물의 이름과 실재의 응시
## - 이제니와 박지혜의 시

김춘수와 오규원 이후로 2000년대 한국시의 지형도에서 언어 자체를 탐구하는 젊은 시인들의 시적 흐름이 발생한 현상은 주목할 만한 사건이다. 김언의 『거인』(2005)과 『소설을 쓰자』(2009), 이준규의 『흑백』(2006), 최하연의 『피아노』(2007) 등은 사물과 언어 사이의 관계에 대한 근본적인 물음과 언어에 대한 깊은 회의에서 비롯된 언어의 재창조를 주요한 시적 모티프로 삼고 있다. 사물의 완전한 재현은 언어로 가능한가. 사물의 이름은 사물과 필연적 관계를 맺고 있는가. 사물의 이름은 사물의 본성으로부터 비롯된 것인가. 사물의 본질 탐구는 언어를 통해 가능한가. 이미 주어진 언어 체계는 자명한 것인가. 이 모든 물음은 시의 근본 문제와 맞닿아 있다.

김수영이 역사적 삶의 의미와 성찰하는 개인의 삶의 의미를 가로질러 그 모든 의미의 극단에서 사물의 실재와 대면하는 순간의 무의미를 지향했던 것과 달리 김춘수는 역사적인 것의 의미와 인간적인 것의 의미를 모두 지운 상태의 무의미를 지향했다. 김춘수는 역사적 의미와 인간적인 것의 의미를 담고 있는 언어의 의미를 지우기 위해 음운 단위까지 분절하는 언어까지 나아갔고 더 나아가 백지의 언어에 도달했다. 김수영이 의미의 과잉을 통해 모든 실재의 무의미를 지향했다면 김춘수는 의미의 지움을 통해 모든 실재의 무의미를 지향했던 것이다. 그런 점에서 오규원은 김춘수의 무의미시에서 출발하여 '사물이 다만 거기 있음'을 온전히 그려내는 묘사의 언술 방식을 극단으로 밀고 나가 날이미지시를 구축했다. 날이미지시는 사물 자체를 '날 것'으로 보여주려는 환유의 언어였다.

김언과 이준규와 최하연 등의 시는 김춘수와 오규원의 언어가 나아간 길을 복기(復棋)하면서 자신만의 방식으로 사물을 재정의하고 명명하거나 모든 사물의 이름을 지우고 최초의 시를 쓰려 하거나 이미 주어진 언어의 의미를 절합하고 새로운 언어 문법을 창조하는 언어로 나아갔다. 그들 모두는 실재를 재현할 수 없는 언어의 한계를 정확히 인식하면서도 실재에 닿으려는 언어주의자의 면모를 지녔던 것이다.

이러한 2000년대 젊은 시인들의 자생적 언어 운동의 흐름 속에서 2008년 경향신문 신춘문예로 등단한 이제니는 그 언어주의자의 길을 인식하고 선택한 또 다른 시인−언어주의자이다. 그녀의 시에서 "빈번히 사용되는 이국의 이름과 무의미한 언어의 반복은 시의 언어로 말할 수 없는 사물과 존재를 가리키기 위해 창조한 운율"로서 이제니는 "일상 언어의 죽은 의미를 지우면서 자신만의 언어를 새롭게 창조하기 위한 음악을"[1] 시도했다.

---

1   졸고, 「사물의 부재와 언어의 운율」 『측위의 감각』 서정시학, 2010 참고.

그곳은 멀지 않았다. 한낮인데도 별자리의 그림자가 수풀 여기저기를 검게 물들였다. 나무그늘은 그저 움직일 뿐이었다. 바람을 따라 흐르듯이, 구름을 따라 번지듯이.

굴러가는 것, 기어가는 것,
엎드려 있는 것, 절룩이는 것,
헤매는 것들의 세계가 돌연 보였습니다.

그리 멀지 않은 곳에, 심장의 흑점 한켠에.

고요 속에서 작은 것들이 말하고 있었습니다.

너의 시간과 나의 시간은 다르다.
너의 색깔과 나의 색깔은 다르다.

환청과 색맹의 날들이 소리 없이 흐를 때

녹색의 입구
끝없는 녹색의 입구

녹색의 내부의 내부의 내부가
녹색의 내부의 내부의 내부의 외부가
내부의 외부의 내부의 외부의 내부가 열리기 시작했습니다.

머리카락이 자라나듯이, 너의 암흑이, 너의 검정이, 너의 하양이, 흑백의 밝고도 어두운 광선이. 흑백은 깨어 있지 않았다. 흑백은 누구도 깨우지 않는다. 흑백은 그저 간신히 그 자신만을 깨울 수 있을 뿐이다.

물결은 어디에서 어디로 흘러가는 걸까. 물결은 무한 증식하는 액체의 메아리. 땅끝으로 밀려와서 하얗게 토해진 백지의 울음.

아무것도 조직하지 않을 것이며 아무것도 통제하지 않으리라. 매 순간 모양을 바꾸는 구름이 말했습니다. 바람은 조언하거나 참견하지 않는다. 바람은 아무것도 돕지 않는다. 의지 없이, 의식 없이, 그 모든 것들을 돕는다. 여기에서 저기로 꽃가루들이 날린다. 검은 비닐봉지가 날아간다.

나의 바람은 나무가 되는 것이었다.

세계는 물결치고 있었다.
어떤 마음이 어떤 마음에게로 흘러가고 있었다. 물결은 춤추는 자에게는 흔들리고, 분노하는 자에게는 흩어진다. 감정이 들끓는 것은 나무 밖의 일이다. 사건은 언제나 나무 밖에서 일어나고 있었다. 나무는 나무로만 서 있었다.

그늘이 짙어진다, 들판이 넓어진다.

마음이 넓어진 것 같다고 어제의 너는 말했습니다.

구름의 바람은 나무가 되는 것이었다. 나무의 바람은 구름이
되는 것이었다. 바람의 바람은 바람이 되는 것이었다. 나무의 구
름이 바람이듯이. 바람의 나무가 구름이듯이. 세계는 너의 마음
속에서 작고 넓다. 녹색 그늘 아래에서는 더 작고 더 넓다.

나무의 구름은 바람 곁에서,
바람의 나무는 구름 아래에서,
구름의 바람이 나무를 스쳐지나간다.
　　　　　　　　　　－ 이제니의 「나무 구름 바람」 전문(『문학과사회』 2010년 가을)[2]


　그녀의 첫 시집 『아마도 아프리카』(창작과비평, 2010)에도 수록된
「나무 구름 바람」은 언어의 한계를 인식하면서도 그녀의 언어가 더
욱 밀고 나아가 사물의 실재를 대면한 풍경을 보여준다. 「나무 구름
바람」은 사물의 이름(언어)에 대한 회의에서 출발하여 이름 붙일 수
없는 사물을 지시하면서 이름 없이 사물 자체로 실재하는 '것들'과
'그것들'의 유동하는 흐름과 변전을 목도하는 시인의 내면을 그려내
고 있다.
　각각의 사물을 가리키는 '나무', '구름', '바람'은 사물의 이름이다.
시인은 이름으로 구성된 언어의 짜임으로 사물과 풍경을 재현한다.
언어로 재현된 사물을 통해 시적 순간은 탄생한다. 시적 순간을 통

---

2　이제니, 『아마도 아프리카』, 창비, 2010, pp. 126~129.

해 시인과 독자는 우주적 합일을 체험한다. 그러나 언어주의자는 그 시적 순간을 이루게 하는 이름들은 올바른 것인가, 묻는다. 이 물음은 시적 순간의 현현과 체험의 진위를 묻는 근원적인 것이다. 이 물음은 플라톤 또한 제기했던 것이다. 이름의 올바름이 '있는 것들' 각각에 자연적으로 있는가, 아니면 합의나 관습에 의해서 있는가.

이제니는 사회적 합의나 관습에 의해 명명된 이름과 사물의 본성을 모방한 이름 모두를 회의하고 거부한다. 언어주의자로서 그녀는 이름이 사물의 본질과 실재를 완전히 재현할 수 없다는 한계를 인식하고 있기 때문이다. 그녀는 모든 이름 이전에 존재하고 '있는 것들' 자체에 닿으려 한다. 그녀는 이름 없이 '있는 것'들이 있는 "그곳"을 응시하고 그곳을 향해 나아간다. 그곳은 "굴러가는 것, 기어가는 것,/엎드려 있는 것, 절룩이는 것,/헤매는 것들의 세계"이다. 그곳의 그것들은 이름 붙일 수 없고 '이름 없이' 있는 것들이다. "그곳은 멀지 않"다. 그곳의 "고요 속에서 작은 것들"은 이렇게 말한다.

> 너의 시간과 나의 시간은 다르다.
> 너의 색깔과 나의 색깔은 다르다.

"작은 것들"—그곳에 '있는 것들'이 '거기 있음 자체'로 시인에게 전하는 말이다. 사물이 사물인 채로 그곳에 있고 시인이 언어로 사유하고 사물에 의미를 부여하는 인간인 채로 남아 있는 한 사물과 시인은 각각 다른 시간으로 살고 다른 색깔의 삶을 살아갈 수밖에 없다. 그곳의 "작은 것들"이 지금 눈앞에 현전하고 있음에도 불구하고 시인은 사물들의 시간과 색깔에 다다르지 못한다. 사물에 대한 고정관념과 사물에 대한 사유와 사물에 의미 부여한 언어를 완전히 지우고 언어 없이 실재할 수 있는 사물 자체가 되지 못한다면 시의 언어는 실재 없는 기표일 뿐이다. 시인은 멀지 않은 그곳─바로 눈앞의 실재를 대면하고 있음에도 불구하고 실재와 동일한 시간과 색깔로 살 수 없고 만질 수도 없다. 그러나 실재에 닿으려는 시인의 욕망은 사그라들지 않는다. 시인에게 실재는 곧 '시'이기 때문이다. 시인의 실존적 비애가 발생하는 지점이다.

이제 시인에게 각각의 사물을 지시하는 '나무', '구름', '바람'은 실재가 결핍된 언어인 까닭에 더 이상 각각의 사물을 가리키는 명사가 되지 못한다. 「나무 구름 바람」은 그녀의 다른 작품 「분홍 설탕 코끼리」, 「독일 사탕 개미」, 「녹색 감정 식물」에서처럼 '나무', '구름', '바람'은 각각의 사물을 가리키는 단순 명사 성격의 보통 명사가 아니라 '나무 구름 바람'이라는 복합 명사 성격의 보통 명사로 전환됨으로써 전혀 다른 사물을 지시하는 이름이 된다. '나무', '구름', '바람'이 '나무 구름 바람'이 되는 순간 각각 사물의 경계는 흐릿해지고 사물의 구별은 불가능해지고 '나무 구름 바람'은 이름 붙일 수 없는 실재의 임의적 이름이 된다. 그것들의 세계에 대한 메타포가 된다. 그 메타포가 "녹색"이다. 이름 붙일 수 없고 이름 붙일 수 없어서 사물의 구분과 인식을 할 수 없는 그것들의 세계를 호명하는 임의적 이름. "환청과 색맹의 날들이 소리없이 흐"르는 녹색. 그것들은 끝없이 펼쳐지고 이어져 있어서 어느 것이든 실재의 "입구"이다. "녹색의 입구" 앞에서 이름은 불투명해지고 흐릿해지고 쓸모없는 것이 되어버린다. 이름의 소멸과 함께 사물의 윤곽과 색깔은 모두 지워지고 "녹색의 내부의 내부의 내부의 외부"가 열린다. "녹색의 내부의 내부의 내부의 외부"는 오직 "흑백"으로 된 사물들의 세계이다. 시인은 흑백을 응시한다. "흑백은 깨어 있지 않았다. 흑백은 누구도 깨우지 않는다. 흑백은 그저 간신히 그 자신만을 깨울 수 있을 뿐"임을 시인은 직시한다. 흑백의 사물들은 멈춰 있지 않고 끝없이 흘러간다. 시인은 흘러가는 흑백의 방향을 알 수 없다. 시인이 흑백−실재를 응시하면서 할 수 있는 것은 아무것도 없다. 이름 없는 사물들의 끝없는 파동을 바라볼 뿐이다.

물결은 어디에서 어디로 흘러가는 걸까. 물결은 무한 증식하는 액체의 메아리. 땅끝으로 밀려와서 하얗게 토해진 백지의 울음.

"물결"은 이름 붙일 수 없는 사물들의 무한한 운동이다. 운동은 "무한 증식하는 액체의 메아리"로서 검은 잉크로 씌어진 언어가 모두 지워지고 사물들이 인간의 "땅끝으로 밀려와서 하얗게 토해진 백지의 울음"이다. 시인은 그 울음을 듣는다. 인간의 의지와 인간의 언어 밖에서 구름이라는 임의적 이름으로 호명되는 실재의 "아무것도 조직하지 않을 것이며 아무것도 통제하지 않으리라"는 말을 듣는다. "바람은 조언하거나 참견하지 않는다. 바람은 아무것도 돕지 않는다. 의지 없이, 의식 없이, 그 모든 것들을 돕는다"는 것을 다시 인식한다. 실재에 대한 시적 인식 속에서 시인의 "바람은 나무가 되는 것이었"다. 죽음을 통해 가능한 실재되기. 언어 없이 실재 자체로 시쓰기. 언어 자체가 곧 실재였던 시원으로의 회귀. 인간의 언어가 사라진 사물들의 세계.

세계는 물결치고 있었다.

어떤 마음이 어떤 마음에게로 흘러가고 있었다. 물결은 춤추
는 자에게는 흔들리고, 분노하는 자에게는 흩어진다. 감정이 들
끓는 것은 나무 밖의 일이다. 사건은 언제나 나무 밖에서 일어나
고 있었다. 나무는 나무로만 서 있었다.


언어 없이 감정 없이 사건 없이 "나무는 나무로만 서 있"고 물결치
는 세계. 이제니는 그 세계를 목격했던 순간을 과거 시제로 묘사하
고 있다. 「나무 구름 바람」은 첫 시집 『아마도 아프리카』가 밀고 나아
간 극점으로서 자신이 목격했던 세계를 증언하고 있다. 이제 이제니
는 실재와 닿을 수 없다는 비애 때문에 흘려왔던 눈물과 울음을 멈
춘다. 그녀는 실재를 정면으로 응시하고 다시 나아가는 좌표에 서
있다.


이곳에는 소리를 내는 물건이 있다, 물건은 움직이고 나는 이
름을 모른다, 아직 그것에 대해 한번도 말하지 않았다, 어제의 거
짓처럼 진지해진 나는 토끼굴로 사라진 토끼를 불러내고 싶었다,
하지만 어떻게 해야할지 몰라 녹슨 문을 열어놓고 비가 들이치
는 방에서 모국어로 시를 썼다, 삐걱거리는 나선형 계단의 불꽃
나무아이를 본 적이 있니, 불꽃나무 속으로 들어가는 아이는 혼
자 자란다, 그건 박쥐의 소란한 비행처럼 어지럽고 마운틴고릴라
집단의 표정처럼 초현실적이야, 서투른 표현이 점점 솔직해져 갔
다, 솔직함으로 가장하고 있는 건 아닌지 알 수 없었다, 알 수 없
는 것들은 쑥쑥 자라나 침묵 속으로 줄지어 들어갔다, 차양 아래

에는 낯선 눈동자들이 모여 똑같은 인사를 했지만 말을 잃어가는 나는 이곳과 저곳의 사이에서 나오지 않는다, 토끼굴로 사라진 토끼처럼, 토끼굴로 사라진 토끼는 언제 나타날까, 나는 아직도 어떻게 해야 할지 몰라 이번에는 멸종동물과 멸종위기동물을 적는다, 바바리사자 분홍머리오리 분홍돌고래 샴악어 수마트라 오랑우탄 설표 판다 랫서팬더 반달가슴곰 큰개미핥기 코뿔소 하마 미어캣 붉은여우 붉은 박쥐 사향노루 시카사슴 산양 봉고 딩고 늑대 표범 아무르호랑이 하프물범 북극곰 블랙스완 알바트로스 이라와디돌고래, 이것을 계속 적는 것은 사랑받지 못한 아이의 모자처럼 우울하지만 멈추고 싶지 않았다, 당신은 에트랑제입니다 당신은 에트랑제입니다, 너에게 검은 펠트천의 페도라를 선물할게, 그 모습이 슬퍼도 좋아, 페도라를 쓰고 검게 걸어가 줘, 죽기 직전에 레몬 향기가 맡고 싶다던 시인이 떠오른다, 유언치고는 참 멋지다고 중얼거리다 눈물이 왈칵 쏟아진다, 들판을 달리는 토끼처럼, 산등성이에 내린 구름그림자처럼 나선형 계단의 불꽃나무아이는 사라진다, 그것은 제문을 읽을 때의 엄숙함처럼 즐겁거나 슬프다, 줄타기하는 뒤꿈치에 눈부신 꽃비가 쏟아진다, 나는 아직 한번도 말한 적 없는 입술로 토끼굴로 사라진 토끼를 불러낼 것이다, 늙은 여자의 바느질처럼 다정하게, 빨랫줄 위의 이불홑청처럼 쓸쓸하게, 어제의 거짓과 어제의 참과 무성한 침묵으로 너를 부를 수 있을까, 창가를 돌다 다시 날아가는 검은 새, 끝없이 떠다니는 몰락의 시간, 재떨이 위의 담배연기를 바라보는 것은 가끔 결정적이다, 커피 잔에 떨어지는 눈물처럼, 시인의 목적 없는 손가락처럼, 이렇게 쓰고 나면 더 빛나는 것들이 있다, 어둠은 오래된 계단을 덮고 새들의 자리를 덮고 눈물을 덮고 하늘구멍을 덮고 모든 것을 천천히 드러냈다, 시적 상태가 과잉의 지속음을 내고 있는 곳에서 나는 토끼굴로 사라진 토끼를 부르기 시작했다,

— 박지혜의 「에트랑제 에트랑제」 전문(『현대시』 2010년 11월호)<sup>3</sup>

  2010년 『시와반시』 상반기 신인상으로 등단한 박지혜는 당선작 「다시」, 「센티멘털왕」, 「그것」, 「얼룩」, 「사냥철」에서부터 언어주의자로서의 면모를 보여준다. "모든 의미가 증발하는 자리에서 되돌려지는 소리"를 언어로 포착하려는 시인의 탄생을 예고한다. 박지혜는 "백지와 지운 문장 사이에 흐르는"(「그것」) 실재의 "의미는 없는 채 있었다"(「그것」)는 시적 인식을 분명히 드러낸다. 그녀에게 실재의 의미를 담은 언어를 지우고 남는 "얼룩"은 이름 붙일 수 없는 실재를 가리키면서도 실재를 온전히 담아내지 못하는 언어의 실패를 가리킨다. "얼룩은 얼룩을 지우며 끝없이 얼룩을 드러내고 있었고 아직 아무 일도 일어나지 않았"(「얼룩」)음을 인식하고 있다. 아직 그 어떤 언어도 실재를 완전히 재현하거나 실재 자체의 언어가 된 적이 없었음을 인식한다.

  「에트랑제 에트랑제」는 사물의 실재를 온전히 담아내지 못하는 언어의 실패를 무한히 반복하면서도 실재를 포착하는 언어로 시쓰기를 포기하지 않는 시인의 일관된 태도를 보여준다. "이곳에 소리를 내는 물건"이 있지만 "나는 이름을 모른"다. 소리를 내는 물건에 가

---

**3**  박지혜, 『햇빛』, 문학과지성사, 2014, pp. 49~51.

장 적확한 이름은 인간의 언어에 없기 때문이다. 그런 이유로 그 누구도 "아직 그것에 대해 한번도 말하지 않았"다. 그럼에도 불구하고 그것을 말하고 싶다. 그것을 "모국어로 시를" 쓰고 싶다. 그러나 시인은 "어떻게 해야 할지" 모른다. 실재를 지시하는 언어의 부재 속에서 실재가 결핍된 언어로 시쓰기. "토끼굴로 사라진 토끼를 불러내"기. 실재가 사라진 구멍을 바라보며 실재를 끝없이 호명하기. 멸종하거나 멸종 위기에 처한 동물의 이름들을 끝없이 쓰기. 사라지고 결핍된 실재의 허명(虛名)으로 실재를 말하기. 이것이 박지혜의 멈출 수 없는 시쓰기이다.

바바리사자 분홍머리오리 분홍돌고래 샴악어 수마트라오랑우
탄 설표 판다 랫서팬더 반달가슴곰 큰개미핥기 코뿔소 하마 미어
캣 붉은여우 붉은 박쥐 사향노루 시카사슴 산양 봉고 딩고 늑대
표범 아무르호랑이 하프물범 북극곰 블랙스완 알바트로스 이라
와디돌고래, 이것을 계속 적는 것은 사랑받지 못한 아이의 모자
처럼 우울하지만 멈추고 싶지 않았다,

저 동물들의 이름에 대한 끝없는 호명은 단순한 언어 유희가 아니라 실재와 만나고 싶다는 절박한 갈망이다. 동시에 실재가 멸종되거나 멸종되고 있는 까닭에 의미가 비어 있거나 의미가 비어가고 있는 이름들의 무한한 반복이다. "우울"은 그 무의미한 이름들의 무한한 반복에서 발생한다. 실재가 결핍되어 무의미한 이름들의 모국어로 시를 쓰는 시인은 실재의 세계로 편입되지 못한 영원한 이방인−이제니의 어법으로 표현하면 "고아"(「고아의 말」, 『아마도 아프리카』)−

242

에트랑제(étranger)이다. "당신은 에트랑제입니다 당신은 에트랑제입니다" 중얼거리듯 이름들을 무한히 호명하다 보면 어느 순간 모국어는 외국어처럼 이상하다(étrange). 실재가 결핍된 이름의 모국어마저 이상하게 사라진다. "불꽃나무아이는 사라"진다. 그럼에도 불구하고 박지혜는 "아직 한번도 말한 적 없는 입술로 토끼굴로 사라진 토끼를 불러낼 것"임을 표명한다. 이것은 이준규와 이제니의 시가 도달한 시세계를 복기하면서 한 번도 말한 적 없는 그녀만의 언어로 실재를 호명하는 시쓰기로 나아가려는 박지혜 시의 기원이다.

# 실재와의 만남은 불가능한가
### – 이경림의 시

    시인이 꽃의 아름다움을 노래하고 꽃에 삶의 고통과 환희의 의미를 부여할 때 그 언어는 꽃과 아무런 관계가 없다. 그 언어는 꽃에 대한 심미적 취미 판단이며 시인의 고통과 환희의 목소리를 담아낸 협의의 '서정시'일 뿐이다. 프란츠 카프카는 구스타프 야누흐가 쓴 『프란츠 카프카와의 대화』에서 그 언어를 예술이 아니라고까지 말한 바 있다. 그것은 일시적으로 인간의 마음을 위무할 뿐 실존에 대한 깊은 성찰과 실재하는 꽃의 본질을 파악하지 못한 거짓 화해이기 때문이다. 그것은 환자의 환부를 도려내는 메스의 언어가 아니라 환부에 투입하는 마취제의 언어일 뿐이다. 시가 사람과 사람 사이의 교감과 위무의 역할도 해야 하지만 그 역할에만 만족하고 한정될 때, 시는 삶과 세계에 대한 깊이 있는 성찰의 언어로 진화하지 못한다. 시가 인간의 실존과 실재하는 '꽃'에 근접하지 못하고 '언어에 대한 근본적 회의'마저 부재할 때, 시는 진화하지 못한다. 시가 눈에 보이는 현실과 일시적 감정의 권위적 상태에 굴복할 때, 그 언어의 깊이와 두께는 없다. 시가 눈에 보이는 사물의 외양과 전망 없는 현실의 가시적 상태뿐만 아니라 보이지 않는 사물의 내면과 미지의 시간을 투시하고 과거의 숭고한 기억을 현재의 현실에 현전하도록 할 때 우리는, 보이지 않는 세계의 깊이와 두께까지 드리운 삶을 살게 된다.

초기의 릴케는 서정적 목소리로 내면의 우수와 기도를 담아냈었지만 로댕을 만나고 사물의 표면과 형상의 본질로 시선을 돌린다. 그는 '언어에 대한 근본적 회의'를 거듭한 끝에 사물을 '바라보는 법'으로 나아간다. 그 결실은 중기의 『로댕론』과 『말테의 수기』, 『형상시집』과 『신시집』을 거쳐 후기의 『두이노의 비가』까지 지속된다.

> 생물들은 온 눈으로 열린 세계를 바라본다.
> 우리들의 눈만이 거꾸로 된 듯하며
> 생물들 주변에 빙 둘러 덫처럼 놓여
> 생물들의 자유로운 출입을 막는다.
>
> — 릴케, 「두이노의 제8비가」[1] 부분

생물들은 인간적인 시선에서 벗어나 인간의 언어 없이 사물들, 그 자체 내부로 자유롭게 넘나든다. 꽃과 동물은 여기 있거나 혹은 바라본다. 꽃과 동물은 서로가 서로를 비추거나 비추지도 않고 서로에게 사물 자체로 열려 있다. **"열린 세계**란 우리에게 하늘을, 대기를, 공간을 의미하지 않는다—관찰자에게 그것은 아직 대상들이고 따라

---

1  라이너 마리아 릴케, 『릴케 전집 2: 두이노의 비가 外』, 김재혁 옮김, 책세상, 2000, p. 475.

실재와의 만남은 불가능한가  245

서 불투명하다. 동물, 꽃은 그것을 의식하지 않고서도 이 모든 것들이다. 그리하여 자신 앞에, 자신을 넘어 이루 형언할 수 없이 열려진 자유를 얻는다. 이 자유는 최초의 사랑의 순간, 존재가 타자 속에서, 사랑하는 이 속에서, 혹은 신을 향한 마음속에서 자신의 고유한 연장(延長)을 보게 될 때에만, 극히 순간적으로 거기에 대응하는 것을 가질 수 있는 것"이라고 릴케는 1926년 2월 25일 편지에 적는다. '열린 세계'는 인간적인 시선으로 생물들과 세계를 바라보지 않을 때 펼쳐진다. 인간이 꽃과 동물을 대상화된 시선으로 바라보기를 그만둘 때 생물들의 있는 그대로의 세계가 열린다. 그러나 그 열린 세계로의 진입은 인간의 죽음과 언어의 죽음을 통해 가능하고 그 죽음을 전제한다. 주체가 자신의 육체를 비우고 죽음과 생물들, 즉 타자를 수용할 때 열린 세계로 나아갈 수 있다. 그 죽음을 거부하지 않으면서 죽음을 마주하면서 생물들의 열린 세계로 들어가기를 포기하지 않을 때, 인간의 삶을 둘러싼 죽음과 생물들의 열린 세계는 포개지고 삶의 깊이와 두께가 확보된다. 인간의 실존과 실재와의 만남, 죽음과 "마주 서는 것"(『두이노의 제8비가』)이 시인의 운명이다. 시인의 윤리는 언제나 죽음과 마주 서는 것이다. 시인이 죽음과 마주 서기를 외면할 때 '열린 세계'는 등을 돌리고 시인은 눈에 보이는 사물의 외양과 전망 없는 현실의 가시적 상태에만 갇히게 된다.

김춘수는 릴케의 『로댕론』을 읽고 릴케처럼 '언어에 대한 근본적 회의'를 체험한 후 '바라보는 법'을 '묘사 절대주의'라는 시창작방법으로 실천하는데, 그것은 시집 『꽃의 소묘』(1959) 전후로 집적된다. 김춘수의 '바라보는 법'은 대상과 이미지를 지우고 더 나아가 리듬과 언어까지 지우면서 죽음에 근접한 '열린 세계', '순수'로서의 무

(無)의 있음을 추구한 불가능성–'무의미시'까지 이어지는 계기가 되었다. 오규원은 그것을 '날이미지시'로 명명하고 자신의 방식으로 '있는 그대로의 세계'를 드러내려는 시학의 원리로 삼았다. 이와 같은 현대시의 흐름은 무한(無限)과 동경(憧憬)을 추구하는 성찰(Reflexion)의 현대성에서 기원한 것인데, 그 성찰은 부재하고 감상적 낭만성만 남게 될 때, 시는 단지 위무와 소통의 도구적 언어로 전락하고 만다. 한국시가 2000년대 미적 전위의 언어 운동을 통해 성취한 성과는 위무와 소통의 언어로 자족하는 서정시의 관성에 문제를 제기하고 사물의 실재와 언어와의 관계를 성찰하도록 영향을 미친 점이다.

> 그때 그는 그의 토마토로 가고 나는 나의 토마토로 돌아갔네
> 토마토는 얼마나 먼가
> 토마토에서 토마토까지의 거리는 토마토가 아니면 모르리
>
> 우린 그저 수리부엉이 울음 같은 것이 물끄러미 떠 있는 산등
> 성이를 보았네
> 그걸 토마토가 우는 것이라 말해도 좋을지
>
> 토마토는 과연 시지도 떫지도 않네
> 붉지도 푸르지도 않네 아니
> 시고도 떫었는지 모르네
> 붉고도 푸른지도 모르네

나는 문득 이렇게 묻고 싶었네

저 불그레한 수리부엉이 울음에서 토마토까지는 몇 리인가

저기도 한생이 하루인가

거기도 2분마다 곧 물러터질 토마토들을 실은 전철이

소리 없이 뒷걸음치는가


그러나

토마토는 말이 없고

토마토는 말을 못하고

토마토란 토마토는 다 토마토를 만나러 토마토로 가는 중이라


나는 하릴없이 토마토로 돌아가야 하네

시뻘겋게 익은 토마토 하나가 한 등성이를 넘어가는 장관이

펼쳐지는 중이라 말해도 상관없겠네

– 이경림의 「進路」(『발견』 2013년 여름) 전문

이경림의 「進路」는 인간의 입장이 아니라 토마토의 입장으로 다른 토마토를 바라보는 시선에서 시를 촉발시킨다. 토마토라는 '이름'은 인간이 명명한 언어일 뿐 '실재'하는 토마토와 아무런 관계가 없다. 토마토라는 '이름'은 인간이 자의적으로 토마토라는 '실재'에 명명한 기표일 뿐이다. 인간이 토마토라는 '이름' 대신 또 다른 이름을 토마토라는 '실재'에 명명한다고 하더라도 그 모든 이름은 실재에 닿지 못하고 실재와의 간극을 좁히지 못한다. 이름이 실재를 온전히 드러내지 못한다는 것을 자각할 때 시인은 절망적이다. 시인은 실재

를 드러내지 못하는 언어로 시를 써야 하기 때문이다. 그 시의 실패
는 필연적이다. 그렇다면 시의 실패를 최소화하고 실재에 근접한 이
름을 어떻게 불러야 할까.

이경림은 "수리부엉이 울음 같은 것이 물끄러미 떠 있는 산등성
이"를 "토마토가 우는 것"이라고 불러도 좋을지 묻는다. 그것은 시인
이 인간의 언어가 아니라 이름 없이 그 자체로 실재하는 '열린 세계'
의 불투명한 언어로 호명하려는 시인의 새로운 명명이다. 그러나 그
명명 또한 실패가 분명하다. 그것은 여전히 인간의 언어이기 때문이
다. 시인의 새로운 명명 속에서도 "토마토는 말이 없"다. 인간의 심
미적 취미 판단으로 명명한 시고 떫고 붉고 푸르다는 맛과 색은 토
마토의 실재와 무관하다. 그리하여 토마토는 "시지도 떫지도 않"고
"붉지도 푸르지도 않"다. "시고도 떫었는지" "붉고도 푸른지도 모"른
다. 이제 토마토는 토마토가 아니라 불투명한 그 '무엇'이다. 시인은
그 '무엇'을 바라보며 토마토라는 이름과 그 '무엇' 사이의 거리를 바
라본다. 시인은 이름과 실재 사이의 거리를 명확히 인식하고 묻는
다. "토마토는 얼마나 먼가". 시인은 대답한다. "토마토에서 토마토
까지의 거리는 토마토가 아니면 모"른다고.

'토마토에서 토마토까지의 거리'는 인간적인 관점에서 측정할 수
있는 거리가 아니다. 그 거리는 사물과 생물들이 실재하는 '열린 세
계'에서만 측정이 가능하기 때문이다. 또한 이름과 실재 사이의 거리
는 현실 세계와 '열린 세계' 사이의 거리가 놓여 있다. 그 모든 거리,
즉 인간이 살고 있는 현실과 토마토가 있는 "거기" 사이에는 인간의
죽음과 언어의 죽음이 자리 잡고 있다. "거기"는 죽음을 통해서만 들
어갈 수 있다. 그런 이유로 시인이 "토마토로 돌아가"는 길은 바로

실재와의 만남을 위해 죽음으로 나아가는 '진로(進路)'다. 그 진로는 "시뻘겋게 익은 토마토 하나가 한 등성이를 넘어가는 장관"이 펼쳐지는 죽음의 길이다. 그 죽음의 길에서 시인의 실재와의 만남은 실패할 수밖에 없다. 시인이 지금 스스로 죽을 수는 없기 때문이다. 그러나 매번 죽음과 마주 서고 거의 죽었다가 겨우 되살아나는 임사체험을 할 때마다 시인은, 그 죽음의 체험과 실패 속에서 '토마토'가 아닌 다른 이름을, 실재에 보다 근접한 새로운 언어를 탄생시킬 것이다. 시와 삶의 가능성, 그 실재와의 만남은 불가능한 것이 아니라 그 싸움 속에 있을 것이다. 그것이 시의 진로다.

# 정전 속에서 움직이는 많은 손들
### - 김소형과 송승언의 시

시는 시인의 언어를 통해 탄생한다. 미지의 시가 시인의 언어로 탄생한다는 점에서 시는 시인이 사용하는 언어로 확정된다는 의미뿐만 아니라 시인이 사용하는 언어의 시적 전통의 지평에 출현하여 그 전통을 계승하고 확장시킨다는 의미 또한 지닌다. 한 편의 시와 한 권의 시집은 시인의 시세계뿐만 아니라 시인이 사용하는 언어의 시적 전통에 영향을 준다는 뜻이다. 시의 전통은 매우 낯설고 이질적인 시가 출현하기 전까지 시의 정의와 질서를 완전히 규정하고 있는 것처럼 보인다. 그러나 낯설고 이질적인 시가 출현하여 '시란 무엇인가'라는 근본적인 물음을 시의 전통에 제기할 때 전통적인 시의 정의와 질서는 균열을 일으키고 희미해진다. 1920년대 김억이 번역하고 영향을 받으면서 쓴 프랑스 상징주의풍의 시, 1930년대 이상의 시, 한국 전쟁 이후의 김수영과 전봉건, 김종삼과 김춘수, 조향과 김구용의 시, 1980년대 이성복과 황지우의 시 등은 모두 당대의 시적 정의와 질서에 근본적인 물음을 제기함으로써 한국 현대시의 전통의 위반과 확장을 주도해 왔다.

2000년대 한국시는 매우 이질적이고 낯선 언어들을 비조직적이면서 분열증적으로 일제히 발산함으로써 시의 정의와 시의 소통 등에 관한 숱한 논쟁을 일으킨 바 있다. 이른바 '미래파', '뉴웨이브', '외계인의 언어', '측위의 감각' 등으로 명명되어 한국시의 전통으로 수렴할 수 없다는 입장과 전통을 위반함으로써 한국시의 전통을 재정립하고 한국시의 미래를 개진할 수 있다는 입장으로 크게 나뉘었다. 2000년대 한국시에 관한 논쟁이 남긴 문학사적인 의미는 보다 객관적으로 통찰할 수 있는 미적 거리와 시간이 필요할 터이지만 그 논쟁은 이제 쉽게 부인할 수 없는 시의 근본적인 성찰과 물음을 발생시켰다. 서정시에서 '서정'이란 무엇인가. 시의 '화자'와 '자아'라고 호명하는 것은 자명한가. '시적 주체'란 무엇인가. 전통 서정시에서 '자연'은 '실재의 자연'인가. 시적 주체는 시적 대상에 대한 우위 속에서 새로운 시적 인식과 발견이 언제나 가능한 존재인가. 시와 정치의 균형은 어떻게 가능한가. 이와 같은 시에 대한 근본적인 물음들은 이른바 전통 서정시를 써 온 시인들이 지금까지 시적 대상을 삼아 온 '자연'에 대한 성찰과 시적 인식의 '주체'에 대한 반성을 동시에 요구함으로써 지금까지 쓰인 전통 서정시와는 다른 시를 모색하도록 요구했다. 또한 2000년대 한국시에 대한 논쟁은 현대적이고 전위적인 시를 써 온 시인들에게 무엇보다 다른 개성의 언어와 첨예한 미학적 완성도를 지닌 언어를 모색하도록 요구했다.

2000년대 한국시의 폭발을 일으킨 진원지는 1970년대 초반에 태어나 2000년대 초반에 등단하고 2005년 전후로 첫 시집을 출간한 젊은 시인들이다. 그들은 이제 두세 권의 시집을 출간함으로써 자신들의 미학적 개성과 시세계를 개진하면서 한국시의 다양한 영역을 확보하고 있다. 그들의 미학적 성취와 자산 속에서 김승일, 이우성, 김상혁, 박지혜, 황인찬 등은 2000년대 젊은 시인들의 시에 대한 (무)의식적인 영향과 불안을 극복하고 1980년대생이라는 세대적 감수성과 고유한 미학적 실험의 결합을 모색하고 있다. 이번 계절에 주목한 김소형과 송승언의 시는 최근에 등단한 신인들의 시로써 2010년대 한국시의 또 다른 개성과 시대적 징후를 예감하게 한다.

> 정전이었다
> 촛불을 켰을 때 그가 날 찾아왔어
> 창문을 열자 밖은 더 밝았지
> 창가 식탁에 앉아 낡은 항아리에 물 담고
> 그의 얼굴을 바라보았네
> 그는 나가자고 했지
>
> 정전이었어
> 옥상의 길 따라 옆 담벼락으로, 또 담벼락으로
> 우리는 꽤 걸었지
> 거리는 조용했어
> 그가 묘지로 가자고 하더군
>
> 정전이었네
> 유리관을 만들어 누운 사람들

묘지는 조용했지
관 위에 올라 그들을 바라보았어
그들은 쩍 벌어진 눈으로 쳐다볼 뿐
입은 앙 다물고 있었지
관을 반만 열어 허연 가슴팍에 꽂힌
유리 몇 조각 뽑아 주었어

그는 그럴 필요 없다고 했지
살아가는 게 겁이 날 때가 있어
발밑에 무언가 웅크리고 있지 않소
벌리고 마시고 주무르던 사람들
여전히 정전이었다

길게 혀를 빼고 눈 끔벅이는 사람들
세상은 온통 그들이 낳은 자들로 가득하더군
머리만 빼놓고 파묻힌 아이들
한 소년 땅에서 꺼내 흙을 털어 주었지
얼굴을 알아보긴 어려웠어
그가 발로 땅을 툭툭 차며 말했지
뼈대가 보이는 건물에서 태어났군

발에 차인 한 아이 머리칼 헤쳐
작은 머리핀 빼냈지
잔머리 정돈해 꽂고 일어섰을 때 이곳은 조용했어

정전 속에서 움직이는 건

정전 속에서 들리는 건

오직 그들의 눈 깜빡임뿐이었지

– 김소형의 「정전」 전문(『작가세계』 2011년 겨울)[1]

 2010년 『작가세계』 신인상으로 등단한 1984년생 김소형의 시는 그녀가 인식한 시대적 징후와 고유한 미학적 가능성을 엿볼 수 있게 한다. 그녀가 인식한 시대적 징후는 "정전"이다. 정전은 밤과 낮의 순환과 계절의 순환에 따른 자연적 삶에서 발생하는 사건이 아니라 '전기'를 사용하는 도시의 삶에서 발생하는 사건이다. 김소형이 (무)의식적으로 제목으로 삼은 '정전'이라는 시어는 세계 인식의 공간적 배경이 '자연'이 아니라 '인공'이며 '밤'이 아니라 '전기 없는 세계의 어둠'임을 암시한다. 시의 주된 시적 공간으로서 자연이거나 회귀의 공간으로서 자연을 시적 대상으로 삼는 전통 서정 시인들의 세대적 경험과 확연히 구별되는 지점이다. 이제 1980년대 세대의 시인들은 1970년대 세대의 시인들이 관통해 온 도시의 하위 문화와 디지털 문화, 전망이 부재하는 도시의 일상과 인공 자연으로서의 도시 미학을 더욱 생래적으로 체득하고 있음을 암시한다.

 정전으로 암흑인 세계로서의 집. 김소형의 시는 집의 외부보다 집의 내부가 더욱 어두운 세계에서 살고 있다는 세계 인식으로부터 시작한다. 창문 밖의 세계가 더욱 밝아서 나선 길은 지상의 길이 아니라 지상으로부터 높이 올려 지은 옥탑방과 그 옥상에서 이어진 담장

---

1  김소형, 『ㅅㅜㅍ』 문학과지성사, 2015, pp. 45~47.

위의 길이다. 그녀에게 세계는 두 발 딛고 서 있을 만한 지상이 아니라 도시의 안온한 일상으로부터 유리되어 있고 언제든지 추락할 수 있는 담장 위의 길인 것이다. 그 길의 끝에는 묘지가 있다. 그 길로 이끈 이는 '그'다. 촛불을 켜고 낡은 항아리에 물을 담고 내가 그 물을 바라보자 암흑 속에서 나타난 '그'이기에 그는, 다름 아닌 '나'다. 그는 거울에 비친 나의 음영이고 나의 분신이다. 어둠으로 가득 찬 집의 내부를 응시하고 다시 전기가 흘러 집과 세계의 내부에 불이 켜질 때까지 기다리려는 나와 달리 또 다른 나는, 어두운 현실 세계보다 더욱 밝은 다른 세계로의 나아감을 권유한다. 그러나 내가 도착해서 직면한 곳은 죽은 자들의 세계인 묘지이다. 그 묘지로의 이동까지 이어진 모든 담장 위의 길 또한 고요한 정전의 세계이다. 김소형에게 세계는 정전이거나 죽음으로 향하는 길이다. 세계는 죽은 자들이 낳은 사람들로 가득한 정전 상황이고 가슴에 꽂힌 유리 조각을 뽑아주거나 뽑지 않거나 유리관 속에서 눈만 끔벅이는 죽은 자들로 가득한 무덤이다. 내가 다만 할 수 있는 것은 죽은 소년을 덮고 있는 흙을 털어주거나 죽은 아이의 흩어진 잔머리를 정돈해주면서 다시 머리핀을 꽂아주는 일밖에 없다. 정적 속에서 움직이고 들리는 것은 오직 죽은 이들의 "눈 깜박임"뿐이다. 김소형의 「정전」은 전망 없는 암흑 세계에서 거의 죽은 듯이 살아가거나 죽은 자들의 "눈 깜박임"만을 들으며 죽어가는 세계 인식을 보여준다.

이와 같은 전망 부재의 세계 인식 속에서 김소형의 시가 고유한 미학적 가능성을 지닌 지점은 일종의 '젊은 마녀적 상상력'이라 불러야 할 것처럼 보이는 시적 주체의 태도이다. 그녀의 시에 등장하는 시적 주체는 죽음 앞에서 두려움을 표출하지 않는다. "넌 비웃인

형 같았어/죽은 자를 두려워않고/천장에 매달려 흔들리는"(「하임의 아이들」, 문학웹진 『뿔』 2011년 10월) 어조로 죽음과 친연성을 드러낸다. 죽음과 전망 부재의 삶을 태연하게 수용하는 시적 주체의 담담한 화법은 김소형 시의 개성적 시세계가 발화하고 있는 자리이다. 또한 그녀의 미학적 발성이 의지하고 있는 알레고리는 동화적 상상력으로 현실 너머의 다른 세계로 나아가는 강성은의 알레고리와도 다르고 반복되는 도시 일상의 삶을 서사성과 함께 담아내는 김중일의 알레고리와도 다르고 전망 부재의 현실에 대한 비판적 개입으로서 풍자를 알레고리로 담아내는 황성희와도 다르다. 김소형의 '젊은 마녀적 상상력'이 구축할 시세계를 기다린다.

　　몸을 잃어가며 장작이 빛난다 언젠가부터 시작된 거실의 음악은 언제까지 계속되는지 이곳에는 질문도 없고 답도 없다

　　간밤에 잃어버린 회문을 생각했다 오랫동안 눈이 내렸으며 믿음은 새로웠다 골목은 안으로 굽어 바람을 가두며,

　　눈은 눈과 겹치고 있다 첫눈이 겹칠 때는 눈이 오는 소리가 들린다는 말을 믿지 않았다

　　밤이 밤을 넘어서 지붕을 덮고 있고 눈은 밤을 덮고 있다 덮이는 건 없다 해도 좋았지만

　　악사들은 수백 년째 쉬지도 않고 밴조와 피들 따위를 연주중

이다 밤이 계속되니까 이제 우리는 연주의 슬픔도 지겨움도 다
잊고 이 음악에 고립되어 있다

어둠 속에서 우리의 눈은 왜 자력을 얻나 이곳에서 우리는 몇
백 명쯤 되는 것이지, 저벅이는 소리 들리지만 괜찮다 아무런 답
도 없다

그림자 한 덩어리가 어둠의 외곽으로 뻗어나갔다 손을 뻗어
그것을 잡고 그것을 내밀었다 겹치는 그것들 너무 많은데 그것들
을 하나도 놓치지 않고

우리가 영원히 사는 게 이상하다 눈이 자꾸 겹치는데 손등에
진 그늘의 열기는 식으려 하지 않는다 몸을 잃어가며,

거실은 무너지고 우리는 이 손들을 절대로 놓지 않을 것이며
밤이 오고 밤이 쌓이면 한밤을 함께 넘어서
ㅡ 송승언의 「많은 손들을 잡고」 전문(『문학동네』 2011년 겨울)[2]


2011년 『현대문학』 신인추천으로 등단한 1986년생 송승언의 시
가 제시하는 시공간은 눈이 내리는 밤의 거실이다. 김소형에게 세계
가 정전된 도시와 묘지라면 송승언에게 세계는 오랫동안 그치지 않
고 눈이 내리고 있는 밤의 거실이다. 시작을 알 수 없는 음악은 언제

---

2  송승언, 『철과 오크』, 문학과지성사, 2015, pp. 76~77.

까지 계속될 것인지 그 끝을 알 수 없다. "질문도 없고 답도 없"으면 서 음악이 지속되는 밤의 거실. 낮은 오지 않고 밤은 계속된다. 밤은 밤을 덮고 눈은 눈을 덮는 시간. 시작과 끝을 알 수 없는 음악을 듣 고 있는 까닭에 어떤 정서적 감흥도 없다. 음악은 상처 입은 영혼을 치유하지 못하고 삶의 열정을 불러일으키지 못한다. "악사들은 수백 년째 쉬지도 않고 밴조와 피들 따위를 연주중"이고 "우리는 연주의 슬픔도 지겨움도 다 잊고 이 음악에 고립"된 삶을 살아야 한다. 송승 언의 세계 인식이 드러나는 진술이다. 밤과 눈이 끝없이 덮이고 정 적에 가까운 음악이 흐르는 "이곳"에 우리는 몇백 명이 살고 있는지 알 수 없다. 우리는 서로 보이지 않고 서로에게 그림자로 나타난다. 우리는 육체를 지닌 실체로서 서로를 지각하지 못하고 허상으로만 서로를 인식한다. 김소형이 묘지에서 죽은 자들의 "눈 깜빡임"을 들 었듯이 송승언은 보이지 않는 거실의 어둠 속에서 유령처럼 움직이 는 우리들의 "저벅이는 소리"를 듣는다. 우리는 "몸을 잃어가며" "거 실이 무너지고" 있는 삶을 "영원히" 살아야 한다.

이제 우리는 어떻게 살 것인가. 질문도 답도 없는 세계에서 송승언 은 삶의 윤리를 침묵으로 제기한다. 우리는 전망이 부재하고 죽음이 임재한 세계에서 삶의 윤리에 관한 물음을 외면할 수 없다. 송승언은 삶의 윤리에 관한 물음에 대해 대답한다. "몸을 잃어가며 장작이 빛 난다"는 그의 시적 인식. 밤과 눈이 끝없이 덮이는 세계에서 육체의 "저벅거리는 소리"만 들으며 사라져갈 것인가. 아니면 어둠을 사르 고 조금이라도 세계를 밝히기 위해 자신의 육체를 불태움으로써 세 계와 하나가 될 것인가. 송승언은 장작처럼 자신의 육체를 불태워 어 둠을 사르려는 입장을 드러낸다. 사라져가는 육체로 연명하기 위해 어둠 속에서 영원히 살아간다면 그 삶은 유령의 삶과 다르지 않다. 죽음을 두려워하지 않고 타오르는 불 속으로 자신의 육체를 던짐으로써 세계를 불 밝히는 데카당스가 죽음을 통해 세계와 온전히 하나가 되는 육체의 삶이다. 더욱 뜨겁고 더욱 환하게 세계를 불 밝히기 위해서는 더욱 많은 장작이 필요하다. 서로의 육체에 대한 연민 어린 연대가 필요하다. 그는 어둠 속에서 보이지 않는 "많은 손들을 잡고" "이 손들을 절대로 놓지 않"겠다고 결의한다. 서로 맞잡은 "손들에 진 그늘의 열기는 식으려 하지" 않는다. 죽음을 두려워하지 않고 죽음을 수용하되 죽음을 순순히 받아들이지 않고 자신의 육체를 적극적으로 죽음 속으로 내던짐으로써 타오르는 삶의 불꽃. 전망이 부재하고 죽음이 임재한 세계에서 송승언이 내보이는 삶의 윤리적 태도이다.

1980년대생 김소형과 송승언이 공통적으로 직면하고 있는 것은 전망 부재의 삶과 죽음이 임재한 삶이다. '어떻게 살 것인가'라는 삶의 윤리에 관한 물음은 살아 있는 한 우리 모두에게 제기되는 물음이지만 존재론적 성찰과 모색을 통해 그 물음의 해법을 가장 적극적으로 실천하는 세대는 다름 아닌 젊은 세대이다. 1960년대에서 1980년대에 이르는 시기의 젊은 세대는 경제적 성장을 바탕으로 민주주의의 실현과 보다 나은 삶의 가능성을 확신하면서 적대적 대상과 싸움을 벌였고 그 싸움의 결과를 승리로 이끈 경험과 자신감을 갖고 있다. 그러나 2010년대 젊은 세대가 직면한 삶의 전망은 매우 암울하다. 적대적 대상은 비가시적인 존재가 되어 보이지 않고 보다 나은 삶이 가능하다는 확신은 부재하다. 무한한 자유의 주체처럼 보이는 개인의 삶은 철저하게 자본의 논리에 속박되어 있다. 그렇다면 어떻게 살 것인가. 1980년대생 김소형과 송승언은 죽음을 두려워하지 않으면서 정전 속에서 움직이는 많은 손들을 잡고 죽음을 향해 끝까지 삶을 포기하지 않으면서 살아야 한다고 말한다. 끝까지 죽음의 그림자와 싸우면서 적극적으로 죽는 삶을 살아내려는 그들의 삶의 윤리와 시대 인식이 어둠 속에서 서늘하게 빛난다.

# 공동체, 그 증상과 바깥
## - 서대경과 안희연과 황유원의 시

## 1. 공동체의 경험

우리는 다섯 친구들이다. 우리는 언젠가 어떤 집에서 차례로 나오게 되었는데, 우선 하나가 나와 대문 옆에 섰고, 그 다음에는 두 번째가 와서, 아니 나왔다기보다는 오히려 수은 방울이 미끄러지듯 가뿐하게 대문을 미끄러져 첫째로부터 멀지 않은 곳에 섰고, 그 다음은 셋째, 그 다음은 넷째, 그 다음은 다섯째가 나왔다. 결국 우리는 모두 한 줄로 서 있었다. 사람들이 우리를 주목하게 되어 우리를 가리키며 이렇게 말했다.

"이 다섯 사람이 방금 이 집에서 나왔습니다."

그때부터 우리는 같이 살고 있다. 만약 여섯째가 자꾸 끼여들지만 않았다면 평화스러운 생활이었을 것이다. 그는 우리들에게 아무 짓도 하지 않는다. 그러나 우리들은 그가 귀찮다. 그러니 그것으로 충분히 무슨 짓인가를 한 셈이다. 아무도 그를 원하지 않는 곳에, 그는 왜 끼여들려고 하는 걸까? 우리들은 그를 모르며 우리들 안으로 받아들이고 싶지도 않다. 우리 다섯 사람도 전에는 서로 잘 몰랐으며, 굳이 말한다면 지금도 서로 잘 모른다. 그러나 우리 다섯 사람에게는 가능하고 참아질 있는 것이 저 여섯 번째에게는 가능하지 않으며 참아지지도 않는다. 그 외에도 우리는 다섯이며 여섯이고 싶지 않다. 그리고 이렇게 지속되는 공동 생활이 무슨 의미가 있겠는가. 우리들 다섯 명에게도 이것은 아무런 의미가 없다. 그러나 우리는 이미 함께 살고 있으며, 그렇게 계속될 것이다. 그러나 하나의 새로운 합류를 우리들은 원하지 않는다. 물론 우리들의 경험을 토대로 한 것이다. 그러나 어떻게 그 모든 것을 여섯 번째에게 가르친단 말인가. 긴 설명은 이미 그를 우리 그룹에 받아들인다는 것을 의미하는 것이나 다름없을 터이니 우리는 차라리 아무런 설명도 하지 않고 그를 받아들이지도 않는다. 그가 제아무리 입술을 비쭉 내민다 할지라도 우리들은 그를 팔꿈치로 밀쳐버린다. 그러나 우리가 그를 아무리 밀쳐내도 그는 다시 온다.

－프란츠 카프카, 「공동체」 전문(『변신』, 이주동 옮김, 솔, 1997)


프란츠 카프카의 「공동체」는 2014년 한국의 현실을 살고 있는 우리에게 다시 지금 '공동체'의 의미를 묻는다. 한 집에서 차례로 나온 다섯 친구는 사람들이 주목하자마자 '한 집에서 나왔다'는 이유로 서로를 공동체로 인식하고 함께 살기 시작한다. 그것은 다섯 친구들이 사람들의 시선을 의식하기 전까지 공동체 자체를 인식하지 않았으며 각자 공동체의 일원으로 참여하고 있다는 인식이 부재했음을 암시한다. 다섯 친구의 공동체는 한 집에서 나왔다는 공통점과 사람들의 시선이라는 대타 의식의 반향으로 급속히 결성된 것이어서 그 공동체의 원리와 정체성은 비어 있고 결속력과 지향점은 희박하다. 다섯 친구는 본래 완전하지 못한 결핍된 인간들의 느슨한 연합체에 불과했지만 타자에 대한 자의식을 통해 그 무엇으로 확정할 수 없는 결여된 공동체가 된 것이다. 그 공동체는 일정한 원리와 정체성을 확립하지 않은 상태에서 구성되었지만 바로 그 이유 때문에 서로를 구속하지 않는 "평화로운 생활"을 유지할 수 있었던 것이다. 그 공동체는 내부의 갈등을 초래하면서까지 획득해야 할 권력도 물질적 이득도 없었던 것이다.

그러나 여섯 번째가 출현하자마자 공동체의 성격은 달라진다. 여섯 번째라는 타자의 출현은 공동체의 내부를 결속시키고 타자와 다른 공동체의 정체성에 대한 물음을 제기한다. 타자의 출현은 공동체의 동일성을 확인하고 타자의 차이를 규정지음으로써 타자에 대한 배제와 차별을 공동체의 원리로 삼게 되는 계기가 된다. 여섯 번째가 다섯 친구에게 "아무 짓도 하지 않"고 다섯 친구는 전에도 "서로 잘 몰랐으며" "지금도 서로 잘 모"름에도 불구하고 다섯 친구는 여섯 번째를 받아들이지 않고 추방한다. 다섯 친구는 공동체의 공동 생활이 아무 의미도 없으면서도 여섯 번째를 수용함으로써 발생할 불편함을 선험적 판단으로 가정하고 여섯 번째를 배제한다. 다섯 친구들 사이의 불편한 공동체를 유지한다. 다섯 친구가 하나의 새로운 합류를 거부하는 이유는 다섯 친구의 '경험'을 토대로 한 것이다. 다섯 친구는 말한다. 그 경험을 여섯 번째에게 설명할 수 없다고. 그 경험을 설명하는 순간 여섯 번째를 받아들인 결과가 된다는 이유로 여섯 번째에게 설명조차 하지 않는다.

　여섯 번째는 그 경험의 바깥에 존재하는 타자다. 그 경험의 바깥을 수용하지 않고 그 경험의 불투명한 경계를 굳건히 지키려는 이 결여된 공동체는 무엇인가. 다섯 친구가 공통의 시간과 장소에 대한 내밀한 정서, 비슷한 취향과 기질, 동일한 역사와 문화를 살아냈다는 경험은 존중해야 할 것이지만 그 경험의 유지를 위해 여섯 번째에게 설명조차 하지 않고 배제하는 공동체는 차별과 폭력의 주체이며 전체주의의 기원이 된다. 그 공동체는 서로에게 말할 수 없고 설명조차 할 수 없는 경험과 그것의 불확실한 의미를 지키기 위해 타자에게 비윤리의 폭력을 행사하는 주체가 된다. 평범한 다섯 친구가 폭력의 주체가 되어 인간이 아닌 악의 무리가 된 것이다. 불행하게도 그 공동체의 폭력은 일회적으로 끝나지 않는다. "아무리 밀쳐내도" "다시" 오는 타자는 여섯 번째뿐만 아니라 수없이 많을 것이기에 공동체의 폭력은 일상적인 것이 될 것이다. 그것은 국가, 민족, 계급, 인종, 성별, 학교, 나이, 지역, 직업, 취향 등의 공동체의 이름으로 전 세계에서 일상적으로 자행되는 차별과 배제, 감금과 추방, 살인과 전쟁 등의 양상으로 나타나고 있다. 최근 팔레스타인에 대한 이스라엘의 침공은 그 실례다. 그리고 무엇보다 우리가 겪은 지난 4월 16일 세월호 침몰 사건은 한국이라는 국가, 그 공동체의 환상을 무참히 부숴버리고 자본과 권력이 한국이라는 공동체의 실질적인 주체이며 다수의 국민은 여섯 번째의 타자임을 명백히 드러냈다.

　타자에 대한 공동체의 일상적인 폭력을 멈추게 할 방법은 무엇인가. 첫째, 여섯 번째가 다섯 친구의 공동체에 기여한 의미를 되묻는 것이다. 여섯 번째의 출현 전까지 공동체의 원리와 정체성, 공동체의 결속력과 지향점이 부재했던 다섯 친구가 여섯 번째의 출현으로 공동체를 결성하고 결여된 정체성을 모색했다는 점에서 여섯 번째는 이미 그 공동체의 일원이다. 여섯 번째가 아니었다면 다섯 친구의 공동체는 서로 잘 몰랐으며 지금도 서로 잘 모르면서 공동 생활의 경험과 그 의미도 되새기지 않았을 것이기 때문이다. 둘째, 공동체의 내부가 아니라 다섯 친구와 여섯 번째의 바깥에서 바라보고 서로를 대면하는 것이다. 다섯 친구와 여섯 번째는 신(神)과 같은 완전한 존재 앞에서 모두 불완전한 인간이라는 반성을 수행함으로써 성찰적 타자로 거듭나고 서로의 얼굴을 바라보는 것이다. 신처럼 공동체의 바깥에 부재하는 미지의 현존을 거울로 삼아 타자의 얼굴을 평등하고 겸허하게 대면하는 것이다. 그 얼굴들이 대면하는 자리에서 공동체에 비어있는 타자의 윤리가 출현할 것이다. 셋째, 공동체의 주체로 자리매김된 다섯 친구가 성찰적 타자로 거듭나도록 우리는 아무리 밀쳐내도 다시 오는 여섯 번째가 되어야 한다. 여섯 번째라는 타자는 일상적 폭력을 행사하는 공동체에게 반성을 불러일으키고 불가능한 유토피아, 그 공동체의 존립 근거를 다시 물을 수 있는 유일한 존재이기 때문이다. 그 타자가 공동체의 폭력에 의해 끊임없이 상처입고 훼손당하고 실패하더라도 공동체의 내부로 향한 도전을 멈추지 않을 때 공동체의 의미는 매번 재정립될 수 있다. 공동체의 바깥에서 끊임없는 문제제기와 공동체로 향하는 모험을 감행하는 것 또한 타자의 윤리일 것이다. 이번 계절에 주목한 서대경과 안희연과 황유원의 시는 각자의 방식으로 공동체의 증상을 그려내고 다른 곳과 다른 시간을 희구함으로써 공동체의 바깥과 타자로부터 도래하는 것이 곧 시의 언어임을 보여준다.

## 2. 증상

나는 결국 이 길 위로 돌아와 있다, 이 길은 무엇인가, 나는 뒤를 돌아본다, 그리고 다시 앞을 본다, 아무도 없다, 오직 싸늘한 푸른빛에 잠긴 텅 빈 길만이, 저 너머로 끝없이 뻗어가는 소름끼치는 푸름만이 내 앞에 있다, 무엇이 나를 이 길 위로 옮겨다놓는지 알 수 없다, 아주 오래전부터, 내가 아이였을 때부터, 아버지의 매질이 시작되었을 때부터, 열세명의 아버지의 매질이 시작되었을 때부터, 일년에 한두번, 그러다가 한달에 한두번, 언제부턴가 하루에도 몇 번씩, 나는 이 길 위로 돌아와 있다, 지금은 하루의 대부분, 아니 일년의 대부분, 그런 것 같다, 그러는 사이 세월이 흘렀고, 나는 이제 서서히 머리가 벗겨주는 나이가 되었다, 집에서 아내가 집어주는 사과 조각을 씹으면서, 텔레비전 뉴스를 보면서, 또는 직장에서 서류를 검토하다가, 누군가와 명함을 교환하고 악수하다가…돌연 섬광이 터지고, 나는 의식을 잃는다, 의식을 잃고, 다시 깨어나 눈을 뜨면, 내 앞엔 소용돌이치는 푸른 길이, 소름끼치는 낯익은 길이, 푸른빛의 무지가, 무한한 공허가 놓여 있다, 아니 내게 직장이 있었던가? 아내가 있었던가? 그랬을 것이다, 자식도 있을지 모른다, 알 게 뭔가, 더 이상 이 길 이전의 삶과, 이 길 위의 삶이 구분되지 않는다, 나는 이른바, 평생에 걸쳐 지속되는 치매를 앓고 있는지 모른다, 평생의 과업처럼, 필생의 사업처럼, 그러나 지금 나의 말쑥한 옷차림과 내가 들고 있는 검은 가죽가방을 보건대, 이 길 이전의 나의 생활은 여전히 계속되고 있는지 모른다, 나는 아마도 푸른 공기에 짓눌린 이 텅 빈 길을 한참 걸어올라가 버스정류장에서 보란 듯이 버스를 탈 것이고, 지하철을 갈아탈 것이고, 다시 예전의 삶으로 복귀하게 될 것이다, 그런 것 같다, 그러나 예전의 삶이란 무엇인가, 돌아간 내게 그동안 어디에 있었느냐고, 어디에 갔었느냐고 물어온 사람은 없었다, 그런 것 같다, 나는 아직도 내 이름을 기억한다, 그런 것 같다, 하지만 나에 대한 기억을 빠르게 잃어가고 있음을 느낀다, 아니 서서히, 아니 규칙적인 속도로, 아니 치매 환자처럼, 아니 정신분석가처럼, 아니 병든 개처럼, 그런데 잃어가고 있다고 생각하는 이 기억은 나의 기억이 확실한가? 나는 어디로 돌아갔던가, 집으로? 학교로? 학교라니? 가방 속에 든 물건들을 보건대 나는 교수인지도 모른다, 몇권의 책, 비트겐슈타인, 프레게, 프레게? 그러나 또 내 가방 안엔, 휘발유가 담긴 작은 통, 담뱃값, 먹다 남은 빵 봉지, 죽은 쥐, 스패너, 깨진 사기그릇, 더러운 헝겊 따위가 들어 있다, 나는 뒤를 돌아본다, 그리고 앞을 본다, 아무도 없다, 푸른 공기에 짓눌린 텅 빈 길만이 무한히 지속한다, 아니 단속적으로, 아니 동시적으로, 아니 악령처럼, 아니 신성처럼, 아니 심연처럼, 아니 구두처럼, 아니 악어처럼, 나는 더 이상 묻지 않는다, 사실은 오래전부터, 나는 걸음을 옮긴다, 그러나 어디로? 나는 예전의 삶으로 돌아간 적이 없는지도 모른다, 나의 의식은 지워져가는 누군가의 삶의 흔적을 더듬고 있고, 동시에 필사적으로 망각하려 하고 있는지도 모른다, 기억나는 것은 버스를 기다리며 정류장 의자에 앉아 있었다는 것, 지금처럼, 누군가, 그런 것 같다, 나는 가방에서 담뱃갑을 꺼내어 담배 한 개비를 입에 문다, 무언가 희미한 기억이 떠오른다, 문득, 아니 예상대로, 예상 밖으로, 아니 필연적으로, 아니 환영처럼, 아니 악몽처럼, 정류장, 마을버스, 이 것은 무엇인가? 섬광이 터진다, 기억의 섬광, 그런 것 같다, 도로 위의 태양, 빗방울, 허공에서 들려오는 삶의 웃음소리… 정류장 의자에 앉아 있는 누군가가 중얼거린다, 비가 내리는군요, 어제도 비가 내렸습니다, 누군가, 섬광 속에서, 그러나 나는 예전에도 이 섬광을 여러번 보았지, 그런 것 같다, 또다시 섬광이 터지고, 푸른 길이 창백해지고, 나는 본다, 가로수, 여름, 행인들, 차들의 경적 소리, 섬광 속에서 나를 흘깃 돌아보며 버스에 오르는 한 사내를 본다, 망각의 햇살이 눈부시게 쏟아진다, 그런 것 같다, 나는 햇빛 을 가리기 위해 손을 치켜든다, 아니 손을 치켜드는 시늉을 한다, 나는 연기한다, 나의 고통, 나의 삶, 나는 정류장 플라스틱 의자 에 앉는다, 아니 앉는 시늉을 한다, 정류장 차양 끝에 망각의 물방 울이 맺혀 있다, 물방울을 본다, 보는 시늉을 한다, 물방울이 떨어 지고, 다시 물방울이 고인다, 나는 고개를 끄덕인가, 끄덕이는 척 한다, 누군가 낄낄거리며 나의 담배에 불을 붙인다, 그런 것 같다, 나는 본다, 보는 시늉을 한다, 물방울 속에서, 망각의 섬광 속에 서, 검은 가방을 들고, 도망치듯 걸어가는 한 사내의 뒷모습을

— 서대경, 「나의 무지는 푸르다」 전문(『창작과비평』 2014년 여름호)

2004년 『시와세계』로 등단하고 첫 시집 『백치는 대기를 느낀다』 (2012)를 출간한 바 있는 서대경 「나의 무지는 푸르다」의 시적 주체 는 현실과 환상의 경계를 넘나드는 몽환적인 진술로 주체 자신을 타 자의 시선으로 바라본다. "나는 결국 이 길 위로 돌아와 있다"는 인식 으로부터 시는 시작한다. 그 길은 "오직 싸늘한 푸른빛에 잠긴 텅 빈

길만이, 저 너머로 끝없이 뻗어가는 소름끼치는 푸름만이" 있는 길
이다. 그 길의 '푸른 빛'이 어떤 유토피아의 아우라로 빛나는 것이 아
니라는 것은 금세 읽힌다. 나는 아내가 있고 전문직에 종사하고 있고
머리가 벗겨진 중년의 남성이지만 그 안정된 삶에 행복을 느끼지 못
하고 결국 '푸른빛에 잠긴 텅 빈 길' 앞에 선다는 점에서 그 길은 시작
이자 끝이다. 내가 항상 그 푸른빛의 텅 빈 길에 서는 이유는 "내가 아
이였을 때" 상처받은 외상(trauma)의 기억 때문이다. 그 외상은 아
버지의 폭력으로부터 비롯된 것이다. "아버지의 매질이 시작되었을
때부터, 열세 명의 아버지의 매질이 시작되었을 때부터, 일년에 한
두번, 그러다가 한달에 한두번, 언제부턴가 하루에도 몇 번씩, 나는
이 길 위로 돌아"오는 것이다. 아버지의 매질은 실제 친부의 폭력으
로 읽을 수도 있겠지만 아버지의 매질과 등가적인 열세 명의 아버지
의 매질이라는 상징적 기표를 통해 그 매질은 가부장적 사회의 폭력
과 아이가 속한 사회 구조의 모든 폭력으로 읽는 것이 더 타당할 것이
다. 그런 점에서 아버지의 매질은 아버지의 이름으로 대표되는 공동
체와 사회의 일원으로 편입시키기 위한 주체의 폭력이며 모든 타자
들이 공동체와 사회의 일원이 되는 과정에서 내면화되는 폭력이다.

　그러나 아버지의 폭력으로 인한 외상의 억압은 실패로 나타난다.
나는 아버지의 폭력으로 인한 외상의 억압을 성공함으로써 결혼도
하고 직업도 가진 공동체와 사회의 일원이 된 듯 싶었지만 시간이
지날수록 그 억압은 실패로 나타난다. 그 폭력은 내가 중년의 남성
이 되었음에도 치유되지 않은 외상으로 남아서 "지금은 하루의 대부
분, 아니 일년의 대부분" 저 너머로 끝없이 뻗어가는 '소름끼치는 푸
름'만이 있는 길 앞에 서 있게 한다. 나는 억압의 실패로 인해 분열증

적 주체가 되어 섬광의 기억 속에 나타나는 과거와 현재의 나를 타자의 시선으로 본다. 나에게는 아버지의 폭력이 소름끼치는 푸른빛의 환상적 이미지로 반복적으로 나타남으로써 "이 길 이전의 삶과, 이 길 위의 삶이 구분되지 않"는다. 나는 손을 치켜드는 '시늉'을 하고 보는 '시늉'을 하고 끄덕이는 '척'을 하고 연기한다. 나는 주체의 삶을 사는 것이 아니라 주체의 삶을 연기하는 타자의 삶을 살고 있는 것이다. 무서운 것은 "무엇이 나를 이 길 위로 옮겨다놓는지 알 수 없다"는 점이다. 푸른빛은 죽음으로 이끄는 폭력의 빛이며 역설적으로 저 폭력으로부터 벗어나게 해줄 죽음의 빛일 터인데, 그 푸른빛의 기원에 대해 내가 무지하다는 것은 외상을 입은 분열증적 주체만 있고 그 원인을 모른다는 것이다. 그런데 사실 나는 그 원인을 알고 있다. 아버지의 폭력보다 더욱 거대하고 근거 없는 공동체가 가한 폭력의 외상을 더 강한 무의식으로 억압하고 은폐하면서 직접 대면하기를 두려워하고 있다는 것을 어렵지 않게 추론할 수 있기 때문이다. 그리하여 서대경의 시에서 푸른빛은 공동체의 증상이자 타자가 죽음을 통해 공동체의 바깥으로 나갈 수 있는 환영의 빛이다.


## 3. 다른 곳

그는 방금 전까지 저 숲을 거닐다 왔노라고 말했다. 그가 가리킨 곳에는 드넓은 공터가 있었다.

그는 다른 곳이 있다고 말했다. 흰 눈은 모든 것을 뒤덮는다고, 우리는 매일 밤 잠들며 진짜 잠을 연습하고 있다고 말했다.

우리는 장미정원으로 들어섰다. 사방에 장미가 피어 있는데 이토록 환한 장미 앞에서 무슨 말이라도 하고 싶은데

장미란 무엇으로 피는지 알고 있어요? 그가 물어도 가시장벽을 맞닥뜨린 듯 아무 생각이 나지 않았다.

나는 장미를 꺾었다. 잎을 하나씩 떼어내며 장미에 다가서려 했다. 손끝에 낯선 어둠이 스몄다.

우리가 한 송이 장미를 이해하게 된다면 우주를 이해하게 될 거예요.** 생각하면 할수록 고개를 숙이게 되는 벤치에서. 장미는 남김없이 흩어졌지만 어디에도 빛은 없었다.

끝인 줄도 모르게 길들이 끝나 있었다. 등 뒤는 드넓은 공터였다. 보이지 않는 것을 어떻게 믿을 수 있어요? 물었을 때

그는 눈을 동그랗게 뜨고 말했다. 당신 안에 사람이 있다고
좁은 다락에 갇혀 문을 두드리는 어린아이가 안 보이냐고, 안 보이냐고 물었다.

– 안희연, 「라파엘*」 전문(『현대문학』 2014년 7월호)[1]

\* 인간의 고통을 치유하는 천사이자 토마스 무어의 『유토피아』에 등장하는 여

---

1  안희연, 『너의 슬픔이 끼어들 때』 창비, 2015, pp. 122~123.

행자. 현실세계의 인물이면서 유토피아라는 환상적 공간에 몇 년간 체류한
경험이 있다.
** "우리가 만약 한 송이 꽃을 이해하게 된다면 우리는 누구이고 우주가 무엇
인지 알게 되리라." – 보르헤스

　　2012년 『창작과비평』 신인상으로 등단한 안희연의 「라파엘」은 지
금 현실의 터전이 아니라 미지의 다른 곳을 다녀온 천사-라파엘을
통해 유토피아를 그린다. 각주의 설명처럼 라파엘은 인간의 고통을
치유하는 천사이자 토마스 무어의 『유토피아』에 등장하는 여행자로
서 유토피아에 몇 년간 체류한 경험이 있는 현실의 인물이다. 라파
엘이 '지금-여기'의 삶과 대비되는 '미지-거기'로서의 유토피아를
다녀온 인물이라는 점에서 라파엘의 존재는 우리로 하여금 고통스
러운 현실 바깥의 공간-유토피아를 더욱 갈망하게 한다. 라파엘은
말한다. "방금 전까지 저 숲을 거닐다 왔노라"고. "다른 곳이 있다"
고. "흰 눈은 모든 것을 뒤덮"고 "우리는 매일 밤 잠들며 진짜 잠을
연습하고 있다"고 유토피아가 실재한다고 증언한다.
　　라파엘의 증언을 듣고 우리는 장미정원으로 간다. 장미정원은 유
토피아와 다른 이름이 아니다. 사방에 핀 장미 앞에서 라파엘은 우
리에게 "장미란 무엇으로 피는지" 묻는다. 나는 그 물음에 보르헤스
의 "우리가 한 송이 장미를 이해하게 된다면 우주를 이해하게 될 거
예요"라는 문장을 연상하면서 장미를 꺾고 꽃잎을 뜯어내지만 아무
생각이 나지 않는다. "손끝에 낯선 어둠"이 스미고 "장미는 남김없이
흩어졌지만 어디에도 빛은 없"다. 나는 더 뜯어낼 꽃잎도 없고 장미
를 이해할 수도 없어 묻는다. 유토피아처럼 "보이지 않는 것을 어떻
게 믿을 수 있어요?"라고. 라파엘은 되묻는다. "당신 안에 사람이 있

다고/좁은 다락에 갇혀 문을 두드리는 어린아이가 안 보이냐고, 안 보이냐"고.

　나와 라파엘의 대화는 토마스 무어가 그리스어(語) '없는(ou) 장소(topos)'로 만든 유토피아(utopia), 그 실재 여부에 관한 것에 다름 아니다. 나는 눈앞에 있는 장미를 온전히 이해할 수 없고 보이지 않는 것을 믿을 수 없다. 그것은 내가 경험한 현실과 공동체로부터 얻은 이해에 기반한 것이어서 타당한 것처럼 보이지만 오직 가시적인 현실과 공동체의 내부로부터 형성되어 또 다른 삶의 깊이와 두께가 없다는 점에서 그 경험은 단순하고 협소한 이해에 불과하다. 내가 모르는 다른 사람이 실재하듯이 내가 속한 공동체 바깥에는 다른 삶과 다른 공동체가 실재한다. 지금 내가 다른 삶과 다른 공동체의 실재를 보지 못한 것은 현실과 공동체 바깥으로 넘어서는 시선의 부재를 드러낸다. 길들이 끝난 곳에서 길들은 새롭게 시작될 수 있고 저 숲의 드넓은 공터는 다른 삶의 터전이 될 수 있다는 가능성을 갖고 있다. 다른 삶과 다른 공동체가 실재하며 다른 곳이 가능하다고 믿을 때 나는, '지금-여기'의 삶을 살면서도 '미지-거기'의 삶을 사는 존재, 다른 곳에 사는 타자가 된다. 라파엘이 가리킨 '당신 안에 사람'이 바로 그 타자다. 내가 다른 곳이 가능하다고 믿을 때, 나는 내 안의 타자, "좁은 다락에 갇혀 문을 두드리는 어린아이"를 볼 수 있다. 장미에게서 우주의 원리를 볼 수 있다. 그러므로 문제는 다른 곳이 가능하다는 믿음을 포기하지 않는 주체의 윤리다. 공동체의 주체가 다른 곳과 다른 삶이 가능하다고 믿으면서 '타자-되기'를 포기하지 않을 때 안희연의 시에서 저 숲의 드넓은 공터는 공동체의 바깥에서 가능한 삶의 터전으로 거듭날 것이다.

## 4. 다른 시간

### 연날리기

갠지스 강변에 가면 늘 연 날리는 아이들이 있지
하늘 끝까지 풀어 올린 연 더 이상 보이지 않는다 생각할 때
마음 다 놓아 버리고선 어두워진 강변 신나게 내달리지

그러던 어느 날 보이지 않던 연들 강풍에 흔들리고
팽팽하던 실들 낚싯줄처럼 요동치기 시작하면
잊고 있던 실에 마음 베이는 아이 하나둘쯤, 있었는지도 몰라

하늘이 없었다면 떨어질 것도, 다시 띄울 것도 없었겠지만
어차피 우린 모두 하늘에 담겨 헤엄치는 아이들
한때 하늘을 점령할 듯 연 날리던 아이들

그동안 너무 많은 연을 띄웠으므로
팽팽히 당겨진 수만 개 연줄들로 뒤엉킨 마음은
아직도 줄 놓는 법 알지 못하지

누가 뭐래도 하늘엔 줄이 없어
줄 달린 연들이 어쩔래야 어쩔 수 없는 거니까,
어차피 우린 모두 하늘에 빠져 익사하는 아이들

## POSTCARD

안녕, 늘 오랜만인 당신. 내가 흰 소들에 대해 말해 준 적 있었던가. 골목에서 사람들의 이야기 빼곡이 담긴 신문지나 아직 밥 냄새 채 가시지 않은 종이 접시 따월 꼭꼭 씹어 먹는 소들을 보고 있노라면 누구나 누군가에게 엽서 한 장 쓰고 싶어지는 저녁이야

오전에는 파리 떼처럼 잉잉대며 하늘 유영하고 있는 수백 마리 연의 무리 올려다보다 그만 그동안 우리 함께 하늘로 띄웠던 몇 개의 연들을 떠올려 버렸어. 이젠 연줄 모두 끊어 버린 하늘인 척해 버려도 괜찮은 걸까, 하고 생각했을 때 방금 화장터에 도착한 20인분의 목재가 구석에서 풍기던 유난히도 쓸쓸하고 축축한 냄새

오늘도 일곱 시면 텅 빈 배를 붙잡고 태양은 죽어 가지만 어쩌겠어, 이미 열기는 식었고 네가 내 메일 읽느라 밥을 태울 일도 이제는 없을 텐데. 그러나 창을 열면 어느새 새로운 계절이 도착해 있을 저녁은 과연 지금 어디쯤 오고 있을까, 라고 쓰고 저녁 하늘에 붙여 보려 애쓰는 우표들을 한없이 바라보는 날들이 있어. 지금 네가 읽는 하늘은 어떤 표정의 구름들 배달하고 있을까, 당신의 하늘 아래 서서 몰래 올려다보고 싶어지는 저녁에

## 다시, 연날리기

온종일을 날고 달리고 뒤엉키고 부서지느라
결국 만신창이가 되고 만 연은
초저녁 조용한 강물에 수장시켜 주었다


숙소로 돌아가는 길, 골목에 남은 빛 쪼아 먹던 새들은
검붉게 번지 하늘 너머로 떼 지어 흡수되는 중이었고


골목 여기저기 버려진 혹성처럼 처박혀 있는 노인들
적막한 그들의 얼굴은 이미
바람 모두 쫓아낸 하늘의 심심함이었다


그리고 결정적으로 방문 앞에 이르러 열쇠를 찾고 있을 때
언제부터였을까,
모르는 새 나의 발목에 감겨 여기까지 풀려온
연줄을 보았다
(그때 몇 겹의 비린 바람
도처에서 서서히 일어나고……)


이 밤, 외로운 누군가 나를 날리며 놀고 있는 것일까


당신의 발목에도 어쩌면 연줄이 감겨 있는지요

우주의 가장 어두운 아래층에서, 생의 마지막일 무엇처럼

그렇게 나를 간신히 붙들고 있는 당신

혹은 내 간질히 붙들고 싶던 당신

각기 다른 장소, 다른 시간 속에서 우린

사이좋게 둘이서, 고요한 하늘에 나란히 손잡고 빠져

보기좋게 익사하고 있었습니다


## 아르띠 뿌자*


떠나 버렸다고

버려 버렸다고 믿은 것들 전부

다시 다 되돌아왔다

내가 달려 나가 줍지 않아도 남이 주워다

대문 앞까지 가져다주는 날 있었다

그놈에게 한바탕 욕지거릴 하더라도

돌아온 것, 다시 내쫓을 순 없었고


가트**에서 푼돈 주고 사 강물에 띄워 보낸 디야***

떠나보낸 줄 알고 뒤돌아보면 이미

그 자리에 없다

사라진 게 아니라 디야 파는 아이가

떠내려갈까, 금세 다시 떠올려 좌판에 되돌려 놓은 것

누가 거기다 대고 꽃 모두 시들 때까지 온갖

추잡한 욕 퍼붓는 것 보았지만
어떤 침몰한 기억도 깊은 강바닥 물고기들이 알아보곤
그 앞에서 잠시 놀다가는 법

피어난 죄로 무참히 꺾여서
헐값에 팔리고
다시 실에 묶여 떠내려가지도 못하는 빛,

그 빛을 사고 또 샀다
모든 여정(旅程) 탕진하고
마침내 두 주머니 텅 빈
부랑자가 되어 있었을 때까지

……그리고 잠에서 깨어났을 때
물에 푹 젖은 연처럼 무거워진 몸으로
누가 울고 있었다

한 번 뒤돌아볼 때마다 깊어지는 수위를 느끼며

**그럼 이제 안녕,**
이라는 말에 스미는 뒤늦은 추위를 느끼며

이미 멀리

떠내려가 있었다

─ 황유원, 「바라나시 4부작」 전문(『세계의문학』 2014년 여름호)[2]
\* 불로써 신께 경배드리고 은총을 받는 제식.
\*\* 강으로 이어진 계단.
\*\*\* 작은 양초와 꽃을 담은 나뭇잎 보트.

2013년 『문학동네』 신인상으로 등단한 황유원의 「바라나시 4부작」은 한국이라는 사회의 공동체 바깥, 힌두교도들의 성지 도시인 인도의 바라나시를 통해 현실의 시간과 다른 시간의 현존을 보여준다. 아이들은 모두 하늘 높이 연을 날리는데, 그 하늘은 다른 시간과 같은 이름이며 우리는 모두 그 하늘의 다른 시간에 닿고자 "하늘에 빠져 익사하는" 아이들이다. 아이들은 연을 날리지만 연은 하늘에 도달하지 못하고 수만 개 연줄은 뒤엉킨다. 연줄은 지상의 시간과 하늘의 시간을 이어주는 매개체이지만 실제로 지상과 하늘을 이어주지는 못한다. 하늘은 드높고 줄이 없기 때문이다. 그럼에도 불구하고 바라나시에서 멈추지 않는 '연날리기'는 다른 시간의 현존을 믿고 다른 삶이 가능한 다른 시간에 닿고자 하는 사람들의 열망에 다름 아니다.

내가 바라나시가 아닌 곳에 살고 있는 당신에게 엽서를 보낼 때 엽서는 연줄과 동일하다. 그 엽서를 받을 당신은 나와 다른 장소, 다른 시간에 살고 있다. 연줄과 엽서는 '지금─여기'를 매개하고 다른 장소와 다른 시간의 현존을 드러내면서 "지금 네가 읽는 하늘"과 "당신의 하늘 아래 서서 몰래 올려다보고 싶어지는 저녁"은 같은 시간

2  황유원, 『세상의 모든 최대화』, 민음사, 2015, pp. 49~55.

이 아님을 보여준다. 시간은 단일하지 않고 몇 겹의 다른 시간이 공존한다는 것을 드러낸다. 공동체의 바깥에 복수(複數)의 시간이 존재한다는 것을 증명한다.

　나는 팽팽한 줄이 끊어지거나 뒤엉켜 부서진 연을 "초저녁 조용한 강물에 수장시켜 주었"지만 연줄은 "모르는 새 나의 발목에 감겨 여기까지 풀려온"다. 발목에 감긴 연줄은 어쩌면 내 자신이 다른 시간에 살고 있는 당신, 타자가 날린 연(鳶/緣)일지도 모른다는 깨달음을 낳는다. 그 깨달음은 "당신의 발목에도 어쩌면 연줄이 감겨" 있는 것도 가능하리라는 성찰로 이어진다. 그것은 나와 당신이 서로를 날려 보낸 연이어서 다른 장소와 다른 시간에 살고 있지만 서로 연결되어 있고 공존하고 있다는 성찰인데, 나와 당신이 같은 장소와 같은 시간의 삶으로 편입되지 않아도 서로 이어져 있고 세계 속에서 함께 있다는 깨달음이다. 깨달음을 거쳐 "각기 다른 장소, 다른 시간 속에서 우린/사이좋게 둘이서, 고요한 하늘에 나란히 손잡고 빠져/보기좋게 익사"할 때 나와 당신은 만날 수 있다. 각자의 장소와 시간에서 저 하늘을 향해 죽을 때 우리는 만난다. 그런 이유로 주체의 죽음은 삶의 끝이 아니라 다른 시간 속에서 시작하는 타자의 삶이다. "한 번 뒤돌아볼 때마다 깊어지는 수위를 느끼며" 죽으면서 다른 시간의 다른 삶을 시작하는 것이다. '지금-여기'의 공동체 바깥에 다른 곳과 다른 시간이 가능하다는 믿음을 포기하지 않는 것, 그것이 시의 윤리이자 서대경과 안희연과 황유원의 시에 내포된 공동체의 윤리일 것이다.

# 엎드린 자의 기원과 고백의 형식
### - 김상혁 시집 『이 집에서 슬픔은 안 된다』

　최근의 한국시는 젊은 시인들에게 이중의 과제를 부여하고 있다. 젊은 시인들은 2000년대 미학적 전위의 언어와 민주주의의 위기를 체험하면서 미학적 전위의 미적 성취와 정치적 전위의 도구적 언어를 동시에 갱신해야 한다는 과제를 안고 있다. 그 과제는 한국 현대시사에서 꾸준히 제기된 바 있지만 2000년대 후반의 '시와 정치' 논의를 거치면서 더욱 섬세하고 치밀한 언어의 미학과 정치의 균형을 요구하는 것이어서 **그것은** 문제적이고 주목할 만한 시적 성과를 기다리고 있다.

　그중에서 2009년 등단한 김상혁의 첫 시집 『이 집에서 슬픔은 안 된다』(민음사, 2013)는 2000년대 미학적 전위의 언어 실험의 기반 위에서 시적 주체의 기원을 천착하는 특이성을 지닌다. 그것은 '나는 누구인가'라는 주체의 물음을 동반한 주체의 귀환과 고백의 형식을 모색한 젊은 시인의 첫 육성이다. 시인은 감동과 인식의 확장과 새로운 미학적 세계를 제시하는 대신 시적 주체의 기원과 실존의 비애를 드러낸다. 시적 주체는 망각과 위안의 언어로 주체의 기원을 숨기거나 거짓 화해하지 않는다는 점에서 윤리적이다. 그 시적 주체의 탄생 비밀과 고백의 형식은 시집의 자서(自序)에 암시되어 있다. "아버지의 집에 내 문패를 달았다. /나와서 보라, /집보다 아름다운 이 문패를."에 담긴 가족사와 아이러니의 언술 방식은 김상혁의 시가 성립하는 형식이다.

시적 주체로서 '나'는 스스로를 객관적 시선으로 바라보고 일정한 거리를 유지하는 고백의 언술 방식을 취하는데, 그것은 대상화한 '나'와 일치하지 않고 어긋나는 간극을 빚어내면서 비애와 아이러니를 낳는다. 비애와 아이러니는 '나'의 출생의 비밀과 가족사에서 기원한다. "아버지가 만삭 어머니 배를 차고 떠"(「정체」)난 후에 '나'는 태어났고 "여자들만 남은 가정"(「학생의 꽃」)에서 여자가 되고 싶었으나 그런 말은 "엎드려서 침대에게만" 했다. "사랑하는 사람들은 나를 금방 비밀로 삼"(「묵인」)고 "다락방에는 가족들이 꺼리는 사진과 내가 있"(「이사」)다. '나'는 사랑과 축복을 받으며 태어난 존재가 아니라 "태어난 일이 쑥스"(「홍조」)러운 존재다.

나는 가족에게 부끄럽고 세계로부터 숨겨져야 할 존재로서 '나'에 대한 긍지와 세계에 대한 신뢰가 없다. '나'는 내밀한 '나'와 완전한 일치를 꿈꿀 수 없어서 비애와 아이러니를 겪는다. '나'를 비롯한 가족과 세계는 불신과 무의식적 억압의 원인이다. 그럼에도 **불구하고** '나'는 **'나'의** 삶의 진실과 진정으로 화해하기 위해 '나'의 기원과 정체성에 대한 응시를 포기하지 않는다. 그 응시의 심연에는 다른 삶과 다른 세계에 대한 무의식적 욕망이 잠재되어 있다. 내면의 무의식적 억압과 욕망 사이에서 '나'를 바라보는 '나'의 시선은 굴절되고 간섭받는다. "내가 죽도록 훔쳐보고 싶은 건 바로 나예요 자기 표정은 자신에게 가장 은밀해요 원치 않는 시점부터 나는 순차적으로 홀홀히 눌어붙어 있네요"(「정체」)는 훔쳐보는 주체의 시선과 심연의 고백이 드러나는 진술이다. 그것은 '엎드린 사람'의 이미지로 표상된다.

엎드린 자세는 죽음을 선고받거나 굴종하는 자세이면서 신적인 존재에 대한 경배와 구원의 자세다. "죽어 가는 머리에 대하여 묵상"(「엎드린다」)하는 자세이면서 "침대 위 엉덩이를 불쑥 들어 올린"(「엎드린 사람」) 후배위의 자세다. "엎드리는 건 오직 은밀한 조립을 위한 자세"(「조립의 방」)로서 무의식적 억압과 욕망, 죽음과 삶, 성(聖)과 성(性)이 교차하는 자세다. 죽은 자의 누운 자세가 아니고 산 자의 일어선 자세가 아닌 엎드린 자세는, 고통 속에서 생명을 탄생시키는 어머니의 몸속 산도(産道)와 "모두가 붉은 손으로 뛰어나오는 골목"(「묵인」)의 세계처럼 좁고 긴 굴곡의 자세로서, 태어나는 모든 존재의 비명과 실존의 비애를 품고 있다. 그리하여 "이 집에서 슬픔은 안 된다"(「사육제로 향하는 밤」)는 금지는 금지할 수 없는 것을 금지하려는 욕망의 선언이다. 그 선언은 성취될 수 없다. 그 선언은 살아 있는 모든 생명은 슬픔을 피할 수 없다는 보편적 명제로 전환된다. 시인이 자신의 기원을 응시하고 현재 살아 있다는 실존의 감각을 아프게 느낄 때, 그것을 당연하게 여기지 않고 '모든 생명은 슬프다'는 보편적 명제를 위반하려 할 때, 시의 윤리는 탄생한다. 김상혁의 시는 엎드린 사람을 일으켜 세우려는 불가능성의 출발점에 있다.

## 수록 평론 출전

제1부 상상
재현의 정치성에서 상상의 정치성으로 『쎪』 2017년 하권
대홍수의 상상력, 그 무의식적 정치성 『현대문학』 2016년 6월
염려하는 주체와 언어의 형식 『문학들』 2018년 가을
시인 바알과 시의 정치성 『문학들』 2016년 여름
사회적 환상과 알레고리 산문시 『현대시』 2016년 6월
빛이 파괴된 세계의 잔존하는 빛 『현대시』 2016년 9월

제2부 바깥
전체의 바깥과 오늘의 감각 웹진 『문지』 2012년 10월
이야기의 틈과 바깥의 언어 『쎪』 2015년 하권
육체의 형식과 시의 형식 웹진 『문지』 2011년 6월
바깥의 욕망과 미지의 푸가 『문학과사회』 2011년 여름
강요된 침묵과 언어의 파열 『시작』 2013년 봄
사태의 명명과 윤리의 출현 웹진 『문지』 2012년 4월

제3부 집중
집중의 기술과 비평의 윤리 『문학과사회』 2012년 가을
시적인 것과 언어의 형식 『현대시』 2019년 7월
실패 없는 실패 웹진 『문지』 2013년 6월
비대상과 초현실 『딩아돌하』 2012년 여름
기하학적 언어와 시적 순간 『문학나무』 2012년 가을

제4부 실재
사물의 이름과 실재의 응시 『문학나무』 2010년 겨울
실재와의 만남은 불가능한가 『문학나무』 2013년 가을
정전 속에서 움직이는 많은 손들 『문학나무』 2012년 봄
공동체, 그 증상과 바깥 『문학들』 2014년 가을
엎드린 자의 기원과 고백의 형식 『창작과비평』 2013년 가을

# 전체의 바깥

초판1쇄 찍은 날 | 2019년 9월 17일
초판1쇄 펴낸 날 | 2019년 9월 24일

지은이 | 송승환
펴낸이 | 송광룡
펴낸곳 | 문학들
등록 | 2005년 8월 24일 제 2005 1-2호
주소 | 61489 광주광역시 동구 천변우로 487(학동) 2층
전화 | 062-651-6968
팩스 | 062-651-9690
전자우편 | munhakdle@hanmail.net
블로그 | blog.naver.com/munhakdlesimmian
값 16,000원

ISBN 979-11-86530-75-7 03810